युद्ध और बुद्ध

(कहानी-संग्रह)

युद्ध और बुद्ध

मधु कांकरिया

वाणी प्रकाशन ग्रुप
भारतीय ज्ञानपीठ
वाणी प्रकाशन : भारतीय ज्ञानपीठ की पुस्तकों के एकमात्र प्रकाशक एवं वितरक

सजिल्द पहला संस्करण : 2014
सजिल्द दूसरा संस्करण : 2015
सजिल्द तीसरा संस्करण : 2022
सजिल्द चौथा संस्करण : 2025

लोकोदय ग्रन्थमाला : ग्रन्थांक 1207

वाणी प्रकाशन ग्रुप

4695, 21-ए, दरियागंज, नयी दिल्ली-110 002
फ़ोन : 011-23273167, 23275710
ईमेल : sales@vaniprakashan.in

युद्ध और बुद्ध
(कहानी संग्रह)
मधु कांकरिया

ISBN : 978-93-263-5232-1

मूल्य : **300**

मुद्रक : *सिटी प्रेस, दिल्ली-110 095 में मुद्रित*

YUDDH AUR BUDDHA
(SHORT STORIES)
***by* Madhu Kankaria**

युद्ध और बुद्ध

अनुक्रम

युद्ध और बुद्ध

वे आँखें कभी नहीं भूलेंगी।

न वह दिन।

न वह तारीख़।

ख़ाली होते ही दोने में धरे दीपक की तरह यादों की नदी मुझे बहा ले जाती है वहाँ, जहाँ उम्र के इस टीले पर खड़े हो पीछे मुड़कर देखता हूँ तो पाता हूँ कि मेरा असली 'मैं' मेरा असली चेहरा पीछे कहीं दूर बहुत दूर छिप गया है, कि मैं अपने से दूर, बहुत दूर जा चुका हूँ—मैं ढूँढ़ रहा हूँ कब से, वह चेहरा जो मेरा था।

यह सारा अफ़साना उसी खोये चेहरे का है क्योंकि मेरे साथ दिक़्क़त यह थी कि मैं—मेजर विशाल राणावत—सिर्फ़ एक समर्पित और कर्तव्यनिष्ठ फ़ौजी ही नहीं था, फ़ौजी के अलावा भी कुछ और था।

यह सारी कहानी उस कुछ और की है। सोचकर अजीब लगता है कि मैं—मेजर विशाल राणावत—कोई व्यक्ति नहीं मात्र कुछ तारीख़ों का गुच्छा-भर हूँ।

पहली तारीख़ मुझे याद नहीं है, बस इतना भर याद है कि उन दिनों मैं मीठा-मीठा मुस्कराता रहता था। और सोचता रहता था कि मैं कब फ़ौजी बनूँगा। क्योंकि उन दिनों जादू और रोमांस से भरा फ़ौजी शब्द मुझे ईश्वर की सबसे बड़ी नियामत लगता था। अठारह वर्ष की उम्र, अबोध, अनजान दुनिया और आर्मी का जादू! मेरे दूर के रिश्ते की बहन के पति फ़ौज में कर्नल थे। जब-जब वे मुझे मिलते, मैं लहर-लहर हिल उठता उनके एक-एक ठहाके पर। पचपन की उम्र में भी वे इतने कड़क और कुरकुरे थे जितना कि शायद मैं अपने बचपन में भी नहीं था और मेरे पिता! लाहौल बिला कूवत! पैंतालीस वर्षीय मेरे पिता उनके सामने इतने थुलथुल, बीमार और सिलवटों से भरे दिखते थे कि मैं विरक्ति से भर उठता था और सोचता था कि मैं कब फ़ौजी बनूँगा। पिता के माथे पर हर वक़्त सिलवटें खिंची रहतीं, उनका चेहरा हमेशा झुँझलाया रहता और उनकी बनिया खोपड़ी में हमेशा नफ़े-नुक़सान का हिसाब-किताब चलता रहता। वित्त-सत्य ही उनका जीवन-सत्य था और वे उसी

को समर्पित थे। उनकी जैसी स्टिल लाइफ़ मुझमें वितृष्णा जगाती। उनके और उनके माथे पर स्थायी रूप से खिंची रहनेवाली सिलवटों के बीच वही रिश्ता था जो फ़ौजी और उनकी बन्दूक के बीच होता है। उन दिनों मेरे ज़ेहन, दिल-दिमाग़, स्वप्न और चेतना सब पर फ़ौजी छाया रहता और मैं सोचता कि मैं क्या करूँ कि फ़ौजी बन जाऊँ। बहुत जतन से पाली अपनी फ़ौजी बनने की इच्छा को मैं हर दिन सींचता कि वह कुम्हला न जाय और अकसर अपने उन फ़ौजी जीजू की नक़ल करता, उनके जैसे ही ठहाका मारकर हँसता। उनकी जैसे ही कड़क चाल चलता। चलते वक़्त यह विशेष ख़याल रखता कि मेरे जूतों से भी आत्मविश्वास से भरी वैसी ही ढकढक निकले जो फ़ौजी जीजू के जूतों से निकलती थी। मैं ख़ूब दूध पीता, फल खाता कि मेरा सीना चौड़ा हो जाय। मैं ख़ूब तन्दुरुस्त दिखूँ और फिजिकल फिटनेस टेस्ट में मात न खा जाऊँ।

मैं, मेजर विशाल राणावत, उस दौर की पटकथा लिख रहा हूँ जिन दिनों मुझे राष्ट्रीय राइफल्स 24 में भारत के सबसे संवेदनशील इलाक़े गुंड गाँव में अल्फा कम्पनी का कम्पनी कमांडर बनाकर भेज दिया गया था। सन् 2002 का वह समय जब दिल्ली में लालक़िले से शान्ति के प्रतीक कबूतरों को उड़ाया जा रहा था और कश्मीर में गोले बरस रहे थे। हालाँकि हिंसा, ख़ून-ख़राबा और बमबारी का ग्राफ़ शीर्ष पर पहुँचकर अब अवरोही मोड़ लेने लगा था। इस अवरोही मोड़ पर पहुँचने के लिए कितना दिमाग़ आर्मी ने खपाया था, कितना इनसानी ख़ून बहा था और कितना क्षरण इनसानियत का हुआ था, इसका हिसाब तो शायद कोई चन्द्रगुप्त भी न रख सके। बहरहाल हमारा मिशन था, इस अवरोही मोड़ को बरक़रार रखते हुए कश्मीर के हालात का सामान्यीकरण और इस सामान्यीकरण का मतलब था बहुत सुन्दर और मानवता का सफ़ाया।

'मिलिट्री' और 'मिलिटेंट' ये दो शब्द ऐसे थे जो उन दिनों धूप और हवा की तरह कश्मीर की फ़िज़ा में रच-बस गये थे। हर नुक्कड़ पर फ़ौजी। हर फ़ौजी की आँख में एक सपना और हर सपने में मिलिटेंट का सफ़ाया।

मैंने भी सपनों के कुछ गुच्छों के साथ कश्मीर की ख़ूबसूरत वादियों में क़दम रखा था। वे सपने थे—राष्ट्र की एकता, अखंडता और गरिमा की रक्षा, पर कश्मीर की सरज़मीं से विदा होते-होते मेरी आँखें रीती थीं, मेरे पास कोई सपने नहीं थे। इसलिए नहीं कि मैंने ऐसा चाहा था कि अपने सारे सपने लुटाकर यहाँ से रुख़्सत होऊँ। वरन् इसलिए कि निकलते वक़्त मेरी आँखें इनसानियत के धुएँ से भरी हुई थीं। क्योंकि जब पीड़ित इनसानियत मेरे सामने घुटने टेककर मुझसे मदद की गुहार लगा रही थी,

मुझे उसे रौंदते हुए आगे बढ़ जाना पड़ा था। क्योंकि यहाँ मेरी आत्मा, इनसानियत, विश्वचेतना, मानवप्रेम, हमदर्दी, सहानुभूति, करुणा, प्रेम जैसी मानवीय अनुभूतियाँ जिस एक ज़ंजीर से लहूलुहान थी उसका नाम था—ऑर्डर—हमें ऐसा करने का ऑर्डर नहीं और यह 'नहीं' मेरे और मेरे इनसान के बीच, मेरे और मेरी मुक्त आत्मा के बीच, मेरी और मेरी अन्तरात्मा के बीच हर लम्हा टकराता और जब तब मुझे इस पीड़ा भरे एहसास से भर देता कि मुझसे ज़्यादा मुक्तात्मा इन ख़ूबसूरत वादियों में भैंस, सूअर और बकरियाँ थीं जो अपनी मर्ज़ी के मुताबिक़ हिल-डुल सकती थीं। कहीं भी निकल सकती थीं।

नहीं, यह हमारे साथ धोखा नहीं था। हमीं नहीं समझ पाये थे कि क्या होता है, फ़ौजी होने का मतलब। हमीं नहीं समझ पाये थे अपनी उस शपथ को जो हमने पासिंग आउट परेड में टोपियाँ उछालने के बाद फ़ौजी जीवन में पूरी औपचारिकता के साथ प्रवेश करते वक़्त ली थीं। कितनी बहुआयामी, व्यापक दमघोंटू और बहुअर्थी शर्त थी वह। मैंने शपथ ली थी जिसके भाव इस प्रकार थे कि, "मेरा पूरा जीवन भारत के राष्ट्रपति के नाम समर्पित रहेगा। मुझे जहाँ भेजा जाएगा मैं जाऊँगा, जो कहा जाएगा करूँगा।"

"कि भारत और उसके संविधान के प्रति पूरी निष्ठा से काम करूँगा।"

"कि मैं अपना हित सबसे अन्त में सोचूँगा।"

और अपनी अन्तरात्मा की आवाज़ सुनना भी तो अपने हित की परिधि में ही आता है। इसलिए यहाँ अन्तरात्मा की आवाज़, आन्तरिक सौन्दर्य-संवेदना का उजास और मानवीय मूल्य जैसी समस्त उच्च अनुभूतियों को देशनिकाला मिल जाता था। यदि किसी ओने-कोने में वे अटकी मिल भी जातीं तो बड़ी अवास्तविक लगतीं।

यहाँ स्वाभाविक लगता था सिर्फ़ आदेश/ऑर्डर। जैसे कुछ आदिम जनजाति यह मानती हैं कि आत्मा शरीर से बाहर रखी जा सकती है। इसलिए उनके वीर जब युद्धभूमि पर जाते तो अपनी आत्मा को अपने घर में सुरक्षित रखकर जाते।

यहाँ गुंड में आकर मैंने समझा क्या है इसका अर्थ! क्योंकि यहाँ आत्मा को साथ लेकर चलना असम्भव था। जो आत्मा से जितना दूर वह उतना ही कुशल अफ़सर।

श्रीनगर से 40 किलोमीटर दूर, सोनमर्ग के रास्ते किसी आदिम गाँव-सा पसरा गुंड गाँव। अशिक्षा, ग़रीबी, बेकारी और मज़हबी कट्टरता के कोहरे से घिरा ऐसा गाँव जहाँ की वृद्धाएँ तो वृद्धाएँ, नये ज़माने की रमणियाँ तक बात-बात में अल्लाह को घसीट लातीं। बच्चा हो, जवान हो, बूढ़ा हो, औरत हो, मर्द हो, अल्लाह से सबकी हॉट-लाइन जुड़ी हुई थी। यहाँ भोजन की पैदावार कम और बच्चों की पैदावार ज़्यादा थी। हर घर में ढेर-सारे बच्चे।

यों गाँव ख़ूबसूरत था, पर यहाँ की हवाएँ, पहाड़ियाँ ख़ूबसूरत वादियाँ, चश्मे,

गुनगुनाती धूप, दूधिया तिलिस्मी बादल यानी कुछ भी लोगों को सुकून नहीं दे पाते थे क्योंकि लोगों के मिज़ाज में ख़ूबसूरती नहीं थी। वे वर्तमान में कम, मिथक, अधकचरे इतिहास और क़ुरान में ज़्यादा जीते थे। ज़ाहिर है ऐसी माटी में आतंकवाद के जीवाणु ख़ूब फलते-फूलते। दिन में यह गाँव किसी आदिम गाँव-सा ऊँघता उबासी लेता, लेकिन अँधेरा घिरते ही गाँव की सरहद पर बेचैन आत्माएँ भटकने लगतीं। आतंकवाद केंचुए की तरह रेंगने लगता। कभी इस पार से उस पार तो कभी उस पार से इस पार। कभी घर से बाहर तो कभी बाहर से भीतर।

ऐसे ही गाँव का मैं एरिया कमांडर था जहाँ बीसवीं सदी ने अभी प्रवेश नहीं किया था। पिछले कई सालों की तुलना में उस साल स्थिति काफ़ी नियन्त्रण में थी क्योंकि अब खुले-खुले आम 'हिन्दुस्तानी कुत्ते वापस जाओ' या 'कश्मीर की मंडी रावलपिंडी' जैसे उत्तेजक नारे सामूहिक रूप से तो नहीं लगते थे, पर दबा-दबा आक्रोश और ढँका-ढूमा ज्वालामुखी गुंड, कंगन, पुंछ, राजौरी, सोपोर और अनन्तनाग जैसे अति संवेदनशील इलाक़ों में चप्पे-चप्पे पर था। मेरे अधीन कार्यरत लांस नायक, प्रताप सिंह एक बार रो पड़ा था, "सरजी, कभी मेरी बन्दूक चल जाएगी तो मुझे दोष मत देना, आज चुपचाप ड्यूटी पर खड़ा था, जाने कहाँ से तीन मुसल्ले प्रकट हो दूर से ही मुझे देख ज़मीन पर घृणा से थूकने लगे। उनकी आँखों से घृणा की चिंगारियाँ फूट रही थीं। यदि क़ानून का डर नहीं होता तो मुझे वे फाड़ ही डालते।"

मेरे ज़ेहन में कौंध गया कैप्टन अजय वर्मा का शव जो एक ऑपरेशन के दौरान ज़िन्दा उनके हाथ लग गया था। और जिसे उन्होंने इस क़दर सलाद की तरह चिन्दी-चिन्दी काट डाला था कि घृणा से आप सुलग उठें।

बहरहाल, ऐसे ही माहौल और ऐसी ही स्थितियों में मेरा काम था अपने इलाक़े से मिलिटेंसी का सफ़ाया करना। लोगों के बीच भारतीय फ़ौज और भारत सरकार के प्रति सद्भावना फैलाना। कश्मीरियों का मन जीतना। ज़ाहिर है हिन्दू और हिन्दुस्तान-विरोधी वातावरण में ऐसे काम अपनी हिन्दू पहचान बरक़रार रखकर नहीं किये जा सकते थे। इसलिए मुझे आर्मी ने एक मुस्लिम नाम दिया—हकीम अली कबीर। मैंने उर्दू ज़ुबान सीखी, मुस्लिम अदब क़ायदे जाने और अपनी पुरानी पहचान, संस्कार और अस्तित्व को मिटाते हुए नया अवतार लिया—मुसलमान का अवतार। अब मैं गुंड गाँव के चप्पे-चप्पे, बच्चे-बच्चे, पत्ते-पत्ते से पानी की मछली की तरह घुलने-मिलने लगा। धीरे-धीरे मैं इस इलाक़े का एनसाइक्लोपीडिया बन गया—किस घर के तार आतंकवाद से जुड़े हुए हैं, या पूर्व में कभी जुड़े हुए थे। किस घर में कितने युवा लड़के हैं, किनके साथ उनका उठना-बैठना है, किस घर से आतंकवादी निकल चुके हैं, किस घर का लड़का एनकाउंटर में मारा जा चुका है। गाँव के असरदार लोग कौन हैं? कौन बाहर से आया? कौन बाहर गया? ग़रज़े कि अब हम फ़ौजी, अफ़सर से स्थानीय

पुलिस में रिड्यूस हो चुके थे। गाँव में यदि बच्चा भी जन्म लेता तो उसकी गूँज हमारे हेडक्वार्टर तक पहुँच जाती।

जैसे मिलिटेंट हमारी गोली का शिकार हो सकता था वैसे ही हम भी कभी भी कहीं भी मिलिटेंट की गोली का शिकार हो सकते थे। इसलिए मिलिटेंट चौबीसों घंटे हमारे दिमाग़, हमारे स्वप्न, हमारी कल्पना यहाँ तक कि हमारी नींद में भी मेघालय के तिलिस्मी बादल की तरह हम पर छाये रहते। लगता जैसे उनके होने से ही हमारे अस्तित्व का कोई अर्थ था। उनके होने से ही हम अपनी ज़िन्दगी को शिद्दत से महसूस करते थे क्योंकि कई बार मैं उनके हाथों मरते-मरते बच चुका था और ज़िन्दगी की क़ीमत और शान का अर्थ समझ चुका था।

एक बार कड़कती ठंड और घनघोर बारिश में मैं नारायण नाग से गुज़र रहा था। मैं सिविल ड्रेस में था। अपने किसी मित्र से मिलकर आ रहा था। रास्ते में मैंने ठंड से थरथराती एक युवती को देखा। काले बुर्के के अन्दर। मैंने गाड़ी धीमी की और सोचने लगा कि मैं कैसे उसकी मदद कर सकता हूँ। मुझसे आँखें मिलते ही उस युवती ने मुझसे लिफ्ट माँगी। मैंने ख़ुशी-ख़ुशी उसे अन्दर कर लिया। बन्द गाड़ी में भी काँप रही थी वह। मैंने हीटर चालू कर दिया। क़रीब पाँच किलोमीटर बाद जैसे ही ढलान शुरू हुई, युवती उतर गयी। मैं बस आधा किलोमीटर और आगे बढ़ा हूँगा कि सी.आर.पी.एफ. के जवानों ने मुझे घेर लिया। बाद में जब मैंने अपना आइडेंटिटी कार्ड दिखाया तो वे सकते में आ गये। उन्होंने कहा, महानसीब आप बच गये, जिस महिला को आपने लिफ्ट दी वह एक ख़तरनाक मिलिटेंट थी।

इस घटना ने मेरी दृष्टि और मेरे नज़रिये दोनों को एकदम बदल डाला। मैं दुनिया को ही शक की निगाह से देखने लगा। मानवीय सम्बन्धों से ज़्यादा मैं अपनी निजी सुरक्षा की चिन्ता करने लगा। यों भी हमें अपने वरिष्ठ अधिकारियों द्वारा चौबीसों घंटे सतर्क, एलर्ट एवं चौकन्ना रहने की हिदायत दी जाती थी। चौकन्ना रहते-रहते मैं इतना चौकन्ना रहने लगा कि एक बार श्रीनगर से 50 कि.मी. दूर बूशन कैम्प में आया मेरा छोटा भाई गेस्ट हाउस में मेरे साथ सोया था। रात उसे ओडोमॉस क्रीम की आवश्यकता पड़ी। उसने नींद में ही मुझे कुहनी मारी। मेरा हाथ सीधे मेरी ए. के. 47 पर पड़ा। भाई हैरान। विस्फारित नेत्रों से ताकते हुए उसने मुझे कहा, "रिलेक्स! क्या नींद में भी तुम्हें मिलिटेंट ही दिखते हैं?" मैं हँस दिया क्योंकि जिस चीते की सी फुर्ती के साथ मेरा हाथ ए.के. 47 पर गया था कि वह सहम गया था। अब मैं उसे क्या बताता कि चारों तरफ़ से अति सुरक्षित इस बेस कैम्प तक में भी फियादीन हमला हो चुका था और तबसे हमारे बेस कैम्प में भी शाम ढलते ही ब्लैक आउट हो जाता है और यह ब्लैक आउट रात में भी यह भूलने नहीं देता है कि हम मिलिटेंट के निशाने पर हैं।

दिन बीतते रहे। ज़िन्दगी का दबाव बढ़ता रहा। कैंसरग्रस्त रोगी से दिन। हर पल की चौकसी। हर पल की मरहम पट्टी। हर पल मौत की आहट। यह शहीद...वह ढेर। यहाँ विस्फोट, वहाँ मुठभेड़। यहाँ ऑपरेशन, वहाँ घेराबन्दी। हर पल की ख़बर। मैं ललक रहा था। उस ज़िन्दगी के लिए जो कहीं और थी। मेरे आने के बाद प्रकृति ने भी रंग बदल लिये थे। हरियाली का भी रंग बुझ गया था। मौसम बदल चुका था, पर हमारे जीवन का ताप और मौसम वहीं-का-वहीं था। हिंसा और मिलिटेंसी सदा सुहागिन की तरह बदले मौसम में भी झेलम नदी-सी इठला रही थी कि तभी गुंड में एक ऐसे परिवार की ख़बर लगी जिसका सबसे बड़ा बेटा जमील साल भर पूर्व ही ताज़ा-टटका मिलिटेंट बना था। मेरा तात्कालिक लक्ष्य था उस मिलिटेंट का सफ़ाया, इससे पूर्व कि वह कोई वारदात करे। सारे विवरण मेरे पास आ चुके थे, परिवार का इतिहास, भूगोल, जमील की तस्वीर...सबकुछ। दो छोटे भाई जमील के, एक युवा होती छोटी बहन। बेहद ग़रीब बीपीएल (ग़रीबी की सीमारेखा के नीचे का) परिवार। माँ रुख़्साना। बहन-रूबीना। एक छोटा भाई—हमीद। दूसरे का नाम हसन। जीविका के लिए दो बूढ़े घोड़े थे जो नारायण नाग में सैलानियों की सवारी के लिए सीजन में निकलते और परिवार को भूखमरी से बचाते। घर के आगे थोड़ी-सी ज़मीन थी। जहाँ कुछ मुर्ग़ियाँ कुड़कुड़ाती रहतीं।

इंडक्शन (कश्मीर-नियुक्ति के समय दी जानेवाली महीने भर की महत्त्वपूर्ण ट्रेनिंग) कोर्स के दौरान हमें ट्रेनिंग दी जाती थी कि आतंकवादी के ठौर-ठिकाने का पता लगाने के लिए ज़रूरी है परिवार की 'वीक लिंक' का पता लगाना। 'वीक लिंक' यानी मिलिटेंट के परिवार या बृहत्तर परिवार में से किसी ऐसे कमज़ोर रिश्तेदार को अपनी ओर मिलाकर उससे मिलिटेंट का भेद लेना जिसे किसी भी प्रकार के लालच से ख़रीदा जा सके, या जो आर्थिक या क़ानूनी रूप से क़र्ज़े वग़ैरह से या मामला मुक़दमा से परेशान हो। जमील के मामले में हमें ऐसा कोई भी वीक लिंक हाथ नहीं लग पा रहा था जिसके ज़रिये हम जमील तक पहुँच सकें। गाँव में छोड़े गये हमारे मुखबिर ने हमें यह पक्की ख़बर दी कि जमील के मिलिटेंट बनने के बाद उसके घर में थोड़ी समृद्धि की चमक आने लगी है, उसके घर की टूटी छत फिर से बनने लगी है। मुख़बिर का अनुमान था कि शायद जानलेवा ग़रीबी से निजात पाने के लिए ही जमील ने यह रास्ता अख़्तियार किया है।

हम जबतब उस गाँव में गश्त लगाते। उजड़ा और वीरान गाँव जिसके अधिकतर युवा या तो मारे जा चुके थे या ए.के. 47 उठाये गाँव के बाहर थे। बची रह गयी थीं बेवाएँ या वृद्ध, वृद्धाएँ।

मैं कड़कती आवाज़ में जमील के अब्बू से कश्मीरी में पूछता—''वनसे कही

छुई नेदू'' (बता तेरा बेटा कहाँ है?) वह थरथर काँपता। सारा घर काँपता। हिचकी लेते, हकलाते हुए वह कहता, ''मैं छुप पता'' (मुझे नहीं पता)।

मैं बन्दूक पर हाथ रख सीधे उसकी आँखों में आँखें डाल उसे घूरने लगता तो वह जाने क्या-क्या कहता, जिसे मैं समझ नहीं पाता। अनुवादक मेरे कहने पर मुझे हिन्दी में अनुवाद कर बताता—क़सम ले लो, छह महीने से नन्हें मियाँ की शक्ल भी यदि देखी है।

''तो फिर घर में पैसे कहाँ से आये? दिखा, मनीऑर्डर की रसीद!'' बोलते-बोलते मेरी आवाज़ के कोने अनायास ही नुकीले हो जाते। उसके डर का रंग और भी गाढ़ा हो जाता। अपने मटमैले फ़िरन से आँसू पोंछते, और सामने के दो टूटे दाँतों को दिखाते हुए वह फिर कलपता, ''साहब जी, पैसे तो बेटे ने अपने किसी आदमी के मार्फ़त भेजे थे।'' बोलते-बोलते किसी अनिष्ट की आशंका से वह फिर काँपने लगता। उसके काँपते होंठ लड़खड़ाते क़दमों और झरझर झरती आँखों से दुख की महागाथा फूटती। वह मुझे इस सदी का सबसे अभिशप्त पिता लगता।

मेरे भीतर की आवाज़ कहती, दुखी मत होओ बाबा, वह आ जाएगा। पर मैं कहता, सच-सच बता, तू उससे कब मिला था, कहाँ मिला था? वह फिर कलपता और अपने छोटे बेटे के सिर पर हाथ रख रोते हुए कहता, ''साहब जी, छह महीने हो गये उसकी शक्ल देखे।''

मैं जानता था कि जमील का अब्बू ठीक कह रहा था कि छह महीने से उसने जमील का चेहरा भी नहीं देखा था क्योंकि मिलिटेंसी के भी अपने सख़्त नियम होते हैं जिसके तहत मिलिटेंट का एरिया और ऑपरेशन उसके घर से ख़ासी दूरी पर रखा जाता है जिससे उसमें किसी भी प्रकार की भावनात्मक कमज़ोरी न आने पाये। पर वह अभी कहाँ है। उसका थोड़ा-बहुत अन्देशा उसके घरवालों को ज़रूर होगा यह भी मैं जानता था। बहरहाल, उस दिन मैं निहायत शराफ़त से पेश आया।

पर मेरे दिमाग़ की बत्ती जल गयी। छह महीने से यदि जमील अभी तक घर नहीं आया है तो निश्चित ही वह आनेवाले दिनों में घर आने की योजना बना रहा होगा। आख़िर आदमी कितना भी कठोर क्यों न हो जाय, पूरी तरह कंकड़-पत्थर तो बन नहीं सकता है और यदि बनता भी है तो बनते-बनते बनता है पर जमील अभी महज़ बीस साल का था। कोमल पत्ता था।

जमील के अब्बू से बात कर मैं उसकी अम्मी की तरफ़ मुख़ातिब हुआ। वह मरते हुए कबूतर की तरह फड़फड़ा उठी। उसकी आँखें डर से फटी पड़ी जा रही थीं। एक बार तो वह समझ ही नहीं पायी कि माजरा क्या है। न किसी से दुश्मनी या झगड़ा-टंटा। न ज़मीन न जायदाद। किसी से धत् तेरी की भी नहीं...फिर उसके यहाँ आर्मी का क्या काम!

क्या घर में जवान लड़के का होना मतलब आर्मी का आना-जाना? उसने उन घरों में देखा था आर्मी और पुलिस को अकसर आते-जाते जहाँ लड़के जवान थे या जेहादी हो गये थे। तो क्या उसके घर में भी है कोई जेहादी?

क्या जमील? उसका सर्वांग काँप उठा।

और जब उसकी अठारह वर्षीया बेटी रूबीना ने उससे कश्मीरी में कहा, भाई जान जिहादी हो गये हैं तो वह इस क़दर चीख़ी कि आसमान शामियाने की तरह हिल उठा। उसे विश्वास ही नहीं हुआ कि जिसे वह कल तक उँगली पकड़े-पकड़े मदरसे छोड़कर आती थी उसने जाने कब उठा ली गन और बन गया जिहादी।

और उसके बाद यातना की ऊँघी सुरंग में लुढ़के उस परिवार का जीना मौत से बदतर हो गया। ख़ुशियाँ तो उस घर में शायद ही कभी उगी हों पर थोड़ा-बहुत जो सुकून-शान्ति थी वह भी बसेरा छोड़ जा चुकी थी और अब वहाँ था ठंडा, गहरा अन्तहीन अँधेरा जिसमें ज़िन्दगी से खौफ़ खाये पाँच जीव थे। हर आँतरे-पाँतरे हम उस घर में पहुँच जाते, उन्हें धमकाते। उसके दोनों छोटे भाइयों को अपने फ़ौलादी हाथों के झन्नाटेदार थप्पड़ का स्वाद चखाते और पूछते, "वनसे कैटि छुई" (बता, तेरा जमील कहाँ है)। उसके दोनों भाई थप्पड़ खा बिलबिलाते, ज़मीन पर गिर पड़ते, चीख़ते पर मुँह नहीं खोलते।

उसकी अम्मी कफ़न की तरह ओढ़े अपने फटे बुरक़े से थोड़ी देर के लिए बाहर निकलती, छाती-माथा पीटती, बच्चों को खींचती फिर उसी कफ़न को वापस ओढ़ लेती।

यहाँ तक तो फिर भी ग़नीमत थी क्योंकि हम आर्मीवाले थे। कलफ लगी लकदक चमचम वर्दी वाले थे, शरीफ़ थे। हम मारते तो भी सभ्यता से, शराफ़त से। लेकिन बहुत शीघ्र ही इस केस में पुलिस भी आ गयी और अब यह हमारा और पुलिस का ज्वाइंट वेंचर था। यों भी हम पुलिस को साथ लेकर ही चलते थे जिससे हमारी किसी भी कार्यवाही पर पुलिस एक्शन न ले सके। हमें कोर्ट में नहीं घसीट सके।

पुलिस के अपने तौर-तरीक़े, अपनी भाषा और अपना शिल्प। पुलिसवालों ने बहुत जल्दी उस परिवार की वीक लिंक यानी कमज़ोर कड़ी खोज निकाली-रूबीना की जवानी और वय:सन्धि की ओर बढ़ते जमील के छोटे भाई हमीद का कच्चा मन।

अब पुलिस ने अपने टार्चर, हिंसा, ख़ौफ़ और ज़िल्लत का वह चन्दोबा ताना कि घर की ईंट-ईंट सिसक उठी। वह हर सप्ताह हमीद को थाने पर बुलाती, उसे पीट-पीट नीला कर देती। उसके बदन पर पिटाई के निशान न उभरें, इसलिए पुलिस उसे गीले कम्बल में लपेट कर पीटती, जिससे किसी भी सूरत में मानवाधिकार

हस्तक्षेप न कर सके। यों भी वह बेहद ग़रीब परिवार था, विरोध और सामर्थ्य से कोसों दूर। हमीद मार खाता रहता पर मुँह नहीं खोलता तो पुलिस का ग़ुस्सा और बढ़ जाता। वह उसके घर आ धमकती, वहाँ अड्डा मारती। सिगरेट के छल्ले उड़ाती, उसकी जवान बहन रूबीना को घूरती, उससे गन्दे-गन्दे मज़ाक़ करती, भद्दे इशारे करती। उसके सामने माँ-बहन की ऐसी अश्लील और भद्दी गालियाँ निकालती कि जमील के अब्बू रो पड़ते, सिर पीटने लगते। पुलिस के जवान उसकी माँ को समझाते कि यदि वह अपने परिवार, अपनी बेटी और बाक़ी बच्चों की ख़ैर चाहती है तो बता दे जमील कहाँ है या कब आनेवाला है। जमील की माँ माटी के लोंदे-सी घर के कोने में पड़ी रहती और पथरायी आँखों से देखती रहती।

सिलसिला चलता रहा। परिवार स्वप्नविहीन और भविष्यहीन होता रहा। यातना और उत्पीड़न का अँधेरा अमावस्या की रात की तरह बढ़ता रहा। हर नये दिन के साथ घना होता रहा।

एकाएक उन दिनों आतंकवादी वारदातों में इज़ाफ़ा हो गया। राजौरी में हुए एनकाउंटर में हमारे दो मेजर शहीद हो गये। इस घटना से हमारे ऊपर दबाव बढ़ता जा रहा था।

हमारा ग़ुस्सा बढ़ता जा रहा था।

उस परिवार की चुप्पी ने हमारे भीतर दुबके बैठे पशु को हिंसक बना डाला, हमारा टार्चर इतना बढ़ा कि परिवार मुर्दा हो गया। जीवन के चिह्न दिन-पर-दिन मिटते गये।

झेलम-सी इठलाती रूबीना सूखती गयी। उसके चेहरे पर बदसूरत रेखाएँ खिंचती जा रही थीं। हमीद की पढ़ाई छूट गयी थी। वह विक्षिप्त होता जा रहा था। दोनों बूढ़े घोड़े सैलानियों को घुमाने की बजाय—बाहर बँधे मिलते। उसके अब्बू घर के कोने में कम्बल ओढ़े अपने आप से बतियाते मिलते। मैं जब भी उस घर में घुसता मुझे मरी हुई सभ्यता की बदबू आती। मेरा दम वहाँ घुटने लगता क्योंकि वहाँ हवाएँ रुकी हुई थीं और ज़िन्दगी किसी कोने में मुँह छिपाए सुबक रही थी।

एक बार तो इन्तिहा हो गयी। जैसे ही हम पुलिस के साथ उस घर में घुसे, हमें देखते ही डर के मारे हमीद का पेशाब निकल गया। मुझे लगा, उसका पेशाब नहीं निकला वरन आदमी होने की जो शुरुआत मैंने कभी की थी उसकी डोर पूरी तरह मेरे हाथ से निकल चुकी है। उसी शाम मैंने अपने कमांडिंग ऑफ़िसर से पिनपिनाते हुए कहा, ''सर मुझे लग रहा है कि हम उस परिवार पर कुछ ज़्यादा ही ज़ुल्म ढा रहे हैं।''

कमांडिंग अफ़सर कर्नल अभिषेक पांडे ने ग़ुस्से से तमतमाते हुए मुझे जवाब दिया, ''भूल गये उन दरिन्दों ने किस प्रकार मारा था कैप्टन अनुज को। कैसे निकाल

डाली थी उसकी आँखें और कैसे सलाद की तरह काट डाला था उसके अंग-अंग को। याद रखो हमें यहाँ सभ्यता और उच्चकोटि के समाज निर्माण के लिए नहीं वरन मिलिटेंसी का सफ़ाया करने के लिए भेजा गया है। हम अगर एक मिलिटेंट को बख़्श देंगे तो वह हमें मार गिराएगा और भविष्य में भी न जाने कितनी हिंसक वारदातों को अंजाम देगा। इसलिए सोचो मत और सोचना ही चाहो तो यही सोचो कि हमारा काम है राष्ट्र को एक उज्ज्वल भविष्य देना।''

''पर सर, हम किसका दंड किसको दे रहे हैं?''

नहीं चाहते हुए भी मेरे मुँह से निकल गया था। यद्यपि आर. आर. पोस्टिंग में इस प्रकार अपने कमांडिंग ऑफ़िसर से तर्क करना भी अनुशासन के ख़िलाफ़ था पर शायद उन्होंने मेरे भीतर होने वाले रक्तपात को देख लिया था इसलिए मुझे समझाते हुए उन्होंने फिर कहा, ''देखो हमें उस गाँव में एक मिसाल क़ायम करनी है। इतना डर उस धरती पर बो देना है कि आनेवाले सालों में वहाँ इनसान तो क्या परिन्दा भी मिलिटेंट बनने की न सोचे। मेरी बात याद रखना तभी तुम एक कामयाब फ़ौजी अफ़सर बन पाओगे और वह बात यह है कि 'युद्ध और बुद्ध' एक साथ नहीं चल सकते।''

'युद्ध और बुद्ध एक साथ नहीं चल सकते'। यह उन दिनों का मेरा मूलमन्त्र था जिसे जप-जप कर मैं उन दिनों अपनी घायल आत्मा और लहूलुहान विश्वचेतना की मरहम पट्टी किया करता था। मैं मेजर राणा अभी तक एक भी मिलिटेंट को ढेर नहीं कर पाया था। एक भी ऑपरेशन को सफल अंजाम तक नहीं पहुँचा पाया था जबकि मेरे ही एक कुलीग मेजर विक्रम पालीवाल को चौदह आतंकवादियों को अकेले मार गिराने के पराक्रम के लिए शौर्यचक्र मिल चुका था।

बहरहाल, दिन-पर-दिन मुझ पर यूनिट का दबाव बढ़ता जा रहा था। हिन्दुस्तान की सुरक्षा मेरा पहला कर्तव्य था और कश्मीर विशेषकर गुंड, सोपोर, राजौरी और अनन्तनाग जैसे संवेदनशील इलाक़े मुझे पलभर के लिए भी भूलने नहीं देते थे कि मैं सबसे पहले एक अच्छा इनसान नहीं हिन्दुस्तानी हूँ, कि मेरा अपना न कोई वजूद है, न आत्मा, कि मैं एक सामूहिक नियति और भविष्य से बँधा हूँ, कि व्यक्ति स्वातन्त्र्य और व्यक्ति-मन के लिए यहाँ कोई स्पेस नहीं है। मुझे हर दिन लगता कि मैं ग़लत जगह पर आ गया हूँ, कि यह दुनिया मेरी नहीं, पर जिस शपथ-पत्र पर 20 वर्ष की उम्र में मैं जीवन के सीमित अनुभवों के आधार पर हस्ताक्षर कर चुका था उसके अनुसार बीस वर्ष की सेवाओं के पूर्व मैं यहाँ से निकल नहीं सकता था।

बहरहाल, मेरा तत्काल लक्ष्य था जमील का सफ़ाया। इस कारण उस परिवार पर हमारा शिकंजा कसता गया। ज़्यादतियाँ, उत्पीड़न-यातनाएँ, पूछताछ, मारपीट और बदसुलूकियाँ बढ़ती गयीं। ये सब हमारी रणनीति के तहत अदृश्य गोलाबारियाँ थीं जो हर दिन परिवार का कन्धा ज़रा-ज़रा कर तोड़ रही थीं। उस घर की ईंट-ईंट पर एक ही इबारत साफ़-साफ़ लिख रही थी कि उस परिवार के पास अब एक ही विकल्प है या जमील की मौत या पूरे परिवार की तबाही।

ठंडी क्रूरता और असभ्य शालीनता के साथ मैंने जमील की अम्मा को एक धूल भरी दोपहर समझाया था, "देखो, जमील को तो देर-सबेर मरना ही है, पर तुम चाहो तो अपने बाक़ी तीनों बच्चों की तबाही बचा सकती हो। हमीद लगभग पागल हो चुका है। हसन (जमील का छोटा भाई) की छाती की हड्डियाँ निकल आयी हैं और रूबीना, उसे तो देखकर लगता है जैसे सालों से बीमार हो। कहीं ऐसा न हो कि जमील भी न बचे और बाक़ी बच्चे भी जीने के क़ाबिल न रहें।"

"नहीं, ख़ुदा रहम करे", उसने अपने कानों को हथेलियों से ढाँप लिया था। कमज़ोर जड़ों वाले पौधे की तरह वह काँपने लगी थी और यदि रूबीना ने उसे सहारा नहीं दिया होता तो वह शायद गिर ही पड़ती।

बहरहाल, मेरा निशाना ठिकाने पर लगा था। परिवार हर क्षण टूट रहा था। बुद्ध हर क्षण ढह रहे थे। मानवीय हलचलें हर क्षण क्षीण होती जा रही थीं। बच्चे तेज़ी से ज़िन्दगी से डरे हुए चूहों में तब्दील होते जा रहे थे। जमील की माँ टुकड़े-टुकड़े हो रही थी। एक टुकड़ा जमील के लिए सोचता तो दूसरा बचे-खुचे परिवार के लिए।

और एक दोपहर कमाल हो गया। साल बीतते-न-बीतते सरोवर का सारा पानी सूख गया। हवाएँ रुक गयीं। सारे एहसास मर गये। ज़िल्लत, डर, उत्पीड़न और यातना की नोक पर टँगा वह परिवार पूरी तरह ढह गया।

शायद धरती भी अपनी धुरी पर घूमती हुई उन क्षणों कुछ देर आहत, अचम्भित हो ठिठकी होगी, शायद कुम्हार का चाक भी उन पलों घूमते-घूमते रुक गया होगा। जब जीने की चरम विवशता में, जीने की अन्तिम चेष्टा के रूप में एक रचनाकार को अपनी ममता के कण-कण से सँवारी हुई अपनी रचना का गला घोंटने का निर्णय लेना पड़ा होगा। जब एक कामयाब शाम ख़ुद जमील की अम्मा ने आँखों में जलन और हृदय में असह्य ज्वाला लिये हमें बताया, "वह आ रहा है कल हमसे मिलने।"

क्या? कौन? जमील?

अविश्वसनीय!

मैं हैरान! गद्गद। मेरे साथ आये चारों लांसनायकों और नायकों की आँखें सर्चलाइट-सी चमकीं। चेहरे पर सौ-सौ गुलाब खिले।

मुझे समझ में नहीं आया कि उन्हें इस सूचना पर क्या कहूँ। मैं इनसानियत के

बस निचले पायदान पर खड़ा था। वह बेबसी और यातना की पराकाष्ठा पर खड़ी अपने बाक़ी तीनों बच्चों को बचा पाने की नसतोड़ मुहिम में अपने ही हाथों अपनी ममता का गला घोंट रही थी।

"तो जमील कल आ रहा है तुमसे मिलने?" मैं जैसे पूरी तरह आश्वस्त हो जाना चाहता था।

उसने गर्दन हिलायी और घुटने में सिर दबाये रोने लगी। उसके तीनों बच्चे उससे चिपक सुबकने लगे। उसके अब्बू दुख के आवेग को न सह सकने के कारण हाँफते हुए छाती मलने लगे थे। घर में हवा जैसे रुक गयी थी। मौत की बदबू भर गयी थी पर हम चहक रहे थे।

22 घंटे। पूरे बाईस घंटे थे हमारे पास मौत के इन्तज़ाम के लिए। रात के सर्पीले सन्नाटे में हमने उसके घर के आसपास पूरी घेराबन्दी की। हम जानते थे कि जमील रात के अँधेरे में ही घुसेगा। दो सौ मीटर की दूरी पर हम HHTI (एक क़ीमती कैमरा जो अँधेरे में कई किलोमीटर तक देख सकता है।) PNVG (अँधेरी रात में तीन किलोमीटर दूर तक देखनेवाला चश्मा), हैंड ग्रेनेड, रॉकेट, लांचर, एके-47 आदि सामानों के साथ अपनी पोजीशन लिये अँधेरे में दुबके रहे और उसके घर को फोकस करते हुए नज़र गड़ाये रहे।

ठीक आधी रात के ठंडे और काँपते अँधेरे में घर का शहज़ादा रेंगता, छुपता घर में घुसा।

हमने उसे घुसने दिया।

पूरी रात हम घेरा डाले बैठे रहे। HHTI से उसके घर में निगाहें गड़ाये रहे। हम चाहते थे कि 'कोलेटरल डैमेज' कम-से-कम हो, यानी सिर्फ़ जमील ही हमारी गोली का निशाना बने, एक भी सिविलियन हमारी चपेट में न आये और जहाँ तक सम्भव हो उसके घर को न ढहाया जाय। पिछले एक ऑपरेशन में हमने थोड़ी-सी जल्दबाजी की। हमने आसपास के घरों को तो ख़ाली करवा लिया था पर जिस घर में छुपा था मिलिटेंट, उसे हमने रॉकेट लांचर से ढहा दिया था। बाद में मानवाधिकार आयोग ने हम पर केस ठोक दिया था कि जब हम उस घर को ढहाने से बचा सकते थे तो हमने उसे ढहाने से क्यों नहीं बचाया।

इस बार हम कोई जल्दीबाजी नहीं करना चाहते थे।

हमने पूरे धैर्य से काम लिया।

दूसरे दिन भी हम डेरा डाले बैठे रहे। उस घर पर नज़र जमाये रहे। दूसरी रात भी निकल गयी।

तीसरे दिन दोपहर को हमारी आशा के अनुरूप जमील ने भूल की। मर्द कलन्दर की तरह ख़तरे को सूँघने के लिए वह मिनट भर के लिए बाहर निकला। हमने पहला

फायर किया, वह तुरन्त भीतर दुबक गया।

बस उसके बाद फ़ौजी भाषा में उससे हमारा 'डुअेल कांटेक्ट' हो गया यानी अब हम और वह आमने-सामने थे। उसे मालूम पड़ गया था कि वह घेरा जा चुका है।

अब मौत का इन्तज़ाम बड़ी शान्ति और व्यवस्थित ढंग से हुआ। आसपास के घरों को ख़ाली करवाया गया। एक-एक कर गाँव के लोगों की शिनाख़्त करवाकर उन्हें घेरे के बाहर किया गया। जमील की तस्वीर हमारे पास थी इस कारण इसकी सम्भावना न्यूनतम थी कि वह अपने हथियार कहीं छिपाकर लोगों के साथ बाहर निकल जाय।

अब आसपास सब कुछ ख़ाली था, स्वप्नविहीन था।

तिकुने झोंपड़ीनुमा घर में जमील था और उससे महज़ 200 मीटर की दूरी पर हम थे। वह घर में दुबका रहा। हम बाहर डटे रहे।

वह अकेला था, हम पूरी यूनिट के साथ थे। फिर एक रात गुज़री, सफ़ेद रात। और पूरे चौदह घंटे, चौबीस मिनट के बाद वह फिर बाहर झाँका। वह सँभला-सँभला कि छत में बैठे हमारे जवान ने फायर किया। गोली माथे पर लगी और देखते-देखते कुल दीपक बुझ गया।

छलाँग मारता समुद्र ज़मीन पर लोट गया।

एक दुस्साहसिक जीवन का दुःखद असामयिक अवसान! हमारी पूरी यूनिट सन्तुष्ट थी कि बिना 'कोलेटरल डैमेज' के हम अपने मिशन में कामयाब हुए।

बड़ी शराफ़त और शिष्टता के साथ हमने जमील की मृत देह को नौ फीट लम्बे लोहे की हुक लगी छड़ी से खींचा। कई बार आतंकवादी की मृत देह में भी ग्रेनाइड छिपा मिलता है और जैसे ही जवान मृत देह की तलाशी शुरू करता है, मृत देह जवान को उड़ा देती है। ज़िन्दगी ख़त्म हो जाती है पर मिलिट्री और मिलिटेंट की नफ़रत ज़िन्दा रहती है।

बासी चावल जैसे सफ़ेद उसके चेहरे पर जगह-जगह ताज़े ख़ून की धारियाँ पड़ी हुई थीं। बड़ी शराफ़त और नफ़ासत के साथ हमने उसके शव को चादर में लपेटकर पुलिस के हवाले किया, जिसे बाद में क़ानूनी खानापूर्ति कर पुलिस ने उसके परिवार को सौंप दिया।

जमील को मारकर मैंने भारत के भविष्य को कितना सुरक्षित किया मुझे नहीं पता, पर इस ऑपरेशन ने मुझे कुछ दिनों के लिए अपनी यूनिट में हीरो बना दिया था। जिस समय मेरे सभी सीनियर अफ़सर और कलीग मुझे बधाइयाँ दे रहे थे, मैं सोच रहा था

कि समय के कुछ कालखंड बाद मैं नेपथ्य में चला जाऊँगा पर बची रह जाएँगी एक बेबस माँ की सिसकियाँ और मेरे मन की अशान्ति। और सचमुच, दिन तो मेरा भागदौड़ आपाधापी में निकल जाता पर गहरी रात के सन्नाटे में उदासियाँ मुझे दबोच लेतीं और मेरा मन एक अशान्त समुद्र बन जाता। जहाँ रह-रहकर मेरी मानसिक शान्ति और सुकून को लीलनेवाली लहरें उठतीं जो मुझे अतीत और स्मृतियों के घाट पर ले जा पटकतीं। मुझे याद आता, जब मैंने पहली बार कश्मीर की सरहद में पाँव रखा था तो धरती का यह टुकड़ा मुझे इतना सुन्दर, कोमल और स्वप्निल लगा था कि मेरी सारी इन्द्रियाँ सौन्दर्य से भर गयी थीं। पर अढ़ाई साल में ही इस शहर ने मुझे हत्यारा बना, मेरी अन्तरात्मा मुझसे छीन, मुझे कंगाल बना डाला था। अब मेरी इन्द्रियों में सौन्दर्य नहीं, कुरूपता भर गयी थी। मेरी घ्राणेन्द्रियाँ अब पत्तों, हवा की सरसराहट, बादलों की गड़गड़ाहट और मेरे भीतर की आवाज़ नहीं सुनतीं। वे सुनती हैं गोलियों की, चीख़ों की, बमों की, दिलों के टूटने की, भरोसों के मरने की और माँओं के उजड़ने की आवाज़ें। मेरी आँखें अब पहाड़ियों, पानियों, कश्मीर के गुलाबों और दूधिया बादलों के सौन्दर्य को नहीं देख पातीं क्योंकि उन आँखों में रह-रहकर कुछ और ही दृश्य कौंधते हैं, ख़ून से सना जमील का चेहरा, मरी छिपकली की तरह डर से बाहर निकली जमील की माँ की आँखें और घरों के पीछे बनी क़ब्रें।

मेरी घ्राणेन्द्रियों को अब गुलाबों और केसर की सुगन्ध नहीं वरन गन्धक, बारूद और जलते हुए इनसानी मांस की गन्ध की आदत पड़ गयी है। जो शहर कभी मुझे लुभाता था, स्वप्न जगाता था वही शहर अब मुझे डराने लगा था। मेरी सामान्य मनःस्थिति दिन-पर-दिन मुझसे छिनती जा रही थी। रात होते ही जमील की मौत मुझे अपनी उँगलियों के पोर-पोर से छूने लगती, मेरी नींद उचट जाती। जबर्दस्ती नींद को रिझाते-रिझाते सोने की चेष्टा करता तो दुःस्वप्न पीछा नहीं छोड़ते। एक रात स्वप्न में देखा जमील की माँ मुझसे कह रही थी, घर आये और गोद में बैठे मेरे बेटे को मारकर तुमने कैसा पराक्रम किया? सच, हमने जमील को पराक्रम से नहीं, उस परिवार पर अमानुषिक बर्बरता ढा कर मारा था। हमारा पराक्रम सिर्फ़ इतना था कि हमने माँ से उसके बेटे को छीन लिया था।

बहरहाल सप्ताह भर बाद ही गुंड गाँव में गश्त लगाते-लगाते मैं फिर उनके घर गया, शायद यह देखने के लिए कि जीवन उठकर खड़ा हुआ या नहीं, या शायद यह जानने के लिए कि उस घर में अब घर कितना बचा हुआ था।

उस दिन भी अकेली थीं वो। मन से, देह से आत्मा से आसपास जैसे पछतावा, आत्मग्लानि, हताशा, दुख और बेचैनियाँ बंजारों की तरह भटक रही थीं। थोड़ी देर बाद मुझे लगा वे कुछ बुदबुदा रही हैं, मैंने ध्यान से सुना। वे शायद मुझसे ही पूछ रही थीं, वारे छुक? (कैसे हो?) मैं चुप रहा, क्या जवाब देता। मैं देखता रहा साँय-

साँय करते खंडहर में खंडहर बनी उस बेचैन आत्मा को। जाने कहाँ-कहाँ के दुख इतिहास से निकलकर मेरे भीतर इकट्ठे होने लगे। मानव सभ्यता का वह काला पृष्ठ। अब सदियों से ग़ुलाम बनी नीग्रो माँओं ने स्वयं ही अपने नवजात बच्चों को मार डाला कि उन्हें ग़ुलामी की ज़िन्दगी न जीना पड़े। समय बदला पर मानव नियति, मानव त्रासदी किसी-न-किसी रूप में आज भी वहीं-की-वहीं है। विचारों के प्रवाह में मैं बहता जा रहा था कि लगा वे फिर कुछ कह रही हैं। हाँ, इस बार वे मुझसे ही कह रही थीं। हाँफते-हाँफते वे जो कुछ बोलीं, उसका भाव था कि अब तो तुम अच्छे होगे, कश्मीर में भी ख़ुशहाली होगी क्योंकि अब मेरा जमील जो मर गया है। बोलते-बोलते वे फिर थम गयीं। गर्दन हिला-हिला कहने लगीं, ''नहीं मरा नहीं, मैंने ही उसे मरवा डाला। वह तो अपने घर अपनी माँ से मिलने आया था और मैंने...'' बोलते-बोलते उन्हें फिर दौरा पड़ा और वे उन्मत्त हो चीख़-चीख़ कर बिसूरने लगीं। उन्हें शान्त होने में काफ़ी समय लगा। सुस्थिर होने पर फिर एक गहरी साँस छोड़ी उन्होंने।

मैं अन्दर तक हिल उठा। उनके भीतर से जैसे सदियों का दुख बोल रहा था। याद आया मैंने ही उनसे बार-बार कहा था कि जमील कश्मीर की शान्ति के लिए बहुत बड़ा ख़तरा है।

काफ़ी देर तक हताश चुप्पी हमारे बीच पसरी रही। मैं चाहकर भी बोल नहीं पाया। शब्द घुटते रहे, मरते रहे। अपने समय के यथार्थ से पराजित हम दोनों शायद ख़ामोशी में लिपटे अपने जीने और होने का तर्क ढूँढ़ रहे थे।

मैं कनखियों से उनकी ओर देखने लगा, सप्ताह भर में ही वे बहुत बूढ़ी लगने लगी थीं। उनकी उम्र चालीस की थी पर उनके आधे से अधिक बाल सफ़ेद हो गये थे। छिपकली के पेट की तरह सफ़ेद चेहरे पर आत्मग्लानि और पछतावे और अवसाद की झाइयाँ हर कहीं उगी हुई थीं।

एकाएक मैं चौंक गया। मुझे वहीं छोड़ वे उठीं और धीरे-धीरे घर के कोने में पड़ी खटिया तक गयीं। खटिया पर काँच का भांड रखा हुआ था। भांड के भीतर कुछ चॉकलेट रखी हुई थीं। वे उसे बार-बार निकालतीं, उन पर हाथ फेरतीं, गिनतीं और फिर उसी में रख देतीं।

मुझे अटपटा लगा। इस मरते घर में चॉकलेट?

निहायत मुलामियत से पूछा मैंने, ''बार-बार क्या गिन रही हैं?''

''गिन नहीं रही हूँ, छू रही हूँ इन्हें।'' लगा जैसे आवाज़ इनके मुँह से नहीं, किसी गहरी अँधेरी बावड़ी से आ रही है।

''क्यों?''

''इन्हें जमील ने छुआ था। बहुत पसन्द थी उसे ये। पूरी दस थीं। तुम्हें उसके

आने की ख़बर देने के बाद ही मैं बाज़ार से उधार लायी थी। इन लेमनचूसों को।'' उनकी आँखों में यादों के चिराग़ जल उठे। होंठ काँपे। आँखें किसी अदृश्य को देखने लगीं। एक बोझिल चुप्पी। मेरी आँखों में फिर वही दृश्य कौंध गया...चादर में लिपटा माँ का लाडला जमील।

''क्या जमील ने खायीं?''

पंखकटी चिड़िया-सी वह फड़फड़ायीं, ''हाँ दो खायीं, पूरी दस थीं, अब आठ हैं।''

खिड़की से दिखाई देते टुकड़े-भर आसमान की ओर नज़र गड़ाये बोलती जा रही थीं वह। उनकी आवाज़ का कम्पन छू रहा था मुझे। लग रहा था जैसे उस मरते हुए घर में बस एक ही चीज़ ज़िन्दा थी जो फड़फड़ा रही थी चहुँओर, तप्त रेत पर पड़ी मछली की तरह जमील की मौत।

''तुम्हें कैसे पता कि जमील ने ही खायी। हमीद और रूबीना भी तो खा सकती हैं।'' जाने कौन अदृश्य शक्ति हमें और उसे बुलवा रही थी।

''नहीं,'' और वह एकाएक हिचकियाँ ले रो पड़ीं। आत्मा को दाग देनेवाला था उनका क्रन्दन। वह काँप रही थीं। पूरी धरती काँपने लगी थी। सारी दुनिया का दुःख और ग्लानि उनकी आँखों में मूर्तिमन्त हो उठा। काफ़ी देर तक वह काँपती रहीं। सुबकती रहीं। शान्त होने पर उन्होंने फिर बोलने की कोशिश की। बहुत धीमे-धीमे, हाँफते-हाँफते शब्दों को जबर्दस्ती बाहर धकेल रही थीं वह, जैसे बोलने में बहुत कष्ट हो रहा हो उन्हें।

''नहीं हमीद, रूबीना, हसन किसी ने भी नहीं खायी। सबको पता था न, कि भाईजान अब मारे...'' बाद के शब्द बोल नहीं पायी थीं वह। काँपती सुबकियों में गुम हो गयी थी उनकी आवाज़।

लौटते वक़्त देखा, तेज़ हवा में पेड़ के पत्ते झड़ रहे थे। चिड़ियों की तरह नीचे गिर रहे थे। मन फिर आशंकित हो उठा—कहीं सारी चिड़ियाँ मर न जाएँ, हमें जल्दी ही कुछ करना होगा।

नन्दीग्राम के चूहे

फूल को बिखरा देनेवाली हवा
कौन कहता है चलनी नहीं चाहिए।
समूचा जंगल जला देने वाली आग
कौन कहता है लगनी नहीं चाहिए।
—भवानी प्रसाद मिश्र

एक अजीब उदास शाम थी वह। अँधेरा आगे था, शाम पीछे। पाँव आगे थे, मन पीछे। पहली मर्तबा उस शाम ज़िन्दगी को और अपने होने को शिद्दत से महसूसा मैंने। अहसास की नर्म माटी के साथ-ही-साथ कंकड़-पत्थर भी झेले। 'जेल' शायद पहली बार उस शाम मन में बसे इतिहास से निकलकर मेरे वजूद से जा चिपका। मेरी टाइलर के 'भारतीय जेलों में पाँच साल' के पृष्ठ आँखों के आगे फड़फड़ाने लगे। 'कॉमरेड' शब्द के अर्थ उन्होंने जेल के भीतर रहकर ही तो जाने थे। क्या ऐसे ही कुछ अर्थ मेरी ज़िन्दगी में भी शामिल होनेवाले हैं?

20 मार्च, 2007। नन्दीग्राम का सोनाचूड़ा गाँव। किसानों की खेती की ज़मीन का जबरन अधिग्रहण करने के विरोध में जब मुझे भी 'कृषि ज़मीन रक्षा समिति' के बैनर तले आन्दोलनकारियों के साथ धारा 144 को तोड़ने के आरोप में धर लिया गया और राजनीतिक क़ैदी की हैसियत से अढ़ाई दिन तक अलीपुर सेंट्रल जेल में ठूँस दिया गया तो मेरे भीतर घबराहट से कहीं ज़्यादा उत्तेजना और रोमांच के तत्त्व थे। जाने कितनी फ़िल्मों में देखे जेल-दृश्य—धारीदार पायजामे, जेल की सलाखें, काली-भूरी जेल कोठरियाँ, चक्की पीसती औरतें, पत्थर तोड़ते क़ैदी, ताला खोलता सन्तरी, भगत सिंह की भूख हड़ताल, छब्बीस साल जेल की काल कोठरी में बितानेवाले नेल्सन मंडेला—सब कुछ तिर-तिर तैरने लगा। मेरे चारों ओर दृश्य-ही-दृश्य थे। तैरते, डराते, रोमांचित करते, और मैं उत्तेजित था इन काल्पनिक दृश्यों को वास्तविक आँखों से देखने के लिए। इस कारण पुलिसिया गाड़ी से सारे सफ़र के दौरान—जहाँ मैं

इतिहास में जी रहा था, मेरे सारे संगी-साथी पश्चिम बंगाल को किसी राजसी-आधुनिका की तरह चमकता-दमकता देखने की ख़्वाहिश में जी-तोड़ जुटे मुख्यमन्त्री बुद्धदेव भट्टाचार्य की औद्योगिक नीतियों के नट-बोल्ट खोलने में तल्लीन थे।

बातों के टुकड़े रह-रहकर मुझसे टकरा जाते। मेरी चेतना हिल-डुल जाती। भीतर बाहर चला आता और बाहर भीतर।

भीतरी आँच से सुलगती रेनु दी बोलीं, ''इनसे तो रॉबिनहुड सरीखे डाकू ही कहीं अच्छे थे जो अमीरों की ज़मीन-जायदाद लूटकर ग़रीबों को बाँट देते थे, ये पायजामा कम्युनिस्ट तो...।''

वे बात पूरी कर भी नहीं पायी थीं कि उतावले अभिजीत ने बीच में ही झटक लिया उन्हें, ''अब बुद्धदेव भी बेचारे करें तो क्या करें, उनकी भी तो सारी कोचिंग वहीं से होती है जहाँ के प्रधानमन्त्री ने मार्क्स और माओ, दोनों की मिट्टी पलीद करते हुए कहा—अहा! कितनी शानदार चीज़ है यह अमीरी। भई जो भी कहो, सर्वहारा-फ़क़ीरी से चुनिन्दा अमीरी में प्रत्यावर्तन का अनुभव होता ही ऐसा है। क्या फ़र्क़ पड़ता है कि बिल्ली सफ़ेद है या काली, जब तक कि वह चूहा पकड़ती है।''

फेंटा कसकर दीपंकर महाशय भी आगे आये, ''पहले हमारे बुद्धदेव को स्वप्न में सर्वहारा दिखते थे, अब तेज़ रफ़्तार में भागती-दौड़ती बिल्ली दिखती है। समानता, सर्वहारा का चिन्तन तो अब फ़िज़ूलख़र्ची लगना ही है। बिल्ली की ख़ूँखार कंजी आँखों के सम्मोहन से शायद कहीं डर भी गये हैं, बेचारे इस कारण बिल्ली के लिए रास्ता साफ़ करने में लगे हैं। अब इसी बिल्ली-दौड़ में कुछेक हज़ार चूहे मर भी जाएँ तो क्या हर्ज? यह तो ज़माने से ही होता आया है। नन्दीग्राम के चूहे क्या कोई अनोखे चूहे हैं! देखना, बिल्ली दौड़ेगी और लाख टके की सस्ती कार में दौड़ेगी। बचे हुए भूखे-नंगे चूहे अपने बिलों में दुबके देखेंगे इस शाही नज़ारे को। अब चूहों का दुख भी भला कोई दुख है?

''दुनिया की कौन-सी सियासत का आँचल भीगा है चूहों के इन आँसुओं से!''

चेहरा तमतमा गया रेनू दी का—जैसे नन्दीग्राम के सारे चूहे उनके चेहरे से चिपक चुनचुना रहे हों। तल्ख़ स्वर में कहा उन्होंने, ''इस बिल्ली की टाँग तो हम तोड़ देंगे। बस, जनता ज़रा-सा साथ दे दे।''

उनकी सारी उम्मीदों और स्वप्नों का बुलडोज़र चला दिया अभिजीत ने, ''जनता की भली कही। उसकी तो सारी ऊर्जा, सारा दमखम अपने अस्तित्व को बचाने में ही खप जाता है, जहाँ दायें-बायें तक देखने की फ़ुर्सत नहीं। सुना नहीं दिहाड़ी संजय राव के बारे में, बेचारा ट्राम की पटरी ठीक कर रहा था। देर रात तक काम करते-करते इतना थक-मर गया कि वहीं लुढ़क गया पटरी पर ही। भोर में कंडक्टर ने ट्रायल के लिए पटरी पर ट्राम दौड़ायी। कंडक्टर को अन्देशा नहीं था कि

कोई पटरी पर भी सो सकता है। उसने ट्राम दौड़ाई और वह थककर बेसुध। ट्राम चली गयी। मर गया। न भूख से, न हारी-बीमारी से। हाड़तोड़ मेहनत से। तो क्या करेगी ऐसी थककर बेदम हुई जनता? यह हर युग का सत्य है। जब पोरस और सिकन्दर के बीच घमासान युद्ध चल रहा था—तो उससे थोड़ी ही दूरी पर इस युद्ध से निरपेक्ष किसान हड्डीतोड़ मेहनत कर रहे थे, खेत में हल चला रहे थे। तो रेनु जी, समय और फ़िज़ा में बहती हवा ही जनमानस तैयार करती है। आज फ़िज़ा में अय्याशी है, समृद्धि और समृद्ध दिखने की हवस है।''

बाहर टापुर-टुपुर बरसा होने लगी थी। मौसम ठंडा होते-होते खुशनुमा होता जा रहा था, पर भीतर इतनी गरमागरम बहस चल पड़ी थी कि विचारों के फ़रिश्ते भाप बन जहाँ-तहाँ उड़ने लगे थे, इस कदर कि पता नहीं चला कि कब सत्ताइस किलोमीटर की दूरी बस से तय कर ली और अब अलीपुर सेंट्रल जेल की बाहरी चाइनीज़ दीवार को पारकर हम मुख्य द्वार तक पहुँचे।

बड़ा-सा लोहे का कपाट और उस पर जड़ा बड़ा-सा अलीगढ़ी ताला। बन्द शाही दरवाज़े के सपाट सीने में खुलती छोटी-सी खिड़की। आस-पास ढेरों पुलिस। हमारी बड़ी-सी सरकारी गाड़ी के लिए शाही दरवाज़े को खोला गया। चूँकि हम राजनीतिक बन्दी थे, पुच्छल तारे की-सी दो एक दिन की हमारी हस्ती! इस कारण सबसे पहले हमें जेल सुपरिंटेंडेंट मिस्टर मंडल के कक्ष में बैठाया गया। फिर गिना गया। जेल के मुख्य द्वार के एकदम क़रीब बना हुआ उनका बड़ा-सा कमरा। कमरे की सामने वाली दीवार पर टी.वी. के सात-आठ मॉनिटर, तीन कलर में लगाए हुए। इन्हीं मॉनिटरों द्वारा सिगरेट के धुएँ के छल्लों से घिरे मिस्टर मंडल। जेल के हरेक वार्ड, हरेक सेल, सिंगल सेल, डॉर्मिटरी और कंडेम्ड सेल की गतिविधियों पर नज़र गड़ाए हुए थे।

एकाएक मुझे लगा जैसे हम जेल सुपरिंटेंडेंट के कक्ष में नहीं वरन् किसी क्लास रूम में बैठे हैं। हमारे ठीक सामने ब्लैक बोर्ड था, ठीक वैसा ही जैसा स्कूल के दिनों में हुआ करता था। बोर्ड की ऊपरी पट्टी पर चाक और डस्टर भी हू-ब-हू स्कूल के दिनोंवाले।

बोर्ड पर कुछ आँकड़े थे। कुछ ज़िन्दगियाँ थीं। उनका लेखा-जोखा था। या कहिए कि ज़िन्दगियों की दास्तान ही आँकड़ा बनी हुई थी। बानगी इस प्रकार थी : सज़ायाफ़्ता क़ैदी-5। लाइफ़र (उम्र-कैदी) 50+6। सिम्पल इम्प्रीजमेंट—1056+60, रिगरस-इम्प्रीजमेंट (78+2)। यानी कुल दो हज़ार एक सौ चौंतीस ज़िन्दगियाँ थी वहाँ, अपने-अपने अपराध के अनुसार, अपने-अपने खेमे में।

मैंने एक नज़र मॉनीटर पर दौड़ाई। बीचवाले मॉनीटर में एक क़ैदी के साथ एक

सन्तरी खड़ा था। क़ैदी टॉयलेट गया था, सन्तरी बाहर खड़ा उसकी निगरानी कर रहा था। वह सिंगल सेल का हार्डकोर क़ैदी था। नक्सलवादियों के ज़माने में जब जेल क़ैदियों से खचाखच भरा था, तब ऐसी व्यवस्था नहीं थी। सेल के भीतर ही गड्ढा खोद दिया जाता था शौच के लिए।

फोन पर मिस्टर मंडल किसी उच्च अधिकारी से बतिया रहे थे, शायद जेल सचिव से। बात करते-ही-करते मिस्टर मंडल के चेहरे पर दूसरा चेहरा चिपक गया था। जिस पर परेशानी की रेखाएँ चमकने लगी थीं। हमारे आ जाने से उनकी रोज़मर्रा की व्यवस्था गड़बड़ा गयी थी। ललाट पर सिलवटें। स्थिर पुतलियों से उन्होंने हमें देखा। नाक पर लुढ़क आये चश्मे को ऊपर खिसकाया और थोड़ा तनकर बैठ गये कुर्सी पर। फिर एक गहरी नज़र उन्होंने डाली हम पर। हमारी शक्ल-सूरत से उन्होंने हमारे भीतर के शैतान या इन्सान का जायज़ा लिया और सिर पर हाथ रखकर सामने खुले रजिस्टर पर कुछ माँडते रहे। फिर वे अभिजीत की ओर मुख़ातिब हुए। बिल्ली की तरह आँखें मिचमिचाते हुए कहा उन्होंने—"देखिए, एक तो कम स्टाफ़ और जो है उसमें भी अधिकांश को खपा दिया है जेल की सीमा सुरक्षा में, लिहाज़ा राजनीतिक क़ैदी होते हुए भी एक बार तो हमें आप लोगों को डॉर्मिटरी में अन्य क़ैदियों के साथ ही रखना पड़ेगा।" आधा पौना हँसते हुए उन्होंने फिर एक जुमला उछाल दिया—"चलिए हंसों को कौओं के बीच बैठा देते हैं।"

हे भगवान् हत्यारों और डकैतों के साथ रहना! हम सबकी सामाजिक हैसियत एकाएक शेयर मार्किट की तरह नीचे लुढ़क गयी थी।

कुछ सघन पल...बाहर कई चिड़ियाँ एक साथ चहकीं। हमारे कुछ साथियों को जैसे साँप सूँघ गया था पर मेरे लिए इस सूचना से ज़िन्दगी में दिलचस्पी एकाएक बढ़ गयी थी। भीतर पूनम का चाँद उग आया, जिसने जेल नहीं जाना, जानो उसने ज़िन्दगी को सम्पूर्णता में नहीं जाना—जाने कहाँ पढ़ा, कब का पढ़ा संवाद कानों में कूँ-कूँ करने लगा।

याद आया, नक्सली नेता काकू (आशीष चटर्जी) का वह जेल अनुभव जिन्हें चौबीस घंटे डंडाबेड़ी में रखा जाता था जिससे कंडेक्ट/कंडेम्ड सेल में इतना सघन अँधेरा और जानलेवा सन्नाटा था कि छह महीनों तक तो उन्होंने सन्तरियों के अलावा किसी इनसान की सूरत तक नहीं देखी थी और कई बार तो सन्तरी जब खाने की थाली लाता तो वे ख़ुद समझ नहीं पाते की यह खाना दिन का है या रात का।

बहरहाल हम मंडल साहब के कक्ष से डॉर्मिटरी की तरफ़। प्रथम दृष्टि से जेल बहुत रमणीय लगा। दूर-दूर तक फैला; जहाँ-तहाँ देवदार, कृष्णचुरी, राधापुरी के पेड़ और

छोटे-मोटे दर्जनों गमले मौसमी फूलों के। क्या सौन्दर्य और अपराध हमबिस्तर होते हैं, हो सकते हैं? कौन जाने प्रकृति और सौन्दर्य धीमे-धीमे भीतर के कचरे को बाहर कर अपराधी के जीवन के अर्थ और सौन्दर्य को स्पन्दित कर दे। सोए सत्त्व को जगा दे, जीवन के संस्पर्श से मन के मौसम को फिर खिला दे।

मैं फिर विचारों की जुगाली करने लगा कि जैसे जेठ में सावन हुआ। 25-26 वर्ष का एक सुन्दर सुदर्शन तिरछा युवक सामने पड़ गया। उम्रक़ैदी। माथे पर गिरते बाल और चेहरे पर ताज़े ख़ून की चमक। न क़ैदियों-से धारीदार पाजामे, न सिर पर टोपी। न कोई नम्बर। साफ़ टी शर्ट और पैंट। जैसे कॉलेज जाता कोई युवक।

अपने ही साथी के मर्डर के अपराध में उम्रक़ैदी था वह।

यह और हत्यारा। मैं उसके साथ हत्यारा शब्द को किसी भी प्रकार जोड़ नहीं पाया। कल्पना में कैसा तो बिम्ब था हत्यारे का। मोटा-तगड़ा। काला-कलूटा चेहरा। बचपन से संचित हत्यारे के मिथक को उस क्षण मैंने टूटते देखा।

पीछे से अभिजीत फुसफुसाया—"हत्यारों के क्या सींग-पूँछ होते हैं?"

मिस्टर मंडल के होठों पर हँसी किसी बूढ़ी चिड़िया-सी फड़फड़ायी। होठों को वक्र कर कहा उन्होंने—"माँ क़सम, दबंग से दबंग शेर भी यहाँ आकर चूहे बन जाते हैं।"

मैं अनायास ही उस उम्रक़ैदी के चेहरे पर लिखी उस अदृश्य इबारत को पढ़ने की असफल चेष्टा करने लगा जिसके चलते वह यहाँ आया था। भीतर के अजायबघर का वह कौन-सा अँधेरा रहा होगा जिससे एकाएक साँप निकल आया होगा। ख़ुदा मर गया होगा, शैतान जाग गया होगा। या फिर ज़िन्दगी के टुच्चेपन से उपजी निर्ममता ने ही मार डाला होगा उसे। मैं उसके बीते वक़्त के रेशे-रेशे को थामने और सुलझाने में लगा था कि तभी विचारों के उलझे-सुलझे धागों को फिर एक झटका लगा। उसी समय शाम की घंटी बजी। घंटे भर का समय जो क़ैदियों के टहलने का होता है, वह शेष हो चुका था। परिन्दे वापस घोसलों में लौटने लगे थे। सभी क़ैदी अपनी-अपनी डॉर्मिटरी या बैरक या सिंगल सेल की ओर।

हम भी आगे बढ़े कि दाँयी ओर से कुछ महिलाओं के खिलखिलाने की आवाज़ इस क़दर हवा के झोंके के साथ झूमती हुई हम तक पहुँची कि जेल कविता हो गया। मिस्टर मंडल ने बताया कि वह हँसी महिला वार्ड से आयी थी। महिलाओं ने अपनी जिजीविषा से जेल को भी घर बना डाला था। बहरहाल, जेल के एकदम दूसरे कोने में बसी बड़ी-सी हॉलनुमा डॉर्मिटरी का एक कोना दे दिया गया हमें। लगभग 80-90 क़ैदी। कई उम्रक़ैदी। देखकर विश्वास करना मुश्किल कि यह हत्यारों और संगीन अपराधियों का जमावड़ा है। एक विदेशी को देखकर मैं बुरी तरह चौंका। शताब्दियों

का सम्मानबोध। अपने बेड के पास बैठा वह ट्रांजिस्टर सुन रहा था। उसे कस्टमवालों ने पकड़ा था।

हर क़ैदी ने धरती को बहुत कम घेरा था। धरती का लगभग उतना ही टुकड़ा जिसमें अट जाए उसका सिंगल बेड। कुछ क़ैदी गोल-गोल घेरा बनाकर ताश खेल रहे थे। कुछ हल्ला कर रहे थे। कुछ के होने का कोई हल्ला नहीं था। एक काग़ज़ की नौका बनाकर अपने अकेलेपन से खेल रहा था। हरेक ने अपने-अपने ढंग से अपनी ज़िन्दगी को साध लिया था। हर बेड के नीचे क़ैदियों की छोटी-सी गृहस्थी थी जिसमें अमूमन खाने की एक अल्युमिनियम की थाली, गिलास और एक-दो कपड़े थे। कहीं कोई चादर या कम्बल भी। किसी बेड के पास छोटा-सा ट्रांजिस्टर तो कहीं बिसलरी की प्लास्टिक की बोतल। अपवादस्वरूप एक बेड के नीचे हॉर्लिक्स की बोतल और ब्रिटेनिया का बिस्कुट का पैकेट। वह शायद बीमार था। ताज्जुब यह कि कोई भी फ़िल्म में दिखाए क़ैदी जैसा नहीं था। न धारीदार पायजामा, न सीने पर टँगा क़ैदी नम्बर। न टोपी-वोपी। सब अलग-अलग अपने अलग-अलग परिधान में। यदि जेल की चेतना को दिमाग़ से माइनस कर दिया जाय और गोल घेरे में बैठे ताश खेलते क़ैदियों को दृश्य से हटा दिया जाय तो मंज़र बहुत कुछ उदासियाँ बिखेरता किसी अस्पताल की उदास इमारत के जनरल वार्ड-सा।

हमें क़ैदियों से बहुत घुलने-मिलने और बात करने की आज्ञा नहीं थी। शायद जेल अधिकारियों को डर था कि हम राजनीतिक क़ैदी कहीं उनका ब्रेनवाश न कर दें। इसलिए हम सभी ने टापू की तरह अपना एक अलग घेरा बना डाला था। रेलगाड़ी के वातानुकूलित कोच की तरह। हम हँस रहे थे, कहकहे लगा रहे थे क्योंकि हमारे पास स्वप्न थे, उम्मीदें थीं, भविष्य था। हमारे लिए जेल सिर्फ़ एक प्लेटफार्म थी, जिस पर हमें मुश्किल से डेढ़ या दो दिन गुज़ारने थे। जबकि बाक़ी सभी क़ैदियों के चेहरे पर एक महीन-सी उदासी थी, जो हमें देखकर और सघन हो गयी थी। शायद हमें देख उन्हें अपने जेल पूर्व के जीवन की मधुर स्मृतियों ने बेचैन कर डाला था जब उनके पास भी तितली-सी आज़ादी थी। अपने घर का बिस्तर, अपने घड़े का पानी और अपने चूल्हे की रोटी थी।

रात धीरे-धीरे ढलने लगी थी। सभी क़ैदी अपने-अपने सिंगल बेड पर सो गये थे। मैं नींद को रिझाने की चेष्टा में था, पर हवा में तैरती सीली-सीली-सी गन्ध, भिन-भिन करते मच्छर और चूहों की खटर-पटर मुझे सोने नहीं दे रही थी। मैं आँखें मूँदे आनेवाले दिन के बारे में सोच रहा था कि एकाएक उनींदी चेतना किसी के पदचाप से चौकन्ना हुई। क्या कोई मेरे क़रीब आ रहा है? हत्यारों और अपराधियों का यह

जमावड़ा! क्या आवाज़ दूँ मंडल को? कि अभिजीत को? मैं उठकर बैठ गया। मैं हैरान। परेशान। गहरे साँवले रंग, बढ़ी दाढ़ी और खिचड़ी बालोंवाला एक अधेड़-सा युवक मेरे सिरहाने खड़ा मन्द-मन्द मुस्करा रहा था। बाप रे! कहीं यह मुझ पर हमला...पर वह निहत्था था, थोड़ा उदास भी। क्षणांश में ही कौंधा जब हम डॉर्मिटरी में घुस रहे थे, वह दरवाज़े से सटकर बैठा हुआ था, बाहर निकलने को बेताब। तब मंडल ने उसकी ओर देखते हुए होठों को तिरछा करते हुए कहा था—''एक ये है फन्ना ख़ाँ, निश्चित फाँसी थी, पर बाल-बाल बच गया। अजीब कैरेक्टर है...आधी रात को उठ-उठकर अपने आप ही बतियाने लगता है तो कभी फूट-फूटकर रोने लगता है।''

''पर उनका अपराध...'' झिझकते हुए पूछा था मैंने। ''अपराध?'' उनकी मूँछ का कोना फिर फड़का, किफ़ायती शब्दों में कहा उन्होंने—''अपने ही मालिक को पत्थर फेंककर मार डाला था उसने।''

आधी रात के सन्नाटे में उसे ऐन अपने सामने देख होश उड़ गये। घबरा गया मैं। कहीं गला ही न टीप दे मेरा। या चिल्लाऊँ? कि तभी देखा वह वापस मुड़ रहा था।

जाने भीतर क्या उमड़ा कि मैंने धीमे से कहा, ''सुनो।''

वह रुक गया।

मैंने थोड़े ठंडेपन से कहा, ''क्या बात है?''

''कुछ नहीं, नींद नहीं आ रही थी, सोचा आपसे बतिया लूँ।''

''नींद नहीं आ रही है, पर क्यों? मैं तो नया हूँ पर तुम लोग तो अभ्यस्त हो चुके हो इस माहौल के।''

मैंने उसके नींद नहीं आने का मज़ाक़-सा उड़ाया। उसने ठंडा-सा जवाब दिया, ''नींद तो आयी, रात जितनी नहीं। नींद थोड़ी, रात ज़्यादा है।''

''क्या?'' नींद थोड़ी, रात ज़्यादा, यह क़ैदी है या कवि? मैं सचमुच अवाक् था। फिर भी मैंने उसे समझाते हुए कहा, ''देखो, हम राजनीतिक क़ैदी हैं, हमें यहाँ जनरल क़ैदियों से बात करने की मनाही है।''

''हूँ...'' उसका चुचका चेहरा और सिकुड़ गया। होंठ टेढ़े हो गये। उपेक्षा से कहा उसने, ''अपराधी तो यहाँ सभी हैं। कोई बड़ा, कोई छोटा। फ़र्क़ यही है कि बड़ा होना हगे पर बालू डाल देता है।''

''क्या?'' मेरे भीतर कुछ पिघला। ध्यान से देखा उसकी ओर...शान्त, करुण चेहरा। दुबला-पतला हड़ीला। बिना बटन की ढीली-ढाली कमीज़। उलझे, अस्त-व्यस्त बाल। पीलापन लिये धब्बेदार पायजामा। प्लास्टिक की चप्पल। शायद वह ऐसी इबारत था जिसे उस दुनिया में कोई पढ़नेवाला नहीं था। वह आया था मेरे पास

कि मैं पढ़ लूँ उसे। मैंने उसे बैठाया और बात शुरू करने की ग़रज़ से पूछा, ''डॉर्मिटरी का दरवाज़ा कब खुलता है?''

''नहीं पता।'' टाँगों को हिलाते हुए कहा उसने।

''नहीं पता, आप कितने सालों से यहाँ जेल में हैं?''

उसने दाँत निपोरे और उँगलियों के जोड़ को चटकाते हुए कहा, ''यह जेल कहाँ है, यह तो मेरा देश है। इस देश के भीतर ढेर-सारे दरवाज़े हैं और दरवाज़े के भीतर अलग-अलग दुनिया है।''

''अच्छा, अच्छा आप इस देश में कब से हैं?'' मैंने उसकी बकवास पर विराम लगाते हुए पूछा।

उसने उँगलियों पर कुछ हिसाब लगाया और जम्हाई लेते हुए फूँ-फाँ की भाषा में कहा, ''ग्यारह महीने, तीन सप्ताह, छह दिन और आठ घंटे।''

''हे भगवान!'' मैंने माथा पीट लिया। ''तो भी नहीं पता कि दरवाज़ा कब खुलता है, क्या आपको बाहर निकलने की बेताबी नहीं होती?''

''मैं बाहर ही रहता हूँ, दरवाज़े तो मन के भीतर होते हैं।''

''क्या?'' मेरी दिलचस्पी ने एकाएक उछाल मारी। आदमी अभी तक मुझे सिरफिरा लग रहा था, अब एकाएक उसका क़द बढ़ गया था।

''आप किस अपराध में यहाँ हैं?'' मैंने फिर पूछा।

''अपराध? मैंने कोई अपराध नहीं किया।'' उसकी आँखों के चाक़ू ने खरोंच दिया मुझे।

''हाँ, मैंने एक सूअर को मारा था।'' वह फिर संजीदा हो कहने लगा, ''नहीं सर जी, मैं ग़लत बोल गया, सूअर तो धरती की गन्दगी को सफाचट करता है। फिर सूअर तो देखने में सूअर लगता है, वह किसी को धोखा नहीं देता। मैंने जिसे मारा वह तो धरती पर गन्दगी फैला रहा था पर देखने में वह सूअर नहीं सुदर्शन लगता था। दरअसल मैंने एक नरभक्षी को मारा।''

मैंने एकाएक पूछा, ''आपका नाम?''

उसने कुछ जवाब नहीं दिया, बस दाहिने पैर के अँगूठे से ज़मीन को खुरचता रहा। मैंने फिर पूछा, ''आपका नाम...?''

''क़ैदी नम्बर चार सौ ग्यारह।'' शब्द-शब्द को चबाते हुए और गले पर ज़ोर डालते हुए कहा उसने।

चालीस को छूती उम्र। सब कुछ साधारण। बेहद साधारण। मझोला क़द। ढीला पड़ता चेहरा। पर उसकी आँखों से अजीब सम्मोहन झड़ता था।

बात को आगे बढ़ाते मैं फिर पीछे लौटा, ''आप कह रहे थे कि आपने एक नरभक्षी को मारा।''

"हाँ, नरभक्षी को मारा।" वह बोला और उससे ज़्यादा उसकी आँखें बोलीं।

"क्या नरभक्षी होते हैं? मेरे जानते तो ये सिर्फ़ परियों की कहानियों में होते हैं।"

"क्यों नहीं होते हैं, मैंने देखा है, ठीक वैसे ही जैसे आपको देख रहा हूँ। अन्तर यही है कि पहले वे दिखते थे, उनका चेहरा कुरूप होता था। उनको देखकर घृणा जागती थी। वे ख़ालिस मांस खाते थे। पर अब उनके खाने और दिखने का तौर-तरीक़ा भी बदल गया है। अब वे दिखते हैं, ख़ूबसूरत, भ्रम देते हैं सुगन्ध फैलाने का, पर खाते हैं सहप्राणियों का सारा सत्।"

एकाएक वह उत्तेजित हो उठा था। शान्त जलाशय से उफनती नदी बन गया था।

मेरा माथा चकरा गया। क्या माजरा है। एक बार तो शक भी हुआ कि कहीं वह मुझे फँसा तो नहीं रहा। मैंने ग़ौर से देखा उसकी ओर, पर वैसा कुछ भी नज़र नहीं आया मुझे उसके चेहरे पर जो उसे दुष्टता के लिए उकसाये। यदि कुछ था उन आँखों में तो चमकती हुई एक सचाई थी। यदि कुछ था उस चेहरे पर तो एक ठहराव था, एक महीन-सी उदासी। एक थकान। एक ऊब। बात करते-करते वह कभी अपने में डूब जाता तो कभी अतीत में खो जाता था।

मैं उठने लगा कि उसने फिर बैठा लिया मुझे। मैं प्रश्नाकुल हो उसकी ओर देखने लगा कि होठों पर जीभ फेरते हुए फिर कहा उसने, "मैंने फिर ग़लत कहा सर, दरअसल मैंने एक नरभक्षी नहीं, वरन् एक डलिया फूल को मिटाया था।"

"आपने जिसे भी मारा हो, मुझे अब कोई दिलचस्पी नहीं।" आधी रात के गहन सन्नाटे में जाने कैसा तो डर मेरे भीतर रेंगने लगा था कि मैं उसे भगाकर वापस अपनी सुरक्षा के घेरे में लौटने को व्याकुल हो उठा कि तभी उसने याचना भरे स्वर में कहा, "बस आख़िरी बात सुन...।" बोलते-बोलते उसका गला अवरुद्ध हो गया था और एकाएक जैसे उसके भीतर से एक दूसरा क़ैदी निकल आया हो। बेबस, बेहद उदास और ग़मगीन, जिसकी चरम लाचारी और यातना से पुते चेहरे को देख मेरे डर की स्वाभाविक मृत्यु हो गयी। मैंने ग़ौर से देखा, वह हल्के से काँप रहा था। उसकी आँखों की कोर पर आँसू ठिठके थे और वह युद्ध कर रहा था उन आँसुओं से। मैंने उसके कन्धे पर हाथ धरा तो वह ढह गया...निःशब्द रोता रहा। बोलने की चेष्टा में वह गों...गों सा कुछ कहने लगा कि तभी दाहिने हाथ का बेड चिल्लाया, "आबार शुरू होए गेछे...चोप कर, घुमोते पारछी ना (फिर शुरू हो गया, चुप कर, सो नहीं पा रहा)।" मैंने अपना बेड छोड़ दिया और उसे लेकर एक कोने की तरफ़ खिसक गया। होठों पर जीभ फेरते हुए वह फिर कहने लगा "सर जी, आपने देखे हैं डलिया फूल? नहीं सर जी, पहले नहीं होते थे। अब होते हैं।"

"अब होने लगे? क्या मतलब? फूल तो प्राकृतिक होते हैं।" मैं फिर झल्लाया। बात का सिर-पूँछ कुछ भी पल्ले नहीं पड़ रहा था। और वह था कि बाउंड्री लाइन पर ही अड़ा था, आगे बढ़ने का नाम नहीं।

"नहीं सर जी, ये पूरी तरह प्राकृतिक नहीं होते, इनमें मानव बुद्धि भी लग जाती है, इस कारण ये प्राकृतिक फूलों से बहुत बड़े आकार के होते हैं। प्राकृतिक फूल छोटे-छोटे लगभग एक आकार के होते हैं। हाँ तो सर जी, मैंने एक बार देखा एक गमले में बहुत मोटा-सा इकलौता डलिया फूल। जी मैं कॉटन मिल से ऑफिस जा रहा था वहीं देखा था मैंने। मुझे ताज्जुब हुआ, मैंने माली से पूछा—इतना मोटा डलिया फूल! यह इतना मोटाया कैसे? मैंने तो छोटे-छोटे डलिया फूल ही देखे थे अब तक। उसने कहा—वह स्वाभाविक रूप से माटी से फूटा फूल नहीं है, यह डिजाइनर फूल है जिसे अप्राकृतिक ढंग से मोटा बनाया गया है। मैं गोबर गणेश, उसकी तरफ़ ताकता रहा उसने फिर समझाया—देखो मैं गमले में बीज डाल देता हूँ, स्वाभाविक है कई बीज अपनी जड़ों सहित अंकुरित होते हैं। मैं सिर्फ़ एक फूल की जड़ को छोड़कर बाक़ी सभी फूलों की जड़ों को काट देता हूँ जिससे वे अंकुरित होने के पहले ही दब जाएँ। इससे होता यह है कि बाक़ी फूलों के हिस्से की खाद, धूप, पानी भी इस अकेले फूल को मिल जाती है जिससे इसका आकार बड़ा होता जाता है।"

मैंने हैरान होकर कहा—"तुम ऐसा क्यों करते हो?"

"माली ने कहा—सुन्दर लगते हैं।"

"और तभी मेरी निगाह उस फूल को सहारा देने के लिए गमले में लगाई गयी बाँस की खपच्ची पर पड़ी। मैंने पूछा—यह बाँस की खपच्ची क्यों लगायी? माली ने जवाब दिया—मूर्ख! यह भी नहीं जानते कि इतना मोटा फूल अपने बलबूते इतनी पतली टहनी पर कैसे टिका रहेगा? इसको सहारा देने के लिए खपच्ची लगानी पड़ी। तो सर जी, जिस दिन मैंने डलियाफूल की सुन्दरता का रहस्य जाना, जानो दुनिया भर की सुन्दरता का रहस्य मेरे सामने खुल गया। आज का यह विकास पैटर्न उस एक क्षण में मेरे सामने पूरी तरह कौंध गया। सारे पर्दे फट गये। मनुष्य द्वारा निर्मित इस सुन्दरता की नींव में कितने आँसू, अपमान, कुरूपता और हिंसा भरी पड़ी है। क्या बताऊँ सर जी..." एकाएक उसे खाँसी का जबर्दस्त दौरा पड़ा। मैं घबरा गया, कहीं दूसरे क़ैदी जाग न जाएँ, वह भी शायद सजग था, और मुँह दबा-दबाकर खाँस रहा था। मैं अधीर हो उठा, कौन जाने मंडल को कोई रिपोर्ट ही कर दे या कहीं मंडल ही कहीं से प्रकट हो जाय और अपनी मूँछों को ऐंठते हुए कहे—हो गयी आपकी ब्रेन वाशिंग शुरू...और यह है कि गढ़ता ही जा रहा है रूपक एक के बाद एक। मैं उठने को हुआ कि उसने मेरी कमीज़ का छोर पकड़ लिया, "बस सर जी, अब इस रामायण का यह अन्तिम अध्याय जानो।" शायद वह अब उस बिन्दु पर था जहाँ उसके

मन के मनों मलबे के नीचे दबा मोहनजोदड़ो सिर उठा चुका था। वहाँ से लौटकर आना उसके लिए अब सम्भव ही नहीं था।

वह फिर अपने प्रवाह में बहने लगा था।

"हाँ तो सर जी! मैंने जिसे मारा एक डलिया फूल था। फ़र्क़ बस इतना कि वह डलिया फूल किसी गमले में नहीं वरन् हमारी कॉटन मिल में था। उसकी तोंद हमारे ख़ून और कलेजे के क़तरों से फूली हुई थी। उस गमले की माटी में हमारे पसीने, ख़ून और आँसू की खाद थी। उसकी खपच्चियाँ उसके अंगरक्षक थे जो उसे उतारते। वह इतना गोल-मटोल था कि ज़मीन पर गिरी चीज़ तक को नहीं उठा सकता था।"

"पर तुमने उसे मारा क्यों?" मैंने फिर उस पर लगाम कसी।

अपने खिचड़ी बालों पर हाथ फेरते और अपने काले भूरे मसूड़ों को दिखाते हुए वह हँस पड़ा, एक उदास हँसी, "हाय रे भगवान्! आप आन्दोलन के लोग, और आप अभी समझ नहीं पाये कि हमने उसे क्यों मारा। हमने उसे मारा कि सबको अपने हिस्से की धूप, हवा, पानी और खाद मिल सके। सब मिल सकें। उस एक की आबादी की नींव में जाने कितनों की बर्बादी छुपी हुई थी। हम हर दिन इंच-इंच भुखमरी की ओर बढ़ रहे थे। आम की गुठलियों को पीस-पीस कर उसका आटा बनाकर खा रहे थे, हम गलते जा रहे थे और वह खा-खाकर इतना मुटाता जा रहा था कि अपना भार भी खुद नहीं सँभाल पा रहा था।" एकाएक उसका चेहरा नन्हें से शिशु में बदल गया था। जिसका बहुमूल्य खिलौना छिन गया हो और स्वर बहुत करुण हो गया। करुण और पवित्र, जैसे वह हत्या की कहानी नहीं वरन् देवी-देवता की कहानी सुना रहा हो। उन लम्हों में एकाएक मुझे लगा कि इससे ज़्यादा प्राकृतिक, सहज और नैसर्गिक कोई इनसान हो ही नहीं सकता था।

वह फिर से चालू हो गया।

"क्या बताऊँ सर जी! उस फूल को उखाड़ने के लिए मैंने अपने को मार डाला। मैं फिर जन्मा। हिंसा करना और मारना सीखा। मैं एक मच्छर तक को नहीं मार सकता था क्योंकि मैं सोचता कि उसे भी जीने का अधिकार है। मैंने बहुत पीड़ा से गुज़रकर यह हत्या की। मुझे सम्राट अशोक याद आते जिन्होंने जीवन की शाम में अहिंसा को अपनाया...और मैं? पर मैं क्या करता मेरे भीतर जो कुंड जल रहा था, उसके ख़ून से ही बुझ सकता था। तब पहली बार मैंने जाना कि मनुष्य के भीतर कितना भयंकर जंगल और कितने ख़ूँखार दरिन्दे छिपे रहते हैं जो उसे जीने नहीं देते। मेरी हालत ऐसी हो गयी थी कि मेरे ख़याल में सिवाय बदले के और कुछ रहता ही नहीं था। मुझे जाना होता हावड़ा तो मैं पहुँच जाता सियालदह। मैंने काली माँ की चौखट पर जाकर सिर पटका...माँ मुझे ताक़त दे कि उसे उखाड़ सकूँ; जब तक ज़िन्दा रहेगा वह हरामी, जाने कितने मोहन दा मरते रहेंगे।"

"मोहन दा, कौन मोहन दा?" मैंने पूछना चाहा, पर उसके तेज़ बहाव में मेरा प्रश्न तिनके-सा बह गया।

"सर जी, मेरी जनानी (पत्नी), उसने देखी थी मेरी छटपटाहट, मेरी बेचैनी। देखा था उसने मुझे, रात-रात कच्ची ज़मीन पर मुक्के मारते हुए। उसने कहा—आमि कि कोरते पारि(मैं क्या कर सकती हूँ)। मैंने इतना ही कहा, आमार पथ अवरुद्ध करो ना (मेरा रास्ता मत रोको)। वह देवी थी, हट गयी मेरे रास्ते से। पर अन्त में उससे भी नहीं रहा गया, उसने कहा—लेकिन यह रास्ता तुम्हें बर्बाद कर डालेगा।"

"मैं घुटने टेककर बैठ गया और हाथ जोड़कर मैंने कहा—देवी, यदि जीवित रहा तो तुम्हारा ऋण फिर कभी चुका दूँगा। पर उस शैतान को जब तक नहीं उखाड़ फेंकूँगा, सामान्य जीवन नहीं जी सकूँगा मैं। यों भी मैं जीवित कहाँ हूँ, मैं तो जीते जी चिता पर चढ़ गया हूँ। विष पी-पीकर नीला हो चुका हूँ। जाने क्या पढ़ा उसने मेरी आँखों में कि 'भालो थेके' (खुश रहो) कहा उसने मुझे और कुछ दिनों के लिए अपने भाई के यहाँ चली गयी। जाने के पहले वह मुझे जबरन कालीघाट ले गयी। वहाँ काली मन्दिर में वह फूट-फूटकर रो पड़ी—माँओ के सुस्थ करे दाओ, पाठाबलि दिबो। (माँ उसे ठीक कर दो, बकरे की बलि दूँगी)।"

एकाएक वह हिलग-हिलग कर रोने लगा। भीतर की जाने कितनी चट्टानों को फोड़कर निकला था वह आर्तनाद। शायद पत्नी की स्मृति से उत्पन्न बेचैनी, अवसाद और यन्त्रणा इतनी बढ़ गयी थी कि उसके देह के चोले में अट नहीं रही थी। वह बेड की कोर से माथा भिड़ा-भिड़ाकर रोने लगा। ढुलकती आधी रात की निस्तब्धता में एक पूर्ण पुरुष का इस क़दर बिलखना ज़िन्दगी का कोई भी क्षण इससे ज़्यादा भयावह और दिल दहला देनेवाला नहीं हो सकता था।

सुबकते-सुबकते ही कहने लगा, "यदि लाख साल जी लूँ मैं और लाख जन्म ले लूँ तो भी उस देवी को भूल नहीं पाऊँगा मैं। मैं उसका कृष्ण नहीं बन पाया पर वह मेरी मीरा बनी रही। भाई के यहाँ जाकर उसने अपना गर्भपात करवा लिया पर मुझे भनक तक नहीं पड़ने दी...मुझे अपराध-बोध से बचाने के लिए।" और वह फिर रो पड़ा। ज़ार-ज़ार रोता रहा। मैं तूफ़ान के गुज़र जाने का इन्तज़ार करने लगा पर मुझे अधिक इन्तज़ार नहीं करना पड़ा। शीघ्र ही बाढ़ का पानी उतरा वह सुस्थिर हुआ। लेकिन अब उसमें वह तेज़ी नहीं रह गयी थी। शिथिलता छा गयी थी उस पर। भारी गले से इस बार उसने सिर्फ़ इतना ही कहा, "आप ही बताइए, दुनिया को इतना ख़राब किसने बनाया कि चाहकर भी कोई यहाँ अच्छा नहीं रह सके।"

वह मेरी ओर देखने लगा, शायद उसे उम्मीद थी कि मैं चूँकि आन्दोलनकारी हूँ, राजनीतिक क़ैदी हूँ, इस कारण मेरे पास उसके सवाल का जवाब होगा। पर मैं क्या जवाब देता... ख़ुद मेरी आँखों के सामने नन्दीग्राम के मरते किसान, दीवारों पर

लगे गोलियों के निशान, ज़मीन पर बहता ख़ून, फायरिंग करती पुलिस, दौड़ते-भागते स्त्री-पुरुष, गोलियों की धाँय-धाँय...सब कुछ आँखों के आगे तिर-तिर तैरने लगा। जाने कितनी बार अपने से ही पूछा था मैंने—दुनिया इतनी ख़राब क्यों है?

बहरहाल...हल्की नरम भोर होने लगी थी। आसमान के तारे ओझल हो चुके थे। क़ैदी नम्बर चार सौ ग्यारह अपने बेड पर लौट चुका था। सुबह के घंटे के साथ ही हम सभी राजनीतिक क़ैदियों को हमारे रुतबे के अनुसार दूसरे कमरे दे दिये गये थे।

लेकिन ढलती रात के वे कुछ लम्हे जिसमें क़ैदी नम्बर चार सौ ग्यारह ने आपबीती के कुछ बदरंग टुकड़े मेरे सामने रखे थे, वे जैसे मेरे वजूद से चिपक गये थे। रह-रहकर दिमाग़ में उसका सवाल हथौड़े चलाता, 'दुनिया को इतना ख़राब किसने बनाया' और इस सवाल के साथ ही मन के सूने सपाट आसमान में डलिया फूल टँग जाता। प्रश्नों का चँदोवा तन जाता। कौन था यह? कौन था यह डलिया फूल? सिर्फ़ उसका मालिक? क्यों मारा इसने उसे? उफ! यह दुनिया सचमुच कितनी भयावह होती जा रही है जिसने एक मासूम और पवित्र आत्मा को हत्यारा बना डाला? एक पवित्र शुरुआत का ऐसा ख़ूनी अन्त? सवाल-पर-सवाल। चाहकर भी अपनी जिज्ञासाओं पर ढक्कन नहीं लगा पाया मैं। आख़िर ख़तरा उठाकर भी पूछ लिया मैंने मिस्टर मंडल से। नहीं, कोई भूमिका नहीं, सीधा ही मुद्दे पर आ गया था मैं।

''मि. मंडल मैं जानने को मरा जा रहा हूँ कि क़ैदी नम्बर चार सौ ग्यारह ने अपने मालिक की हत्या क्यों की थी? वह तो एक मच्छर तक को नहीं मार सकता था।''

तुरन्त सुलगी बोरसी से वे भभके।

''तो एक ही रात में लपेट लिया उसने आपको भी! क्या बताऊँ, बड़ी बेचैन आत्मा है। अजीब कैरेक्टर। सिरफिरा। कभी गमले तोड़ता है तो कभी भाषण देना शुरू कर देता है। उस पर विशेष नज़र रखनी पड़ती है।

बहरहाल...क़िस्सा कोताह यह कि 'हाई ग्रोथ' की बीमारी ने उसके कॉटन मिल के मालिक को भी जकड़ लिया था। अच्छी-भली चल रही थी मिल, पर मालिक अब मिल की जगह शानदार शॉपिंग मॉल बनाने का सपना देखने लगा था। टालीगंज साइड में ज़मीन के भाव आसमान को छू रहे थे। मालिक रातों-रात अरबपति बनने का सपना देखने लगा था। रास्ता भी साफ़ था, बस कुछ अड़चन थी तो कुछेक हज़ार मजदूरों की जो किसी भी क़ीमत पर मिल को बन्द नहीं होने देना चाहते थे। महँगाई बढ़ती जा रही थी और फ़ैक्टरी में काम करने की शिफ़्ट लगातार कम होती जा रही थी। कहाँ चार-चार शिफ़्ट में काम होता और कहाँ आधी शिफ़्ट में काम होने लगा था। सारे कैजुअल वर्कर की छँटाई हो चुकी थी और जो परमानेंट वर्कर थे उन्हें भी मालिक वी.आर.एस. लेने के लिए दबाव डाल रहा था। मालिक ने ट्रेड यूनियन

के नेता मोहन दा को ख़रीदने की बहुत चेष्टा की। पर वह अलग ही माटी का था। उसने चुनौती दी—मिल को जान-बूझकर घाटे में दिखाया जा रहा है, हमें मिल दो हम इसे फ़ायदे में चलाकर दिखा देंगे। मालिकों ने एक बार उसे अकेले में भी बुलाया। पर वहाँ भी उसने साफ़ कह दिया—जब तक हमारी साँस चलेगी, मिल चलेगी।''

''...तो मालिकों ने उसकी साँस ही रोक दी। मरवा डाला उसे। कहते हैं कि मिल के अन्दर ही...। शिबू (क़ैदी नम्बर चार सौ ग्यारह) और मोहन दा लँगोटिया यार थे। शुरू में मज़दूरों ने शिबू की अगुआई में मोहन दा की हत्या के विरुद्ध केस भी चलाया। पर भारतीय क़ानून व्यवस्था में अपराध करना गुनाह नहीं, गुनाह था सबूत, प्रमाण। प्रमाण कुछ भी नहीं जुटा पाये श्रमिक। पुलिस, क़ानून सब मालिक के ख़रीदे हुए। इस कारण मुक़दमा फुस्स हो गया। और मज़दूर हार मान गये पर यह बन्दा डटा रहा। मोहन दा की हत्या ने इसके भीतरी सर्किट को ही बदल डाला था। उसकी आँखें अंगारा बन गयी थीं। उसने मालिक से बदला लेने के लिए शराब पीनी शुरू की। कई बार शराब में धुत्त होकर फैक्टरी चला आता। उसे दो बार वार्निंग दी गयी, फिर निकाल दिया गया।''

''शुरू-शुरू में मिल मालिक को खटका था कि शिबू बदला ले सकता है, इस कारण वह इंडिया में बहुत कम रहता और रहता भी तो मिल बहुत कम आता। बस अंगरक्षकों से घिरे घर में फ़ोन से ही सब कुछ संचालित करता रहता। पर जब शिबू शराब में धुत्त होकर कभी नाली के पास पड़ा मिलता तो कभी फैक्टरी के गेट के पास तो धीरे-धीरे वह शिबू की तरफ़ से निश्चिन्त होता गया। यह शराबी क्या बदला लेगा। शिबू के कपड़े बदबू मारते। कई बार इसकी पत्नी इसे उठवाकर घर ले जाती, इसे नहलाती, खाना खिलाती, इसके कपड़े बदलती पर शीघ्र ही वह फिर नाली में पड़ा मिलता। इसी प्रकार आठ नौ महीने बीते....मालिक जब पूरी तरह इसकी तरफ़ से निश्चिन्त हो गया तो फिर उसने अपनी स्वाभाविक रूटिन शुरू कर दी। घर से बाहर निकलने लगा। धीरे-धीरे उसने मार्निंग वॉक भी शुरू कर दी। बस इस अवसर की ताक में था शिबू। क्योंकि तब वह प्राय: अकेला ही रहता था। एक सुबह जैसे ही मालिक गाड़ी से उतरा, शिबू छुप-छुप कर पीछा करता रहता और मौक़ा देख एक भारी भरकम पत्थर पूरे वेग से मालिक के माथे पर दे मारा। निशाना अचूक निकला, मालिक के माथे की नस फट गयी, वह वहीं ढेर हो गया।''

कहानी सुनाकर मि. मंडल चुप हो गये थे। अभिजीत ने दाद देते हुए कहा, ''तो यह लड़ाई भी बिल्ली-चूहे की ही निकली। पर जो भी कहो यार है दमदार! जैसे भी हो इस चुप्पे समय में भी इसने बिल्ली की टाँग तो तोड़ी। हम तो सिर्फ़ 'शालीन' गिरफ़्तारियाँ ही देकर रह गये।''

अगले डेढ़ दिन बाद हम सबको छोड़ दिया गया। लेकिन उन डेढ़ दिनों में

ही जाने कितनी पृथ्वियों और आसमानों को पार कर चुका था मैं। जाने कितनी बार काटा और छीला जा चुका था मैं। चलाचली की बेला में मि. मंडल से इजाज़त लेकर फिर मिला मैं शिबू से। शान्त था वह उन क्षणों। अपनी आन्तरिक निजता में क़ैद। कुछ भी नहीं था उसमें। न सुख, न दुःख, न आवेग, न गति, न स्वप्न, न आकांक्षा। मुझे लगा, यही उपयुक्त समय है मेरे आख़िरी सवाल का। पूछा मैंने, "जेल से छूटकर क्या करोगे शिबू दा?"

वह चौंका, शिबू दा सुनकर। उसकी आँखें नम हुईं, पानी में भीगे खेत-सी। चेहरे पर उदासी के बादल लहराये। अपने में खोया-खोया, डूबती आवाज़ में कहा उसने, "श्यामली तो चली गयी, वह रहती तो पहले उसका ऋण उतारता। इस निष्प्राण काया की अब तो एक ही साध बची है। उन मालियों को उखाड़ फेंकना जो सींचते हैं ऐसे डलिया फूलों को।"

मैं चौंका। इस ठंडी भुस्स माटी में इतनी ज्वाला?

मैं पूछना चाहता था, पत्नी कैसे गुज़री? क्या अन्तिम समय वह था पत्नी के पास कि तभी मेरी नज़र उसकी आँखों की तरफ़ उठी। कौड़ी की तरह बाहर निकली उसकी आँखों में मुझे वैसे ही नुकीले हथियार और दहकते अंगारे दिखे जैसे देखे थे मैंने नन्दीग्राम के चूहों की आँखों में।

चिड़िया ऐसे मरती है

बात उन युवा और भटकते आवारा दिनों की है जब हम अक्सर भिड़ जाया करते थे। देश, समाज और राजनीति पर बतियाते-बतियाते 'औरत' पर आ जाया करते थे। मेरे मित्र मेघेन के बड़े भाई विजय भी उस दिन की हमारी बैठक में शामिल थे। बड़े धैर्य और ख़ामोशी के साथ वे हमारी बहस सुन रहे थे, पर जब हमारी बातें भटकती हुई 'औरत' पर अटक गयीं तो वे अपनी चुप्पी सँभाल नहीं पाये। शायद वे घाव खाये हुए थे। उनका मत था कि औरतें एक ही साथ कई समय और आयामों को जी लेती हैं जबकि पुरुष ऐसा नहीं कर पाते। अपनी बात की पुष्टि के लिए उन्होंने देवदास की पारो का उदाहरण लिया जो अतीत और वर्तमान दोनों के बीच आवाजाही कर रही थी। जो विवाह होते ही अपने हाथीपोता गाँव की ज़मींदारी, हवेली, पति-बच्चों और सास की दुनिया भी सँभाल रही थी और मन की दुनिया भी। जबकि देवदास पूरी तरह अतीत, प्रेम और स्मृतियों का ही होकर रह गया था। पारो से क्या बिछुड़ा कि ज़िन्दगी ही हाथ से खिसक गयी।

"वे अतीत से मुक्त होते ही वर्तमान को साध लेती हैं इसलिए ज़िन्दगी में हमसे कहीं ज़्यादा कामयाब होती हैं।" बोलते-बोलते विजय एक संजीदा चुप्पी में डूब गये थे।

मेरा मानना था कि स्त्री हो या पुरुष, इनसान इतनी आसानी से पकड़ में आनेवाली चीज़ नहीं है। उसके संघर्ष, विकास और आत्मिक-उन्नयन की कहानी हर जगह नयी है। क्योंकि बहुत कुछ यह ज़िन्दगी के दबाव, उसकी सोच, मूल प्रवृत्ति और परिस्थितियों पर भी निर्भर करता है। फिर व्यक्ति, परिवार और समाज के अन्तर्निहित सम्बन्ध भी मामले को और पेचीदा बना देते हैं, फ़र्ज़ कीजिए, यदि देवदास सामन्ती ज़मींदार परिवार का नहीं होता, किसी श्रमजीवी परिवार का इकलौता कमानेवाला होता, साथ में छोटे-छोटे भाई-बहन और बीमार विधवा माँ होती तो क्या वह प्रेम में इस प्रकार आत्मविनाश की विलासिता पाल पाता?

बहरहाल, इसी बहंस के दौरान मेरे कथाकार के भीतरी ठहरे शान्त जल में

पहली हलचल मची थी और इस कहानी का बीज पड़ गया था।

उस गहराती साँझ की डूबती उदासी में जाने क्या बीता था विजय पर, यादों के ज़ख़्म कि ज़ख़्मों की याद, कि अव्यक्त का दबाव वे और अधिक झेल नहीं पाये थे, जैसे गर्मी पाकर अनार फूट पड़ता है, जैसे माटी से कोंपल फूट पड़ती है। विजय के शब्द हमें सम्मोहित करते गये थे। विजय ने कहना शुरू किया—

''मित्रो, मैं आज भी उस रिश्ते को घाटे का सौदा नहीं मानता, बल्कि यह मेरे जीवन का वह अनुभव था जिसने मुझे राजा भर्तृहरि की तरह ज़िन्दगी के सत्य-असत्य का अनुभव कराया। जिसने मेरे स्वप्निल मानस, कल्पनाशील आत्मा और इन्द्रधनुषी मिज़ाज पर यथार्थ का गिलाफ़ चढ़ाया। जिसने मुझे सही अर्थों में ज़िन्दगी से मिलाया। मुझे खोला।''

बोलते-बोलते उन्होंने चारमीनार की पीली डिब्बी से निकाल एक सिगरेट सुलगाई। कुछ क्षण रुके, जैसे शून्य में से कुछ खोज रहे हों या सही शब्दों का चुनाव कर रहे हों, थोड़ा धुआँ छोड़ा उन्होंने और फिर कहने लगे—''मित्रो, स्वप्न और यथार्थ के थपेड़े खाते मेरे वे लम्हे जो मुश्किल से 25 मिनट से भी कम रहे होंगे पर जिन्होंने औरत और ज़िन्दगी पर मेरी समझ को पूरी तरह बदल ही डाला था। उन लम्हों में मैंने देखा था एक स्त्री के अन्तःकरण को पुनर्जन्म लेते। उस 25 मिनट की कहानी को सुनाने के लिए मुझे आपको दस साल पीछे ले जाना होगा। क्या आप लोगों में है इतना धैर्य उस पूरी कहानी को सुनने का?''

हम तल्लीन होकर उन्हें सुन रहे थे, हमने हामी भरी। उन्होंने कहना जारी रखा—

''मेरी कहानी ज़िन्दगी के उस दौर से शुरू होती है जब मेरे सपने हर रात मुझे रेशमा के पास ले जाते थे। दरअसल लम्बी बेकारी के चलते उन दिनों ज़िन्दगी मुझसे बेमानी हो चुकी थी और मैं उससे लगातार भागता फिर रहा था। हर सुबह मैं ख़ुद को समझाता कि आनेवाली शाम शायद नौकरी की कोई सौग़ात लेकर आये मेरे द्वार; पर शाम मुझे ना-उम्मीद करती। ऐसी ढेरों शाम गुज़रने के बाद भी जब कोई ठीक-ठाक नौकरी का जुगाड़ मैं नहीं बैठा पाया तो ज़िन्दगी की इस ज़िल्लत से छुटकारा पाने के लिए ख़ुदकुशी का ख़याल मुझे किसी प्रेयसी-सा ही लुभाने लगा था।

क्योंकि मेरे सभी दोस्त अपने-अपने ठिकाने तलाश चुके थे। कुछ को अपने बाप-दादाओं का पुश्तैनी धन्धा रास आ गया था तो कुछ ने अपने को किताबी कीड़ा बना डाला था और रात-दिन 'कम्पीटिशन सक्सेस रिव्यू' या 'कम्पीटिशन मास्टर' जैसी जनरल नॉलेज की पुस्तकों को घोट-घोट कर बैंक में क्लर्क बन जीवन की बाज़ी मार गये थे। बचे-खुचे ख़ुशनसीब दोस्त स्कूल या कॉलेज में पार्ट-टाईम टीचर बन गये थे। थके-मरे उन दिनों मेरे लिए ख़ाली हाथ और ख़ाली उम्मीद घर में घुसने से

बढ़कर लज्जाजनक बात इस संसार में कुछ भी नहीं थी। शुरुआती दिनों में माँ और बापू ज़रूर पूछते—बैठा जुगाड़? बाद में तो उन्होंने पूछना भी बन्द कर दिया था। बजाय पूछने के उन्होंने मेरा चेहरा पढ़ना शुरू कर दिया था। मुझे लगता मैं इस सृष्टि की सर्वाधिक निकृष्ट और अधूरी रचना हूँ, बल्कि एक कीड़ा हूँ, धीरे-धीरे रेंगनेवाला। पराश्रित, परजीवी क्योंकि मनुष्य वह होता है जिसके पास और चाहे कुछ हो न हो पर एक नौकरी ज़रूर होती है, नौकरी से मिलने वाली इज़्ज़त होती है, घर से निकलने की हड़बड़ी होती है, जिसके पास वक़्त नहीं होता है। जबकि मेरे पास यदि कुछ था तो वह वक़्त ही था जिसे मैं काट नहीं पा रहा था, इस कारण वक़्त मुझे काट रहा था, बहरहाल....ऐसे ही गर्द भरे बेकार और आवारा दिनों में कोलकाता की नेशनल लाइब्रेरी में मेरी मुलाक़ात रेशमा से हुई। उसे जय गोस्वामी और विष्णु दे की कविताओं की कोई किताब चाहिए थी। नेशनल लाइब्रेरी किताबों का एक अथाह समुद्र था और उसे जल्दी थी। उसे परेशान देख मैंने उससे कहा कि वह सुविधानुसार किसी दूसरे दिन आ जाए, किताबें उसे मिल जाएँगी। उसने अविश्वास से मुझे देखा। मैंने हँसकर कहा—फ़ुरसतिया आदमी हूँ, किताबों के समुद्र से आपकी किताबों का कैटलॉग नम्बर खोजकर नोट कर लाइब्रेरियन को दे दूँगा। लाइब्रेरियन अच्छा आदमी है और मुझे जानता है, क्योंकि पूरी दोपहर यह रीडिंग रूम ही मेरा बसेरा होता है और किताबें मेरी हमसफ़र, जो थपथपाती रहती हैं मुझे जब-तब।

मेरी बात सुनकर हँस पड़ी वह और तभी मैंने नोट किया कि हँसते वक़्त उसके गालों पर गड्ढे पड़ते थे, ठीक वैसे ही जैसे शर्मिला टैगोर के गालों में पड़ते थे।''

बोलते-बोलते विजय चुप हो गये...शायद उन्हीं गड्ढों में गिर गये थे।

विश्वजीत ने उन्हें हल्के से हिलाया, वे झेंप गये और फिर चालू हो गये।

—हाँ तो मित्रो, अगले सप्ताह—वह फिर आयी और यह इत्तिफ़ाक़ ही था कि मैं भी वहीं था रीडिंग रूम में, किताब पाकर एक गहरी तृप्ति उसके चेहरे पर फूल-सी खिल गयी। उसने कृतज्ञताभरी आँखों से देखा मेरी ओर। उस दिन उसने हल्के गुलाबी रंग का सलवार सूट पहना हुआ था जो उस गुलाबी साँझ में उस पर बहुत फब रहा था। कच्चे डाभ से भरी-भरी और बदन से निकलती हल्की-हल्की ख़ुशबू की लहर। गोरेपन की ओर उन्मुख-साँवला रंग, तीखे नैन-नक़्श। गहरी काली, कँटीली आँखें और धीमी खनकती आवाज़। वह बंगाली सौन्दर्य का एक नायाब नमूना थी। आविष्ट और अभिभूत-सा मैं उसके पीछे-पीछे चलने लगा कि उसने हठात् पूछा...आप क्या करते हैं? बस उसी क्षण सब कुछ चरमरा गया....मैं औंधे मुँह गिर पड़ा। किसी प्रकार शब्दों का गला घोंटते हुए मैंने कहा—बेकार हूँ। नौकरी की तलाश में भटक रहा हूँ।

उसने कहा कुछ नहीं, बस अपनी झील-सी गहरी काली आँखें मुझ पर टिका

दीं, सहानुभूति और हमदर्दी की अपार लहरें थीं वहाँ, जिसे देख मैं प्रकम्पित हुआ और अपने सारे दु:ख-दैन्य को भूल कामना करने लगा, इंशाअल्लाह, ज़िन्दगी में और कुछ मिले या न मिले पर कुछ पल की मोहलत ज़रूर मिले इन झरोखों में बैठने की, इस झील में डुबकी लगाने की।

वह स्टॉपेज तक मेरे साथ-साथ चलने लगी। मैं निहाल हो गया। जैसे काँसे का कटोरा ज़मीन पर गिर गया हो, बिना उसे छुए ही मेरा शरीर झनझना उठा। पहली बार मुझे पहला सुख मिला। पहली बार चैन की तलाश में भटकते मेरे चित्त को विश्वास का ठौर मिला, क्योंकि लड़की थोड़ी दूर ही सही, मेरे साथ-साथ चली थी।

उन अविस्मरणीय पलों में ही मैंने जाना कि मौसम बदलते ही सपने कैसे रंग बदल लेते हैं, कि स्वप्न ही जीवन के सबसे बड़े यथार्थ होते हैं। बहरहाल...वह बिना बोले भी बोलती जा रही थी और मैं अपने सपनों में रंग भरने में लगा हुआ था कि स्टॉपेज आ गया। उसने पूछा...''आपने कहाँ तक पढ़ाई की है?''

मैंने बेसब्री से बताया कि मैंने हिन्दी साहित्य में एम.ए. किया है। उसकी आँखें इंजिन के सर्चलाइट-सी चमकने लगीं, ''ख़ूब-भालो। यदि आपके पास समय हो तो मेरे दो नालायक़ छोटे-छोटे भतीजे हैं, इसी साल उनका बोर्ड है, उनकी भाषा बहुत कमजोर है और इम्तिहान क़रीब हैं, आप उन्हें पढ़ा दें तो आभारी रहूँगी। बस, हिन्दी-इंगलिश आप सँभाल लें, बाक़ी विषय में ठीक-ठाक हैं।''

अन्धे को क्या चाहिए। मैंने इतनी उतावली में हामी भरी कि वह हँस पड़ी। मैंने कहा—कम-से-कम इन जवान हाथों को बूढ़े हाथों से लेने की इस ज़िल्लत से तो निजात मिलेगी। वह शायद भीतर तक भीग गयी थी। मेरी हताशा को पीछे धकेलते हुए उसने मुझे मिल्टन की एक कविता सुनाई—दे आल्सो सर्व हू वेट एंड स्टैंड।* मैं प्रभावित हुआ वह सिर्फ़ मोहक ही नहीं थी, बल्कि साँवला सौन्दर्य और बुद्धि संवेदना के रेशमी धागों से गुँथी हुई भी थी।

उस साँवली शाम पहली बार मैंने ज़िन्दगी को कोसना छोड़ ज़िन्दगी के सामने सिर झुकाया। बताना मुश्किल है कि उन उजाड़ भटकते आवारा दिनों में मुझे किसने अधिक सँभाला, मिल्टन ने कि रेशमा ने। उसे जानते-जानते मैं प्यार करने लगा था और प्यार करते-करते जानने लगा था। उसे सुनते-सुनते मैं अपने भीतर की आवाज़ सुनने लगा था। उसे देखते-देखते अपने आपको, अपने आसपास को देखने लगा था। आते-आते हम इतना क़रीब आ गये थे कि एक-दूसरे के आसमान में उड़ने लगे थे।

---

* वे भी सेवा करते हैं जो सिर्फ़ खड़े होकर प्रतीक्षा कर रहे होते हैं।

वह मेरे जीवन में इस क़दर छा गयी थी कि उसका होना तो होना था ही, उसका नहीं होना भी होना होता था। जब वह साथ नहीं होती तो उसकी हँसी की लहरों पर मैं देर तक तैरता रहता और सोचता रहता कि ऐसी निश्छल हँसी ही संसार को बचाएगी। उससे मिलने से पूर्व मैं बंगालियों से बहुत चिढ़ता था। 'चोलबे ना! चोलबे ना!' का उनका 'क़ानूनी दिमाग़' मुझे विरक्ति से भर देता था; पर अब बंगाली में सुभाष, टैगोर, बंकिम और नज़रुल झाँकते नज़र आते। उत्तर कोलकाता में एक दूकान है 'नेताजी', कहते हैं कि जब नेताजी को अपने प्रोफ़ेसर को, जो बात-बात पर भारतीय जननायकों की हँसी उड़ाता था, थप्पड़ मारने के अपराध में प्रेसिडेंसी कॉलेज से निकाल दिया गया था तो उन्होंने कोलकाता के मिशनरी कॉलेज, 'स्कोटिश चर्च कॉलेज' में दाख़िला ले लिया था जो इसी नेताजी दूकान के पास पड़ता था। सुभाष बाबू अपने कॉलेज के दिनों में इसी दूकान पर खड़े होकर प्याजी, बैंगनी और आलू चॉप खाते थे। उस दूकानदार ने केवल नेताजी के नाम पर अपनी दूकान का नाम 'नेताजी' रखा वरन् हर 23 जनवरी को नेताजी के जन्मदिन के उपलक्ष्य में पूरे कोलकाता को मुफ़्त में बैंगनी, प्याजी और चॉप खिलाता था। बंगालियों के इसी नेताजी प्रेम से प्रभावित होकर मैंने भी 23 जनवरी को रेशमा के साथ लाइन लगाकर उस दूकान से प्याजी खायी और नेताजी को श्रद्धांजलि दी।''

बोलते-बोलते विजय फिर भावुक हो गये थे। उनकी आँखों में यादों के ढेर सारे चिराग़ भक-से जल उठे थे। होठों पर उँगली रखे वे जाने क्या सोचते रहे। खिड़की से टुकड़े भर दिखते आसमान में जाने क्या देखते रहे। थोड़ी देर रुककर मेज़ पर रखे गिलास से दो घूँट गटके, आँख के चश्मे को ठीक किया और फिर कहने लगे—''मित्रो, हर दिन मेरा प्यार अधिक चमकीला और गहरा होता जाता था। उसे प्यार करते-करते मैं उसके विचारों, उसकी संस्कृति, यहाँ तक कि उसके रीति-रिवाजों और कवियों-लेखकों तक को प्यार करने लगा था। अब मैं टैगोर, नज़रुल और समरेश बसु को पढ़ने लगा था। माँ रसोई में होतीं और पूछतीं क्या बनाऊँ तो मेरा मन कहता कह दूँ—राधाबल्लभी बना। माँ शाम को पूजा करतीं तो मन कहता कह दूँ—तुम बंगालियों की तरह शंख क्यों नहीं बजाती, कितना मंगलमय लगता है बजते हुए शंख को सुनना। घर से निकलते वक़्त बहन 'बाई-बाई' कहती तो हठात् मेरे मुँह से निकल पड़ता, 'आस्छी' (आता हूँ)।

एक दिन एक बंगाली कविता मेरे हाथ लग गयी। 'बांग्लार मुख देखे अच्छी आमि, ताई देखते चाई ना आर कारो मुख (बांग्ला का मुख देख चुका हूँ, इस कारण नहीं चाहता किसी और का मुख देखना) मैंने इतनी तब्दीली की कि इसमें 'बांग्लार' मुख की जगह जोड़ दिया 'रेशमार मुख (रेशमा का मुख)' उसने सुना और वीरबहूटी बन गयी।

मैंने चुटकी ली—लाडो, तू तो बीकानेर की केसरिया फीणी बन गयी है।

उसके रसीले होठों पर शरारत की चिड़िया फुदकी, अपने रसभरे चितवन से रस की धारा उड़ेलते हुए उसने मुझे देखा और नहले पर दहला मारते हुए कहा—छेले मानुष, तूमि होच्छो कोलकातार... (बच्चू, तुम हो कोलकाता के...) कि मैंने उसे बीच में ही लपक लिया और कहा—रोसगुल्ला।

'ना गो, झाल मूड़ी' (जी नहीं, मसाला मूड़ी)।

अपने कहे पर वह आप ही हँस पड़ी। मैं भी हँस पड़ा। हम स्टॉपेज तक साथ-साथ चलने लगे। एकाएक हवाएँ महकने लगीं। उसके बाल उड़ने लगे। उसके दुपट्टे का सिरा मुझे छू-छूकर लौटने लगा। मैंने साँझ के झुरमुट में उस खरगोश लड़की के नाज़ुक पंजों को अपनी गरम-गरम हथेलियों में दबा लिया था। मेरा रोम-रोम झनझना उठा था। उस अलबेली शाम सौन्दर्य, यौवन और प्रेम, ये तीनों सत्य जैसे मिलकर मुझे मालामाल करने पर आमादा थे। मैंने महसूसा...मेरे अस्तित्व के अणु-अणु ने महसूसा, मेरे रोम-रोम ने कहा यह झनझनाहट, यह आवेग यह पुलक, यह स्पर्श...बाकी सब झूठ है, बाज़ार है।

चलते-चलते उसने पूछा—ऐ झाल मूड़ी! तोमर बयास कोतो रे (झालमूड़ी, तेरी उम्र कितनी?)!

मैंने कहा—ग्यारह महीने।

वह चौंकी—ए माँ, से कि? (हे राम! सो कैसे?)

मैंने जवाब दिया—इनसान जन्म चाहे कभी ले, जीना तो वह तभी शुरू करता है जब प्रेम करना शुरू करता है—वाह! ख़ूब भालो—वह एकाएक चिड़िया बन गयी और चहचहाने लगी। गलियों में झूलते रोशनी के गुच्छे एकाएक जगमगाने लगे।

दोस्तो, ऐसी कई अविस्मरणीय शामें मैंने उसके साथ बितायीं। ऐसी ही एक चमकदार शाम मैंने विदा होते उसके कान में फूँक मारी—'तूमि रवे नीरवे हृदय मम, मम जीवने, मम यौवने, मम सकल भुवनेतूमि भोरवी' (तुम मेरे हृदय में रहोगी, मेरे जीवन-यौवन...मेरे सार अस्तित्व में तुम सुगन्ध बिखरेती रहोगी)

उसने मेरे बंगाली प्रेम और कविता की तारीफ़ में कुछ नहीं कहा, मैं जलभुन गया। लेकिन ठीक अलग होते क्षणों में उसने मेरे कान में दूसरी फूँक मारी—माँझी न बजाओ वंशी कि मेरा मन डोलता...

मैं हरिया गया। स्प्रिंग की तरह उछल पड़ा—बैंगी, (बंगाली छोकरी) तुम हमारे केदारनाथ तक कैसे पहुँच गयी?

उसने पलटी मारी—मेड़ो छेले (मारवाड़ी छोकरा) जैसे तू पहुँच गया हमारे रवि बाबू तक। देर तक हम दोनों हँसते रहे।

हँसते-हँसते देखते रहे।
देखते-देखते हँसते रहे।

मन एकाएक वृन्दावन हो उठा। ज़िन्दगी कविता बन गयी और कविता ज़िन्दगी।''

विजय फिर रुक गये। कमरे की खिड़की से किसी पेड़ की कुछ टहनियाँ दिख रही थीं जिस पर कबूतर-कबूतरी के कुछ जोड़े बैठे थे। विजय उन्हें हसरत से देख रहे थे। शायद अतीत हूक बन हंट कर रहा था उन्हें। हमने पूछा—''फिर क्या हुआ?''

उनकी आवाज थरथरायी। किसी वीतरागी की तरह उन्होंने हमें देखा और जवाब दिया—''फिर क्या होता? जैसे हर सपने आसमान की उड़ान भरने के बाद ध्वस्त हो लौट आते हैं धरती पर, जैसे हर झरना शिखर पर जाकर अवरोही मोड़ ले लेता है वैसा ही कुछ लेकिन नहीं हुआ मेरी कहानी के साथ।''

''तो फिर क्या हुआ''—हमने एक साथ पूछा।

वे मुस्कराये। उदासी का अक्स भी झलका उस मुस्कुराहट में। धीरे-धीरे जवाब आया—''बहुत अद्‌भुत हुआ मेरी कहानी के साथ। दोस्तो, जब सब कुछ दिव्य-दिव्य-सा आगे बढ़ रहा था कि तभी एक गुलाबी शाम उसने छूटते ही मुझसे कहा—मुझे भगा ले चल।''

''मैं आसमान से गिरा...क्या कह रही हो? तुम्हें भगा ले चलूँ? उसने अपने उसी अद्‌भुत आवाज़ में कहा—क्योंकि अब मामला प्राइवेट से पब्लिक हो गया है। हमारे प्रेम की ख़ुशबू मेरे बाबा (पिता) तक पहुँच चुकी है। उन्हें हर तरह की ख़ुशबू से एलर्जी है, फिर प्रेम की ख़ुशबू तो दूर तक करंट मारती है। मैंने उसे झकझोरा—देख, मेरी जान पर आ बनी है और तू तो पहेलियाँ बुझा रही है। भालो करे बोल व्यापार टा कि? (ठीक से बता मामला क्या है?)

वह ग़मगीन हो गयी—पूरा सत्य तो मुझे भी नहीं पता। मेरी माँ हमेशा से ही बीमार रहती है, कल बाबा ने बताया कि डॉक्टरों ने जवाब दे दिया है, मुश्किल से छह महीने की मियाद बची है। माँ चाहती है उनके हाथों मेरा कन्यादान हो, इसीलिए एक हीरो आ रहा है, इसी रविवार को उसका उद्धार करने, यदि उसने हाँ कर दी तो इसी फाल्गुन में...

'ओह नो! भीतर के जंगल में न जाने कितने परिन्दे जैसे एक साथ फड़फड़ाये। वह एक क्षण जैसे मेरे समूचे जीवन का पराजय का क्षण बन गया था। यदि मैं कुछ न कर पाया तो...उफ़! प्रेम ने रूमाल हिलाते-हिलाते मेरी आन्तरिक सत्ता को हिला दिया था।

मुझे असमंजस, परेशानी और अनिश्चितता की नोक पर टँगा देख उसने मेरे

चेहरे को अपनी हथेली में भरकर कहा—सही बता क्या चल रहा है तेरे भीतर। साथ देगा न मेरा...देख मेड़ो तू कहीं जैसलमेर की बालू का टीला मत बन जाना, जो बनते बिगड़ते रहते हैं हवाओं के मूड पर, आज यहाँ, कल वहाँ....

मैंने उसे गले लगाते हुए कहा..नहीं लाडो, मैं जैसलमेर का टीला नहीं विन्ध्याचल की पहाड़ी हूँ, जो अटल रहती है अपने इरादों में। उसने अपने तप्त होंठ मेरे माथे पर छुआ दिये और कानों में गुनगुनाई 'पिय बिन सोना है म्हारो देश' मैंने उसे ठीक किया, लाडो, 'सोना' नहीं 'सूना'। तूने जो कहा उसका मतलब तो है कि पिया के बिना सोना है मेरा देश। ऐसी उदास घड़ी में भी हम दोनों खिलखिला पड़े। मैं फिर चमत्कृत हुआ। वह तेज़ी से मेरे सपनों और मेरी संस्कृति की हिस्सेदार होने लगी थी। केदारनाथ से मीराबाई तक पहुँच गयी थी, जबकि मैं रवीन्द्रनाथ में ही डूब-उतरा रहा था। नहीं, मुझे उसका साथ निभाना है, चाहे जैसे भी हो।

मैं घर चला आया और देखता रहा अपनी माँ और युवा-बहन को, वृद्ध होते पिता को। अपनी 110 वर्ग फीट के सीलनभरे, पलस्तर उखड़ी दीवारोंवाले घर को। क्या इसमें समा सकती है मेरी रेशमा? क्या ऊँट की समाई हो सकती है चूहे के बिल में? क्या साझे शौचालय में डब्बा लेकर जा सकेगी वह? उफ़! जो प्रेम अभी धरती की गर्द-धूल से दूर आसमान में उड़ान भर रहा है उसे समय पूर्व धरती पर उतार दिया मैंने तो क्या बच पाएगा वह प्रेम? उफ़! मैं क्या करूँ?

खुले आसमान में काली चील-सी उड़ती वह रात, जो बीतकर भी आज तक नहीं बीती। ठीक ही कहा है इसे आग का दरिया। यह सत्य था कि यदि मैं उसे भगाकर ले भी आता तो भूखा मरने की नौबत नहीं आती, क्योंकि तब तक एक कामचलाऊ नौकरी मुझे मिल गयी थी। पर मैं डर गया था ज़िन्दगी से दूर अपने परिजनों के सामने ज़िन्दगी को इतनी जल्दी अपने आगोश में लेने से। भोर के अर्द्ध जागते-सोते पलों में, चेतन-अवचेतन के सन्धि-स्थल पर कोई झुटपुटा-सा आलोक कौंधा और जैसे मुझे चेतावनी दे गया— यदि इस चाँद को मैंने धरती पर उतार दिया तो सब कुछ चौपट हो जाएगा।

अगली शाम पानी में डोलते जहाज़ की तरह अपने डाँवाँडोल चित्त के साथ जब मैं पहुँचा उसके पास तो वह जैसे भागने को तैयार ही बैठी थी, छूटते ही पूछा उसने—तो कब भाग चलूँ? मैं जम गया। एक मन किया कह दूँ, चल अभी, पर तुरन्त ही कबूतर के दड़बे जैसा घर स्मृति में कौंध गया, जहाँ सुबह ही वृद्ध पिता ने उल्टी कर दी थी तो मुझे तब तक बाहर खड़ा होना पड़ा था जब तक माँ ने फिनॉयल से पोंछा मार दुर्गन्ध को पछाड़ नहीं दिया था। मेरे मुँह से निकल पड़ा—मुझे छह महीने का समय दे लाडो। तब तक एक छोटा-सा घर ढूँढ़ लूँगा...तेरे जैसे चाँद को इस अँधेरे में कैसे रखूँ? 'छह महीने?' उसकी पनीली आँखों में निराशा गहरा गयी। ख़ामोशी

से उसने झाँका मेरी आँखों में, शायद उसने मेरी घनघोर विवशता पढ़ ली थी। फिर वह मुझसे मिलने नहीं आयी और एक दिन आया उसकी शादी का निमन्त्रण कार्ड। टूटे मन से मैं उसके घर गया तो उसके भाई ने अपना भाई-धर्म निभाते हुए मेरा मार्ग रोकने की चेष्टा की। लेकिन मेरी आवाज़ सुन वह ख़ुद सामने आ गयी। अपने भीतर उठते प्रचंड झंझावात पर क़ाबू पाने के लिए मैंने उसे अपने आगोश में लिया, वह सोचते हुए कि अब वह मुझे कभी-भी नहीं मिल पाएगी। मैंने महसूसा...वह काँप रही थी। मैंने इस प्रकार भींचा उसे जैसे सदा के लिए अपने भीतर उतार लेना चाहता हूँ। मैंने बोलने की चेष्टा की तो मेरा गला भर आया, शब्द चुक गये। मैंने हँसना चाहा तो आँखों में आँसुओं की झिलमिल बन गयी। मैंने उसके माथे पर हाथ फेरना चाहा कि तब तक उसकी माँ आ गयी, आवेग में मैंने उसकी हथेलियों को अपने हाथों में दबा लिया। वे लम्हे हम दोनों पर भारी थे। हम दोनों थरथरा रहे थे। उसकी माँ खींचने लगी...दो बँधे हाथ छूटे और दो विपरीत दिशा की ओर अग्रसर हो गये।''

हम सभी भावाविष्ट हो सुन रहे थे उन्हें। गोधूली साँझ के सन्नाटे में उनकी आवाज़ का कम्पन छू रहा था हमें। कहीं-कहीं उनकी प्रेम कहानी हमारे भीतर जाने कब से दबी-पड़ी किसी आदिम प्रेम कहानी को छूकर हमें भी उद्वेलित और विचलित किये जा रही थी। जमी बर्फ़ से हमारे निजी कोने भी अनायास पिघलने लगे थे...कि तभी उद्दंड मेघेन पीछे से चिल्लाया—''तो इसमें अद्भुत बात क्या हुई?''

उन्होंने फिर एक सिगरेट सुलगायी और धुएँ के छल्लों को देखते रहे दार्शनिक अन्दाज़ में। फिर धीरे-धीरे कहना शुरू किया उन्होंने—''मित्रो, असली कहानी तो अब शुरू होती है। मित्रो, मुझे कभी नहीं लगा कि मैं अपने सपनों के खंडहर में अपने आँसुओं और पीड़ाओं के साथ अकेला खड़ा हूँ। मुझे कभी नहीं लगा कि मैंने उसे खो दिया है। प्रेम और सौन्दर्य का जो पौधा उसने मेरी आत्मा में रोपा था वह दिन पर दिन सघन होता अपनी सुगन्ध फैला रहा था। मेरे कानों में हमेशा उसके बोल गूँजते रहते...'पिय बिन सूनो है म्हारो देस।' मुझे लगता, उसके प्रेम की ख़ुशबू मेरे वजूद में इस क़दर गुँथ गयी है कि दुनिया के सारे डिटर्जेंट भी मिलकर उसे धो नहीं सकते। वह मोबाइल फ़ोन का ज़माना नहीं था। लैंड लाइन फ़ोन का जमाना था। मैं कई बार दोपहर में उसके घर फ़ोन मिला देता, वह हैलो-हैलो करती रहती। मैं उसकी आवाज़ के मनके को बीनता रहता पर कभी भूलकर भी जवाब नहीं देता। मैं स्वयं अपनी पीड़ा का ईश्वर था, इस कारण नहीं चाहता था कि उसके संसार में मेरे चलते कुछ भी खलबली मचे। नदी की उदास धारा की तरह दिन बीतते रहे। समय दौड़ता रहा लेकिन मैं वहीं-का-वहीं खड़ा रहा। हर रात वह मेरे सिरहाने आकर खड़ी हो जाती। उसके ख़याल मेरे ख़्वाब बन जाते। उन ख़्वाबों के पंख झड़ते भी तो मैं उन्हें बटोरकर वहीं चिपका देता।

मैंने उन ख़्वाबों के मोतियों की आब को धुँधला न होने दिया। माँ ने कई बार शादी के लिए कई लड़कियों की तस्वीरें दिखायीं। सूनी रातों की निस्तब्धता में मैं एक-एक कर उन लड़कियों की तस्वीरें देखता, मेरी यादें काँपने लगतीं, मेरी आँखों के आगे गड्ढे आ जाते, मैं उसे पार नहीं कर पाता। वह गड्ढा रेशमा के गालों का होता था। मैं माँ को सारी तस्वीरें वापस लौटा देता। माँ रोने लगतीं तो मैं उन्हें समझाता—माँ उसकी आवाज़ 'मुझे भगा ले चल' मेरे भीतर इस क़दर कुंडली मारकर बैठ गयी है कि अब कोई दूसरी आवाज़ मेरे भीतर घुस नहीं सकती। मेरे जीवन में जो कुछ भी सुन्दर था, उसी के साथ था, 'कभी ख़ुशी से ख़ुशी की तरफ नहीं देखा/ये सोचकर कि मेरा इन्तज़ार लाज़िम है/तमाम उम्र घड़ी की तरफ नहीं देखा' मैंने माँ को सुनायी अपनी पीड़ा। माँ ठंडी साँस लेतीं, आँखें पोंछतीं और शिवजी की तस्वीर देखते-देखते जाने कब सो जातीं, पर मेरी नींद उचट जाती। मैं उसके ख़यालों से खेलता रहता। उसके ख्वाबों की पंखुरियाँ रात-भर मेरे बिछौनों पर झरती रहतीं। सुबह उठकर मैं उन्हें बुहार देता।

बहरहाल...अपने अकेलेपन की सीपी में क़ैद मैं जी रहा था कि एक धूप भरी दोपहर जाने किस अप्रत्याशित संयोग से किसी स्वप्न और यथार्थ की तरह वह मुझे मिल गयी। मैं मेट्रो सिनेमा हॉल के सामने वाले स्टॉपेज पर खड़ा था और वह बस से उतर रही थी। अरे...अरे...मैं ठिठक गया। मेरी नस-नस झनझना उठी। एकाएक सारा परिवेश धुला-धुला, निखरा-निखरा और रोमानी हो गया था। मेरे रोम-रोम में जैसे कोई अनजान रागिनी बज उठी।

सामने वह थी।

वन की हिरणी-सी वह भी चौंकी। तुम...आप... मैं शब्दातीत था; पर आँखें अपना काम कर रही थीं। वह थोड़ी भरी-भरी लग रही थी। ताँत की हल्के जामुनी रंग की मामूली साड़ी और बिना विशेष सजावट के भी वह दमक रही थी। उसके सुख से मैं सुखी हुआ। मेरे चारों ओर सब कुछ सुन्दर और जादुई था। मोहाविष्ट-सा मैं उसके साथ-साथ चलने लगा। एक गीत मेरे भीतर गूँजने लगा...चलो दिलदार चलो, चाँद के पार चलो, कि तभी मुलायम-मुलायम शब्दों में उसने मेरी माँ और बहन के बारे में पूछना शुरू कर दिया। मैं बेसब्री से इन्तज़ार करने लगा कि वह माँ और बहन से निपटकर मुझ तक आये तो मैं उसे बताऊँ कि मेरा प्रेम जैसलमेर के बालू के टीलों-सा नहीं वरन् विन्ध्याचल पर्वत-सा है, देख लो, आज भी मैं वहीं और स्मृतियों के उसी घाट पर खड़ा हूँ, अकेला।

फिर वह नौकरी के बारे में पूछने लगी। उसकी आवाज़ में वही प्रेम, वही जादू था और पलक झपकते ही फिर एक आनन्द नगरी का निर्माण होने लगा था, जिसमें सिर्फ़ मैं था और वह थी। उसने कहा—चलिए कहीं बैठकर चाय पीते हैं। मैं निहाल

हो गया। आज बहुत सारा जी लूँगा मैं। थोड़ी देर तक सपनों का एक रंगीन और ख़ुशनुमा टुकड़ा हमारे साथ चलता रहा। भावनाओं का झीना-झीना सा पुल हम दोनों के बीच बनने ही लगा था कि तभी सब कुछ कच्चे काँच-सा दरक उठा।

चलते-चलते उसने बच्चों की एक रेडीमेड कपड़ों की दूकान के बाहर पढ़ा—भारी डिस्काउंट, आज अन्तिम दिन और जैसे उस रेशमा के भीतर से एक और रेशमा निकल आयी हो। वह तुरन्त दूकान में घुस गयी। मैं हतप्रभ-सा बाहर ही खड़ा रहा तो उसने तीन चौथाई आँखों से मेरी ओर देखते हुए हल्के अनुरोध-भरे स्वर में कहा—दस मिनट ठहरिए और बिना एक क्षण गँवाये दूकानदार की तरफ़ मुड़ गयी और एक क़तार में लगे बाबासूट को देखने लगी। जैसे कहानियों में कोई जादूगरनी एकाएक रूप बदल लेती है, मैं उसे पूरी तरह देख भी न पाया था कि उसने चोला बदल लिया था। मैं तड़प उठा, जैसे कोई तेज़धार का चाक़ू मेरी छाती में धँस गया हो। हैरानी और अविश्वास से भरी मेरी आँखें उसी ओर टँगी रहीं, उसके चेहरे की ओर, वह तल्लीन थी बाबासूट में। हम दोनों की दुनिया अब अलग हो चुकी थी। वह पूरी तरह निरपेक्ष थी मेरी उपस्थिति से।

न अतीत की कोई चाँदनी छिटकी हुई थी उसके चेहरे पर और न ही वर्षों बाद हुए मिलन की कोई उत्तेजना, न लगाव और रोमांच ही था। शायद हर सत्य अपने विरोधी सत्य में ही दम तोड़ता है।

मेरे भीतर ख़ालीपन भरने लगा था। एक दूकान के सामने चिथड़ों से लिपटा एक पैरकटा किशोर छाती के बल रेंगता भीख माँग रहा था। शायद बच्चों का चुरानेवाला कोई गिरोह उसे वहाँ छोड़ गया था। एक अधनंगी पगली सड़क पर वहीं पेशाब करने बैठ गयी थी और पुलिसवाला उसे खदेड़ रहा था। बाबूनुमा लोगों का आना-जाना जारी था। किसी को किसी से कुछ लेना-देना नहीं था। मैंने फिर देखा घड़ी की ओर, दस मिनट की मियाद पूरी हो गयी थी। मैंने देखा रेशमा की ओर—वह दूकानदार से मोलभाव कर रही थी।

मेरा मन फिर मुर्दा हो गया—क्या यह वही रेशमा है जो सारी दुनिया भूल मुझमें डूब जाया करती थी, जो आज इतने वर्षों बाद मिली भी तो क्या मिली!

धूप एकाएक असह्य हो गयी थी और बाज़ार में एकाएक मक्खियाँ भिनभिनाने लगी थीं। मैंने अन्तिम बार बाज़ार बनी उस प्रेमिका को देखा और अनकहे का भारी बोझ लिए पराजित-सा भाग खड़ा हुआ क्योंकि पहाड़ी नदी के पत्थरों की तरह मेरे शब्द घिस चुके थे। जो कुछ मैं उससे कहना चाहता था वह सब अब बेमानी और बेसुरा हो चुका था।

उनकी डूबती हुई आवाज़ जैसे किसी कुएँ से आ रही थी। दोस्तो, मैंने उसे उस

दिन नहीं खोया जब मैं उससे कुँवारे रूप में अन्तिम बार मिला था, क्योंकि इतने वर्षों तक उसका न होना भी मेरे लिए सुन्दर था। मैंने उसे आज खोया दुबारा मिलने के बाद।''

उनके अन्दर कुछ काँप रहा था—''दोस्तो, पर मैं सचमुच आज भी उसे दोष नहीं दे पाता। आप चाहें तो इसे मेरा गधापन कह लीजिए पर मैं यही सोचता रहता हूँ कि उसके सरोवर का पानी इतना सूख कैसे गया? कैसे लहरों के साथ दौड़नेवाली कविता, स्वप्न और सौन्दर्य में ही विचरण करनेवाली एक खरगोश लड़की सिर्फ़ दाल-रोटी की ही होकर रह गयी।''

उदासी उनके शब्दों के साथ रेंगने लगी थी—''मुझे दुःख है कि मैंने उसे खो दिया; पर उससे ज़्यादा दुःख इस बात का है कि उसने भी अपने आपको खो दिया।''

बोलते-बोलते विजय एकाएक रुक गये। शायद हाँफने लगे थे वे। ज़िन्दगी में हुई ऑक्सीजन की कमी का मारा व्यक्ति ऐसे ही हाँफने लगता है। एक गहरी साँस खींची उन्होंने और बैठ गये।

सूई फेंक सन्नाटे के बीच उनके शब्द अभी तक फड़फड़ा रहे थे।

चिड़िया ऐसे जीती है

कहानी उन ख़ूबसूरत सुहाने दिनों की है जब साइबेरिया से आये सुन्दर सलोने परिन्दे हमारी धरती पर उतरते थे, प्रेम की झील में तैरते थे और स्वप्न भरी उड़ान भरा करते थे।

उन्हीं ख़ूबसूरत दिनों के चन्द ख़ूबसूरत लम्हों में वह कामयाब हो रहा था और उसे लग रहा था कि अब खुल गया है वह दरवाज़ा जिससे होकर वह स्वाद ले सकता है ज़िन्दगी का। चूस सकता है अंगूर के गुच्छे की तरह उसकी अन्तिम बूँद और औरत नाम के उस अज्ञात दुर्गम प्रवेश की सैर भी कर सकता है जो सदैव से ही सम्मोहित करता रहा है उसे। और वारे-न्यारे क़िस्मत के भी कि वह दरवाज़ा ख़ुला भी, पर उन्हीं चन्द लम्हों में जाने क्या तड़क गया, कौन-सा आईना टूट गया कि खुले दरवाज़े से न घुसकर वह पीछे की तरफ़ दौड़ ही गया।

ऐसा क्यों हुआ? क्योंकर हुआ?

कहानी शायद उस 'क्यों' की अभेद्य दीवार न भेद सके क्योंकि इनसान को पूरी तरह पहचानने का दावा दुनिया का कोई भी कथाकार नहीं कर सकता है। पर यह कहानी है उसी 'क्यों' की। उन्हीं चन्द लम्हों की जिसमें उसने अपने को रूपान्तरित होते देखा और देखा स्वयं को उस खुले दरवाज़े से दूर-दूर भागते हुए और यदि आप दार्शनिक भाषा का प्रयोग करने की इजाज़त दें तो कहूँ अपनी मूल सत्ता में वापस लौटते हुए।

कहानी की शुरुआत में एक नायक है अखिलेश और है एक नायिका, आकांक्षा। कई वर्ष बीत चुके हैं उनकी शादी को, फिर भी वे निस्सन्तान हैं। पर उन्हें कोई ग़म नहीं है अपने निस्सन्तान होने का। जैसा कि आम दम्पती के साथ होता है। क्योंकि दोनों ही सही अर्थों में भाग्यवादी हैं और यह मानते हैं कि ज़िन्दगी में सबको सबकुछ नहीं मिलता है। इसलिए जो नहीं मिला उसके लिए हाय-तौबा मचाने से कहीं बेहतर है

कि जो मिला उसी का जमकर आस्वादन किया जाय। इसलिए सन्तान प्राप्ति के लिए पीर, मौला, पंडित, हकीम, सन्त-स्वामी या भविष्यवक्ता के चक्कर काटने की बजाय उन्होंने पृथ्वी के चक्कर काटने शुरू कर दिये।

इस बार उनकी पृथ्वी थी हिमालय की छाँव में बसा छोटा-सा नेपाल जिसके चक्कर उन्हें काटने थे, जिसकी हवाओं को उन्हें महसूसना था।

''पर इतने हो-हंगामे वाला देश नेपाल ही क्यों? चलो कोई ख़ामोश हवाओं वाले देश जैसे बैंकाक, जापान, मलेशिया या फिर सिंगापुर''—अखिलेश ने कटोरी में रखे अंकुरित चनों को टूँगते हुए कहा।

पिछले पाँच-छह दिनों से दोनों के बीच यह मीठी बहस छिड़ी हुई थी। पत्नी नेपाल की रट लगाये थी, पति मलेशिया या सिंगापुर उड़ने का सपना देख रहे थे।

आकांक्षा अपने पति को अपनी बौद्धिकता से आतंकित नहीं करना चाहती थी। नेपाल घूमने का उसका एक ख़ास मक़सद भी था, एक घरेलू स्त्री होते हुए भी वह एक खाँटी घरेलू स्त्री नहीं थी। देश और दुनिया में जो हलचलें हो रही थीं उनसे वह वाक़िफ़ भी थी। भ्रमण के साथ-ही-साथ यदि जिज्ञासाओं को भी खाद-पानी मिल जाय तो क्या हर्ज की तर्ज़ पर वह चाहती थी नेपाल का नया चेहरा देखना। नेपाल में हुई नयी नवेली जनक्रान्ति के बारे में उसने टीवी पर देखा और पत्रिकाओं में ख़ूब पढ़ा भी था और जाने क्यों उसे यह विश्वास होने लगा था कि एक बार यदि किसी विचार को रोप दिया जाय तो देर-सबेर उसे फलते-फूलते देरी नहीं लगती। ख़ुद उसका जीवन भी इसी प्रकार के नये-नवेले विचारों के रोपन की प्रयोगभूमि ही था।

''नेपाल ही क्यों?'' अखिलेश ने फिर पूछा।

''मुझे नेपाल की वाइल्ड लाइफ़ देखनी है, सिवाय अफ्रीका के वैसी वाइल्ड लाइफ़ और कहीं नहीं।'' पत्नी ने अपने भीतर की जिज्ञासाओं की नयी बनती दुनिया को पति से बचाकर ही रखा। क्योंकि अनुभव ने उसे बता दिया था कि यदि वह कहे कि वह क्रान्ति का चेहरा देखने नेपाल जाएगी तो कॉमरेडनुमा ब्वायफ्रेंड चाहे रीझ जाय उसकी बातों पर...पर ये सनातनी पति? अच्छे-भले पतियों को भी पत्नी की ये फ़ितरत चिढ़ा देती है।

वह इतनी बुद्धिमती है कि सँभाल सकती है। अपनी कई दुनियाओं को एक साथ।

तो तय रहा फिर नेपाल! अखिलेश ने अपने दढ़ियल चेहरे को पोंछते हुए आख़िरी बार यों पूछा जैसे समर्पण कर रहा हो उसके आगे।

रक्सौल! नेपाल और भारत की सीमा रेखा!

जीवन को पूरी मस्ती के साथ जीते-भोगते दोनों भारत और नेपाल की सीमा-रेखा रक्सौल पर उतरे। पर उतरते ही जो देखा कि आत्मा बिंध गयी आकांक्षा की। उसने देखा कि नरकटियागंज से सीतामढ़ी की ओर आती लोकल ट्रेन! बाप रे! जितनी अन्दर से भरी हुई, उससे ज़्यादा बाहर से भरी हुई। हर तरफ़ आदमी! ट्रेन की इंच-इंच पर कीड़े की तरह किलबिलाते लोग! छत पर, दरवाज़े पर, ट्रेन की हैंडिल के सहारे झूलते लोगों का एक पूरा गुच्छा। और तो और दो डिब्बों को जोड़नेवाले कनेक्टर पर भी बैठे हुए लोग! कहीं करंट लग गया तो? या आपसी धक्के से ही नीचे गिर पड़े तो? इतने वेग से चलती ट्रेन...कहीं इंच भर भी सन्तुलन गड़बड़ा जाय या एक- दूसरे की टक्कर ही लग जाय या झर-झर बहते पसीने को पोंछने को ही पंजा उठ जाय या खुजली ही चल जाय...तो सीधी मौत।

बाप रे! उसने देखा...ट्रेन की खिड़की से बँधी लोगों की साइकिलें! दूध के कनस्तर, दही की हंडियाँ, सब्ज़ी की टोकरियाँ।

हे भगवान! कैसी-कैसी परिस्थितियों में भी जी लेते हैं लोग...ट्रेन में खोयी ठहरी-ठिठकी अवाक्-सी सोच रही थी वह कि तभी कानों में अखिलेश की आवाज़ टकरायी—''क्या जनाब का भी इस ट्रेन में चढ़ने का इरादा है?''

''इन्हें देखकर लगता है जैसे ये माँ की कोख से नहीं, ट्रेन की कोख से जन्मे हैं। देखो न! कैसे इसकी इंच-इंच से चिपके हैं ये लोग।''

''इस ट्रेन की तस्वीर खींचकर विदेश में भेज दो, अच्छी-ख़ासी कमाई हो जाएगी।'' अखिलेश ने चुटकी ली।

''तुम्हें कमाई की सूझ रही है, मैं सोच रही हूँ कि इनके लिए महज़ जीना किसी युद्ध से कम नहीं। ज़रा-सा सन्तुलन गड़बड़ाया कि सीधी मौत या अपाहिज ज़िन्दगी।''

''क्या करें ये भी, पास में देने को पैसे नहीं, कोई दूसरी ट्रेन नहीं। पूरे दिन में यह इकलौती ट्रेन है जो इन्हें बलिया, छपरा, मोतिहारी और बिहार-नेपाल की सीमा से जोड़ती है।'' उसने मन को मज़बूत किया, भारत की ही तरह ग़रीब नेपाल, जाने क्या-क्या देखने को मिले आगे।

उस दिन नेपाल के तराई इलाक़ों में हड़ताल थी। जगह-जगह पत्थर, टायर और कटे पेड़ बिछाकर पथ अवरुद्ध कर दिया गया था। इस कारण उन्हें सीधे रास्ते से नहीं निकलकर पीछे के रास्ते से निकलना पड़ा। एक टूटे और जर्जर पुल को पार कर उन्होंने विदेशी भूमि नेपाल में क़दम रखा।

अब वे भारत में नहीं नेपाल में थे। वीरगंज में थे। पर उन्हें न विदेशी भूमि में होने का रोमांच हो रहा था और न ही परिवेश के प्रति कोई चौकन्नापन ही था। सफ़र बहुत कुछ झारखंड के छोटा नागपुर और पलार/पलामू अंचलों जैसा था। लोगों के

नाक-नक़्श भी एकदम बिहारी बाबू सरीखे। बीच-बीच में इक्के-दुक्के मंगोलियन नाक-नक़्श के गुरंग और भुटिया भी देखने को मिल जाते, पर कुल मिलाकर परिवेश एकदम झारखंड के गाँवों जैसा। उड़ती धूल। पगुराते साँड़, घरों के बाहर बँधी बकरियाँ। दाने चुगती मुर्गियाँ। घरों के नाम पर मटमैले टप्पर। गृहस्थी के नाम पर मूँज की रस्सी पर टँगे मटमैले कुछ कपड़े। माटी का चूल्हा, अल्युमिनियम की हँड़िया। प्लास्टिक के डिब्बे और एकाध प्लास्टिक की बोतलें। कहीं-कहीं दरवाज़े पर बँधी बकरियाँ। किसी ख़ुशनसीब के यहाँ गायें भी दिखीं।

इनसान और जानवर साथ-साथ। कहीं-कहीं देवता भी। पृथ्वी की अनादि रात की तरह अन्तहीन और स्याही के धब्बे-सी फैली बस्तियाँ।

उसके भीतर निराशा फैलने लगी।

वह फड़फड़ाई—हे भगवान यही है नेपाल! उसका स्वप्न देश! उसकी मन्नत की जन्नत। इसी के लिए इतना ख़र्च कर आयी यहाँ! अखिलेश ने जैसे उसके मन को पढ़ लिया हो...उसे सान्त्वना देते हुए कहने लगा, ''यह तो तराई है, सुन्दरता तो पहाड़ों पर बसती है। असली नेपाल तो वहीं मिलेगा पहाड़ों पर।''

''हाँ इसी सम्भावना को ठोंक-पीटकर एक मुकम्मल यात्रा को अंजाम देना है।''

हँसी उसके भीतर से फूटी।

रफ़्ता-रफ़्ता खुल रहा था नेपाल।

आकांक्षा उन स्त्रियों में थी जो अपने मन के कुछ स्पेस को सारी दुनिया से बचाकर रखती हैं। जो न पति का होता है न घर का...न राम का न रहीम का...जो सिर्फ़ उनका अपना होता है। जब-जब सुख या दुख के अतिरेक में होती है वह, चुपचाप खिसक जाती है उस बचे हुए स्पेस में, और तैरती रहती है दूर-दूर तक भीतर के शान्त समुद्र में...और ढूँढ़ती रहती है ज़िन्दगी को...उसके अर्थ को।

इन क्षणों में भी उड़ रही है वह उसी शान्त समुद्र में। खुलकर छोड़ दिया था उसने अपनी कल्पनाओं को, विचारों को।

''सुनो, चलोगी माउंटेन फ्लाइट्स। बुद्धा एअरलाइंस आयोजित करती है ऐसी उड़ानें। वहाँ से हम बर्फ़ से ढँकी हिमालय की चोटियों को यहाँ तक कि एवरेस्ट को भी देख सकेंगे।'' वह चुप उज़बक-सी काठमांडू से तिब्बती स्टाइल में बने पुराने मन्दिरों से निगाह हटा उसकी ओर ताकने लगी। अखिलेश झुँझला पड़ा, ''कहाँ खोयी रहती हो...तब से पूछ रहा हूँ...चलना है माउंटेन फ्लाइट्स?''

वह भीतर से बाहर लौटी, क्या कहा, माउंटेन फ्लाइट्स? क्या सम्भव है ऐसा? पर्वत शृंखलाओं के बीच चाँदी-से चमकते एवरेस्ट को देखना...अदृश्य को महसूस करना...'' भावावेश में उसने अखिलेश को वहीं बाँहों में भर लिया।

"हाँ, हाँ, क्यों नहीं!"

कूदते-फाँदते, एक दूसरे में वसन्त उगाते वे बुद्धा एअरलाइंस के ऑफिस की ओर बढ़ने लगे। उन्हें पता भी नहीं चला, कब उनके इस जादुई हवामहल की हवाएँ उड़ती हुई होटल सूर्या के रूम नं. 110 तक पहुँच गयीं, और ऑक्सीजन की कमी के मारे रामश्रेष्ठ की नींद उड़ गयी।

हाँ आकांक्षा को एकाध बार यह ज़रूर लगा था कि उनके बग़ल के ही कमरे में ठहरी एक जोड़ी लपलपाती आँखें जब-तब कभी रिसेप्शन तो कभी डाइनिंग हॉल में पीछा करती रहती हैं उसका।

करें पीछा...क्यों डरे वह उस मुहाँसों भरी नीग्रो खोपड़ी से (रूम नं. 110 वाले की कड़े-कड़े और खड़े बालों वाली खोपड़ी के चलते उसने मन-ही-मन उसे नीग्रो खोपड़ी नाम दे रखा था) जब तक उसकी गंजी खोपड़ी (अखिलेश के हल्के गंजेपन के चलते वह उसे प्यार से गंजी खोपड़ी कहती थी) है उसके साथ। बहरहाल 110 वाले के ख़याल से कबड्डी खेलते हुए उसने उसके ख़याल को अपने दिमाग़ की बाउंड्री लाइन से बाहर किया।

उड़ान दूसरे दिन होने वाली थी। सुबह ठीक आठ बजे। पूरे डेढ़ घंटे की उड़ान। हिमालय के समानान्तर उड़ती हुई छोटी-सी फ्लाइट। पूरे दिन वह आनेवाली उड़ान के जादू में, हिमालय की बर्फ़ीली सुन्दरता के रोमांच में डूब जाना चाहती थी पर अखिलेश बेताब था काठमांडू के ख्यात-कुख्यात केसिनो के अनुभव के लिए।

मन मार उसे जाना पड़ा केसिनो, पर डूब नहीं पायी वह वहाँ। बस तैरती रही ऊपर-ही-ऊपर। निभाती रही एक सैलानी का धर्म।

केसिनो की आधुनिकता, साज-सज्जा, रईसी-माहौल, तड़क-भड़क, चकाचौंध करती रोशनियों, लकदक बैरों और करोड़ों रुपयों से स्वचालित मशीनों को देख जहाँ अखिलेश विस्मित-विमुग्ध था वहीं आकांक्षा के ख़यालों में एकाएक रक्सौल और वीरगंज के बीच फैला उजाड़ और इंच-इंच लोगों से भरी ट्रेन कौंध गयी। वह उदास हुई यह सोचकर—एक नेपाल में कई नेपाल। जैसे भारत में कई भारत। वह परेशान हुई। इस मायावी जुआघर ने उसके खुले आसमान पर पाबन्दी लगा दी थी। बुरा-सा मुँह बना कहा उसने, "क्या अद्‌भुत जुआघर है यह भी। कितना मायावी। ये एअरइंडिया की स्टाइल में सलाम करते लकदक बैरे। भ्रम पैदा करते हैं आपको किसी उच्च समाज का हिस्सा होने का। पर इस भ्रम के आड़े आता है आपका आर्थिक बौनापन। तो लीजिए हाज़िर है इस आर्थिक बौनेपन से उबरने के लिए ये सर्वनाशी मशीनें। सचमुच 21वीं शताब्दी का सबसे बड़ा कमाल कि यहाँ बुरा भी बुरा नहीं

दिखता। अँधेरा भी जगमगाता दिखता है। हर रीढ़ को लचकदार बनाया है इस शताब्दी ने। देखो न तुम्हारे जैसा कर्मठ व्यक्ति भी कितना ख़ुश है जुए में डेढ़ हज़ार जीतकर। तुम भी भूल गये कि यहाँ अर्जन परिश्रम, सामर्थ्य और पुरुषार्थ का नहीं जुए और तिकड़म का हमबिस्तर है।''

पति ने फिर पुचकारा उसे, ''देखो जब मैं तुम्हारे साथ पौधों, परिन्दों और जंगलों के बीच होता हूँ तो कैसे तुमसे घुलमिल जाता हूँ, तुममें बहने लगता हूँ...वैसे ही यहाँ मशीनों के बीच क्या तुम मेरी पसन्द नहीं जी सकतीं...नहीं बह सकतीं मेरे भीतर...''

वह हँसी। मन-ही-मन कहा उसने—कुछ परिन्दे ऐसे होते हैं जिनके सुर किसी से भी नहीं मिलते...पर तुम इसे कहाँ समझोगे अखिलेश!

अखिलेश दूसरी मशीन की ओर बढ़ा। इस बार फिर उसने खेला। पर इस बार वह 1500 रुपये हार गया।

केसिनो का सारा जादू तड़क गया। अखिलेश ने हिसाब लगाया—10 मिनट की कमाई हज़ार रुपये और गँवाई 1500 रुपये।

पर केसिनो के दरवाज़े पर आकर वह ठिठक गयी, जैसे छिपकली गिर पड़ी हो उस पर। उसने दो बातें एक साथ नोट कीं। उसके साथ वाले रूम नं. 110 का नीग्रो खोपड़ी केसिनो में उससे थोड़ा दूर हटकर खींसें निपोर रहा था। दूसरी बात यह थी कि केसिनो के दरवाज़े पर लिखा था—नेपाल के इन केसिनो में नेपालियों को घुसने की इजाज़त नहीं। पर क्यों? जो अपना पसीना उलीच-उलीच कर सींच रहे हैं इस देश को, उन्हीं को देश निकाला?

उसकी हैरानी फड़फड़ाई।

''शायद इसलिए कि ग़रीबी, भाग्य और भगवान का मारा नेपाली कहीं अपनी तलब दुगुनी करने के लालच में अपनी गाढ़ी पसीने की कमाई को यहाँ फूँक न दे।'' अखिलेश ने कहा।

''नहीं, इसलिए कि कहीं विदेशी सैलानियों के वैभव और व्यभिचार की इस चादर में टाट का पैबन्द न दिख जाय।''

विद्रूपता से उसके होंठ वक्र हुए। विचारों की फुनगियों पर वह फिर उछल-कूद करने लगी। इसी जुए और शराब ने ही शायद नेपाल को 240 वर्षों तक एक विचारहीन सामन्ती राजतन्त्र में रहने दिया। लेकिन अब नया बना नेपाल सीख रहा है सोचना। उसे अच्छा लगा यह जानकर कि इस नये नेपाल में खुलेआम जहाँ-तहाँ शराब पीने पर पाबन्दी लगा दी गयी है। उसने पढ़े दीवारों पर लिखे नारे—नया नेपाल को आधार, शिक्षा, स्वास्थ्य, रोज़गार, मौलिक अधिकार। आम इनसान में भी स्वप्न जगानेवाले हैं ये नारे। वह सुखी हुई नेपाल के सुख से।

दूसरी सुबह। बुद्धा एयरलाइंस। माउंटेन फ्लाइट्स।

अपरिमित और अद्भुत सौन्दर्य। नज़रों के छोर तक। सृष्टि के अन्त तक। विमान में उड़ते हुए, सभी सैलानी देशी-विदेशी सम्मोहित थे। प्रकृति के इस अद्भुत करिश्मे पर, जिसका नाम था हिमालय।

बादलों के ऊपर तैरते हुए वह भी भावविभोर थी—यह है असली नेपाल। कितना अच्छा किया उसने यहाँ आकर सच, ज़िन्दगी की रचना स्वयं करनी होती है।

उसने नज़रें घुमायीं—आजू-बाज़ू सभी रोमांचित थे। पलक तक अपलक थी कि कहीं चाँदी से ढँकी पर्वत श्रेणियों और नीचे आसमान में बहते रहने के मौजी पलों का एहसास पलभर के लिए भी छिटक न जाय।

अचानक उसके ज़ेहन में टिमटिमाया नील आर्मस्ट्रांग। जिसने चन्द्रमा पर खड़े होकर जब नीचे ताका तो उसके मुँह से निकला—हाय मेरी धरती। उसने यह नहीं कहा—हाय मेरा देश! मेरा अमेरिका! ऊँचाइयाँ सारी क्षुद्रताओं को मिटा देती हैं, उसने आदतन फिर सोचा।

एकाएक विमान की गति थोड़ी धीमी हुई। बादलों के ऊपर तैरते हुए अब वह एवरेस्ट के एकदम पड़ोस में थी। उसकी जबर्दस्त इच्छा हुई कि वह विंडो सीट के छोटे से शीशे को तोड़ दे और खुली आँखों से देखे ये अद्भुत नज़ारे। हठात् उसने महसूसा...उसके भीतर कम्पन था। जिस्म के पोर-पोर में उतरती इस अलौकिक सुन्दरता का कम्पन! काश! इस सुन्दरता को बरक़रार रख पाने में वह भी कर पाती अपना योगदान! पर कैसे? वह एकाएक उदास हुई यह सोचकर कि अब तक की अपनी जिन्दगी में उसने जीवन से लिया ही लिया, वापस कुछ भी लौटा नहीं सकी है वह।

अच्छे काम करने का और मनुष्य के काम आने का वरदान हरेक को नहीं मिलता—सोचकर उसने ख़ुद को दिलासा दिया और तभी उसकी नज़र दूसरी विंडो सीट पर पड़ी तो वह चौंक गयी। जैसे मौजों का उमड़ता हुआ समुद्र एकाएक ठहर गया हो। जैसे आँख में कुछ गड़ गया हो। अरे यह! उसके ठीक सामने वाली विंडो सीट पर (उस विमान में सभी सीट विंडो सीट थीं) वह बैठा था, वही रूम नं. 110 का नीग्रो खोपड़ी जो अपनी सीट पर चौथाई कमर टिकाए ऊँट की तरह उचक-उचक कर बजाय चाँदी के शिखरों को देखने के उसे ही दीदें फाड़-फाड़ ताके जा रहा था। वे लम्हे इतने भरपूर, उदात्त और जीवन का जादू जगानेवाले थे कि उसने उन क्षणों उसके प्रति उठनेवाली सारी दुर्भावनाओं, शंकाओं और आशंकाओं को भी देश निकाला कर डाला। उन क्षणों उसकी चेतना के कण-कण में, सारी इन्द्रियों में सौन्दर्य भरा था, सिर्फ़ सौन्दर्य।

नीचे उतरकर भी नीचे नहीं उतरी वह। ऊपर-ही-ऊपर उड़ती रही। जाने

कितनी देर तक समय के पार ले जानेवाले उन्हीं लम्हों को जीती रही जिन्होंने उसे नील आर्मस्ट्रांग की याद दिला उसकी चेतना को विश्वचेतना का विस्तार दिया। उसने उन मनमौजी पलों को हृदय के तहख़ाने में भर लेना चाहा जिससे सूखे दिनों में फिर-फिर लौट सके वह वहाँ।

अब अगला पड़ाव किधर?

क...क् क्या? पंख फैला उड़ान भरती उसकी कल्पना को झटका-सा लगा। वह झुँझलाई। भीतर से बाहर को हुई। अखिलेश पूछ रहा था उससे—''अब कहाँ जाना है?''

''कहीं भी''—अनमना-सा जवाब। जो अभी-अभी अनुभव किया था, उसी में जीना चाहती थी वह अभी आनेवाले कुछ घंटे। पर सैलानियों को एक ही जगह रहने की इजाज़त नहीं। घूमते रहना होता है उन्हें दुनिया की सारी सुन्दरता को जल्द से जल्द निगल जाने के लिए।

पशुपतिनाथ मन्दिर और बुद्ध अभिदेवा पार्क होते हुए जब तक वे होटल पहुँचे दिन ढल चुका था। रात सन्नाटा ओढ़ने लगी थी। रिमझिम-रिमझिम बारिश शुरू हो चुकी थी। होटल में घुसते ही उसे निराशा हुई। लोडशेडिंग थी। उफ़! इतना सुन्दर नेपाल, पर बिजली रहती है मुश्किल से पाँच-छह घंटे। और इन पाँच-छह घंटों में भी वोल्टेज इतना कम कि बत्ती नहीं बस उम्मीद की लौ ही जलती रहती है।

''चाय मँगवाऊँ।'' उसने पूछा अखिलेश से। अखिलेश जो कमरे में घुसते ही पलंग पर जूतों सहित कटी डाल-सा औंधा पड़ गया था।

''नहीं चाय नहीं, अच्छा नहीं लग रहा है। उल्टी-उल्टी लग रही है। चाहो तो थोड़ा नींबू का शर्बत दे दो...शायद कैंटीन में मिल जाएगा नींबू।'' लगभग कराहते हुए कहा अखिलेश ने।

''क्या?'' वह चिन्तित हुई। उसने देखा अखिलेश का चेहरा पिछले चन्द लम्हों में ही सुस्त पड़ गया था। एकाएक वह बहुत थका हुआ दिख रहा था। आँखें भी चढ़ी-चढ़ी-सी लग रही थीं।

उसका माथा ठनका, अभी तक तो अच्छा भला था, यह एकाएक क्या हुआ उसे। क्यों लटक गया चेहरा?

बाहर बारिश एकाएक बढ़ गयी थी। उसने उसके जूते-मोजे उतारे और इंटरकॉम में बैरे को इमरजेन्सी लाइट और नींबू-चीनी का पानी लाने को कहा।

और तभी उसने देखा, अखिलेश तेज़ी से बाथरूम की ओर मुड़ा। एक ज़ोरदार

उल्टी की अखिलेश ने और सिर पकड़ वहीं बैठ गया।

बड़ी मुश्किल से बैरे की सहायता से उसने अखिलेश को वापस पलंग पर लिटाया और उसके कपड़े बदलने ही लगी कि अखिलेश ने फिर से की एक उल्टी।

कहीं फूड पॉयज़निंग तो नहीं हो गयी? उसने होटल मैनेजर को फ़ोन कर पूछा—"क्या कोई डॉक्टर आ सकता है...हाँ अभी तुरन्त...अखिलेश को देखने!"

"बारिश थमने तक? क्या ठिकाना बारिश का?" वह फनफनाई। एक नज़र उसने फ़र्श पर पड़ी उल्टी पर डाली। जाने क्यों उसे लगा कि अखिलेश की उल्टी में ख़ून के रेशे हैं। हे भगवान! उसकी आँखों के आगे अँधेरा छा गया। डर उसके सीने पर चढ़ उसकी गर्दन दबोचने लगा। परदेश, रात का समय, शहर से इतनी दूर होटल, बारिश, उल्टी, ख़ून के रेशे और अखिलेश का यों औंधे पड़ जाना...क्या किसी अनिष्ट की आशंका है? उसका अंश-अंश काँपा। मन पंखुड़ी-पंखुड़ी बिखरा। उसने फिर होटल मैनेजर को फ़ोन लगाना चाहा तो मोबाइल ही नहीं चला उससे। हे भगवान्! क्या यह घबराहट की चरम अवस्था है। उसने आँखें मूँद लीं...हे भगवान रक्षा कर। फिर बैरे से कहा मैनेजर को फ़ोन लगाने के लिए। बैरे ने बताया कि मैनेजर घर के लिए निकल गया है। उसने फिर अखिलेश को हिलाया, ज़ोर-ज़ोर से पुकारा—अखिलेश! अखिलेश! क्या बेहोश हो गया है अखिलेश? जैसे बम फूट गया हो। अखिलेश का मुँह ऐंठ रहा था, होठों से झाग निकल रहा था। उसने पानी के कुछ छींटे उसके मुँह पर डाले तो मुँह से विचित्र-सी आवाजें निकलने लगीं। वह बहुत डर गयी। क्या करे? कहाँ जाए? किससे माँगे सहायता? आसपास प्रायः सभी कमरे बन्द थे। सभी टूरिस्ट काठमांडू के आगे पोखरा के लिए निकल चुके थे। एकाएक उसे ख़याल आया, नीग्रो खोपड़ी अपने कमरे में है। वह दौड़ी रूम नं. 110 की तरफ।

उसने बेतहाशा दरवाज़ा पीटना शुरू किया। थोड़ी देर में दरवाज़ा खुला तो वह भौंचक्क। यह नीग्रो खोपड़ी सफ़ेद खोपड़ी कैसे हो गयी? ओह नो! बजाय रूम नं. 110 के रूम नं. 108 को ही वह पीटने लगी थी। रूम नं. 108 वाले की झुँझलाहट मिर्ची के-से तीखेपन में प्रकट हुई। तल्ख शब्दों में कहा उसने, "कॉलिंग बेल बजाइए न। दरवाज़ा पीटने से क्या भीतर वाला जल्दी निकल आएगा?"

"अरे हाँ!" उसने कॉलिंग बेल बजायी।

पिक आप...पिकॉक...कॉलिंग बेल ने चिड़िया की-सी आवाज़ निकाली।

उफ़! यह ज़िन्दगी भी क्या-क्या दिन दिखलाती है। आज उसे उसी के पास दया की, मदद की गुहार लगानी पड़ रही है जो उस पर कामुक नज़र गड़ाए हुए है। पर यह समय यह सब सोचने का नहीं, जैसे भी हो, अखिलेश को बचाना है मुझे।

पर यह दरवाज़ा क्यों नहीं खुल रहा...एक-एक पल एक युग-सा बीत रहा था।

फिर बजायी उसने बेल।

पायजामा और बनियान पहने टेढ़ी-मेढ़ी गाँठवाले लट्ठे से दिखते अधेड़, रामश्रेष्ठ ने दरवाज़ा खोला और खोलते ही उसकी आँखें हवा में टँग गयीं। अविश्वसनीय। गुलाबी मादक नशा उस पर छाने लगा था कि आकांक्षा फूट पड़ी, ''मेरे पति बेहोश पड़े हैं। उनकी उल्टी में ख़ून के रेशे हैं। होटल मैनेजर है नहीं, इतनी घनघोर बारिश में मैं इन्हें कहाँ ले जाऊँ, कैसे ले जाऊँ...भगवान के लिए मेरे पति को बचा लीजिए।'' रामश्रेष्ठ जैसे ऐसे ही किसी संयोग की तलाश में था, जिससे अपनी उदारता और बहादुरी का सिक्का उस पर जमा सके। इसलिए आँखों-ही-आँखों से कुदरत की उस कारीगरी का स्वाद लेते हुए झट से बोल पड़ा, ''घबराइए मत भगवान सब ठीक करेगा!....है ना!'' और वह तुरन्त स्लो मोशन से फास्ट एक्शन में आ गया। अटपटे ढंग से वह तेज़ी से पीछे मुड़ा फिर वापस आया। हैंगर पर टँगी टी-शर्ट अपने बदन पर डाली। टेबल पर रखे पर्स को जेब के हवाले किया और मोबाइल से कुछ नम्बर मिलाने लगा। पहला नम्बर उसने कॉल-टैक्सी का मिलाया और फिर अपने किसी नेपाली मित्र को फ़ोन पर नर्सिंग होम का ठिकाना नोट किया।

बीस मिनट बाद टैक्सी आयी। तब तक भी अखिलेश को होश नहीं आया था। बीच-बीच में कुछ अस्फुट-सी आवाज़ उसके खुले मुँह से लगातार निकल रही थी। किसी प्रकार दो बैरों की सहायता से अखिलेश को नीचे उतार टैक्सी में लिटाया गया। जैसे ही टैक्सी चली, रामश्रेष्ठ सान्त्वना देने लगा आकांक्षा को, ''देखिए आप चिन्ता न करें, सब ठीक हो जाएगा। अच्छे नर्सिंग होम का भी पता मैंने लगा लिया है। है न! मेरे सोर्स काफी तगड़े हैं। ऐसा करते हैं, एक बार इन्हें पास के ही हॉस्पिटल में ले चलते हैं एमरजेन्सी ट्रीटमेंट के लिए, है न!'' जड़-निश्चेष्ट और संज्ञाशून्य आकांक्षा आशंका की नोक पर टँगी बिना दुपट्टा और चप्पल पहने ही यन्त्रवत टैक्सी में बैठ गयी और चुपचाप सुनती रही रामश्रेष्ठ को।

अखिलेश को सेलिब्रेल हेमरेज का अटैक था। होटल सूर्या के एकदम नज़दीकवाले नर्सिंग होम में अल्ट्रा-साउंड और सीटी स्कैन की मशीनें नहीं थीं। इस कारण रेजीडेंट डॉक्टर ने सलाह दी कि इन्हें अविलम्ब काठमांडु के सबसे भरोसेमन्द नर्सिंग होम 'ड्रीमलैंड' ले जाएँ जो वहाँ से क़रीब दस किलोमीटर की दूरी पर था।

रामश्रेष्ठ ने ताका आकांक्षा की ओर। उसके होंठ बुदबुदा रहे थे। जाने किन-किन देवी-देवताओं की गुहार में लीन किन-किन प्रार्थनाओं में डूब उतरा रही थी वह। स्वयं ही निर्णय लिया उसने, आख़िरकार।

“चलो, ड्रीमलैंड नर्सिंग होम।”

आधुनिक उपकरणों से सुसज्जित ड्रीमलैंड नर्सिंग होम। दरवाज़े के दोनों ओर बोगनबेलिया की लताएँ तक एक-दूसरे पर पड़ती-गिरती मेहराब-सा बना रही थीं, जिसे देख गहन तनाव के उन क्षणों में राहत-सी मिली आकांक्षा को। वह टैक्सी से उतरने लगी कि फिर सँभाला उसे रामश्रेष्ठ ने। “उतरना नहीं है। वह टैक्सी सीधी जाएगी इमरजेंसी वार्ड तक, है न!” नाक फुलाते हुए कहा उसने।

प्रारम्भिक चैकिंग के बाद अखिलेश को आई.सी.यू. में भर्ती कर लिया गया। आधा घंटे के बाद डॉ. प्रदीप घिमानी ने मुस्कान बिखेरते हुए दिलासा दी, “चिन्ता की कोई बात नहीं है। हालात नियन्त्रण में हैं। पेशेंट ख़तरे से बाहर है। यदि थोड़ी और देरी हो जाती तो केस ख़राब हो सकता था। कल दोपहर को सर्जरी करनी पड़ सकती है।”

“ठीक है, हम दोनों नीचे रिसेप्शन में इन्तज़ार करते हैं। कोई आवश्यकता हो तो हमें बुला लीजिएगा, है न!” सन्तुष्ट होते हुए कहा रामश्रेष्ठ ने।

डॉ. घिमानी के माथे पर तीन सिलवटें उभरीं। रात में पेशेंट को सँभाले कि पार्टी को। मुलायम-मुलायम शब्दों में कहा उन्होंने, “देखिए, कोई फ़ायदा नहीं है। मैं एडवाइज करूँगा कि आप आज रात होटल जाकर आराम कीजिए। दिन भर की भाग-दौड़ से पहले ही आप दोनों बेहद थके हुए दिखते हैं। कल सम्भव है कि इनका ऑपरेशन भी करना पड़े। अच्छा होगा आज रात आप दोनों आराम कर लें जिससे कल आप लोग पूरी ताक़त और ऊर्जा के साथ मरीज़ की देखभाल कर सकें। यों भी हम आपको पेशेंट से सुबह नौ बजे के पहले मिलने नहीं ही देंगे।” न्यूरोलॉजिस्ट डॉ. प्रदीप घिमानी ने आकांक्षा के डर और परेशानी से पीले पड़े चेहरे को करुणा से देखते हुए कहा।

“ठीक है जैसी आपकी सलाह, है न!”

और वे होटल की तरफ़।

लौटती यात्रा। पिछले सात-आठ घंटों में पहली बार राहत की साँस ली आकांक्षा ने। डॉक्टरों ने कह दिया है उन्हें होश आ गया है। हालत नियन्त्रण में है। यही क्या कम राहत की बात है उसके लिए। उफ़! कितनी तोड़-फोड़ हुई इन आठ घंटों में। कितनी लहूलुहान हुई है वह। ज़िन्दगी भी क्या-क्या दिखाती है...कौन सोच सकता था कि उसे उसी लम्पट का दरवाज़ा खटखटाना पड़ेगा जिसकी आँखों में उमड़ते वासना के

ज्वार को ख़ुद देख चुकी थी वह अपनी आँखों से। ख़ैर जो भी हो शुक्रगुज़ार है वह उसका...जान बचायी है उसने, उसके पति की। उसने कनखियों से देखा...ऊँघ रहा था वह टैक्सी में।

एकाएक उसके पाँवों में कुछ गड़ा। वह चौंकी जैसे करंट लग गया हो। हे भगवान वह बिना चप्पल के थी, और तब वह चिंहुक गयी। चप्पल ही नहीं, वह बिना दुपट्टे के भी थी। ताज्जुब घर में खाना बनाते वक़्त तक वह जब कभी दुपट्टे को खूँटी पर टाँग देती है तो इन कुछेक मिनटों में ही वह असहज हो जाती है। पर आज इतने घंटे गुज़र गये और उसे एहसास तक नहीं हुआ कि वह बिना दुपट्टे के है। क्या विपत्ति इतनी बड़ी थी कि वह अपने स्त्री होने के एहसास से भी ऊपर उठ गयी थी। या कि यह परिवेश और संस्कार ही हैं जो स्त्री को सदैव यह याद दिलाते हैं कि वह स्त्री है। अपनी आदत के मुताबिक़ सामान्य होते ही वह फिर विचारों के सैलाब में बहने लगी।

इस बीच ड्राइवर ने पूछा—"दायाँ कि बायाँ"। उसने नीग्रो खोपड़ी को हल्के से हिलाया। वह जाग गया, "सीधा पोखरिया मन्दिर तक एकदम सीधा।"

वह थोड़ा क़रीब खिसका।

साँय-साँय बोलता सन्नाटा। सर्पीली सड़कें। गहराती रात और डरावना अँधेरा।

पहली बार एहसास हुआ उसे रोशनी कितनी राहत देती है। सारे अपराध रात के अँधेरे में ही उठाते हैं सिर।

उनींदा शहर और दो-दो मर्दों के बीच अकेली वह। सामन्ती और मर्दवादी संस्कारों में पला-बढ़ा शराबियों का देश नेपाल। ड्राइवर शायद उन दोनों को पति-पत्नी समझ रहा था। समझे कम-से-कम सुरक्षित तो है वह। यदि ख़ुदा न ख़ास्ता वह नीग्रो खोपड़ी और ड्राइवर मिल जाएँ तो? ख़ुदा रहम करे। जाने कहाँ पढ़ा था उसने कि दिल्ली की सड़कों पर आधी रात में गुज़रती अकेली लड़की का सामूहिक बलात्कार और फिर हत्या। यदि उसे कुछ हो गया तो कौन सँभालेगा अखिलेश को। सहमी चिड़िया-सी सिकुड़ी वह। फिर उसके पोर-पोर में सुरसुरी हुई। काले दुपट्टे सा फैला अन्धकार चहुँ ओर। उसका सर्वांग काँपा कि तभी उसने देखा वह उसके थोड़ा और क़रीब खिसका। 'आ गया असली रूप में...' वह घबराई। यह होटल क्यों नहीं आ रहा?

पहाड़-सा गुज़रता एक-एक पल।

डर और आवेग पर क़ाबू पाने के लिए उसने मुट्ठियाँ भींचीं। अपने को समझाया...सब ठीक होगा...अपनी उँगलियाँ चटकायीं—चट्-चट्। उसे याद आया, उसे नीग्रो खोपड़ी को रुपये भी देने हैं। कितने होंगे, नहीं तो भी भारतीय करेंसी के हिसाब से पन्द्रह-सोलह हज़ार तो होंगे ही। कौन जाने उससे ज़्यादा भी हो सकते हैं।

क्या पूछा जाय? नहीं अभी नहीं। ड्राइवर को शक हो जाएगा कि दोनों पति-पत्नी नहीं हैं।

सन्नाटा इतना सघन था कि अपने साँस लेने की आवाज भी सुनाई दे रही थी उसे। दूर कहीं कोई कुत्ता भौंका, अच्छा लगा उसे, यह जानलेवा सन्नाटा तो टूटा।

इस बीच रामश्रेष्ठ थोड़ा और खिसका। मादक एकान्त, जादुई अँधेरा और एक सुन्दरी का सामीप्य सुख। वह इतना उत्तेजित, रोमांचित और अस्थिर हो गया कि अपने आवेगों को थामे रखना मुश्किल हो गया उसके लिए। माटी से फूटते कोंपल की तरह वह बेताब था फूटने को...कुछ करने को। अटपटे ढंग से उसने उसके कन्धों पर हाथ रखा और न देखते हुए उसे देखने लगा। कन्धे पर हल्का-सा दबाव और बढ़ाया और लटपटाते शब्दों में कहने लगा, "चिन्ता मत करो, सब ठीक होगा।" उससे भी जब जी न भरा तो थोड़ा और खिसका और उसकी ठंडी स्पन्दनहीन निर्जीव हथेलियों को अपनी चौड़ी चकती हथेलियों में चापते हुए कहने लगा..."मैं हूँ न!"

'मैं हूँ न!' आकांक्षा के सीने पर हथौड़े की तरह पड़ा। उसके मुँह का ज़ायक़ा बिगड़ा—उफ़, यह ठुकठुक इन्तज़ार और इस नीग्रो खोपड़ी का लिजलिजा अपनापन। जानती हूँ क्यों कर रहा है यह सब। उसकी वितृष्णा, आशंका, असहजता और तनाव ख़तरे के निशान छूने लगे। अच्छी-ख़ासी ठंड के बावजूद उसने टैक्सी के शीशे ऊपर उठा दिये और खिड़की से बाहर सिर निकाल अपने को टैक्सी की भीतरी दुनिया से असंपृक्त किया।

कुछ पल बीते कि वह फिर अधीर और तनावग्रस्त हो गयी। उफ़! यह होटल क्यों नहीं आ रहा? कहीं ड्राइवर और यह नीग्रो खोपड़ी तो नहीं मिल गये? उफ़! एक जान पचास जंजाल। एकाएक उस पर आत्मदया का ऐसा दौरा पड़ा कि उसकी आँखें भर आयीं। तभी उसे नीम अँधेरे में दूर से टिमटिमाता बत्तियों का हल्का-सा गुच्छा दिखा। आ गया होटल। वह यों आश्वस्त हुई जैसे रेगिस्तान में नदी दिख गयी हो।

रूम नं. 110। रामश्रेष्ठ।

भागदौड़, व्यस्तता और अवसर की कमी के चलते वासना की जो लहर कुछ दब-सी गयी थी, गहराती रात के जादुई एकान्त में वही लहर दूने वेग से उफान मारने लगी है। भीतर वासना जाग गयी, नसें खिंचने लगीं, इसलिए सो नहीं पा रहा है वह। लड़ रहा है वह, कामजनित उस तीव्र उत्तेजना से अपनी समूची आदिम शक्ति से, पर पछाड़ नहीं पा रहा है वह उसे। आँखें मूँदता है तो आँखों के आगे नाचने लगती

हैं खुजराहो की मूर्तियाँ। और देखते-देखते वे मूर्तियाँ तब्दील हो जाती हैं कुछ टुकड़े-टुकड़े दृश्यों में। ये टुकड़े-टुकड़े दृश्य हैं आकांक्षा के। कहीं उदास। कहीं चिन्तनशील। कहीं सपने जगाती, कहीं ऊपर उठाती, कहीं नीचे गिराती। कहीं साधारण। कहीं असाधारण।

लहरें उठ रही हैं रह-रहकर। एक ख़याल आ रहा है, एक जा रहा है। बस कुछ क़दमों की दूरी। एक हल्का-सा धक्का और दुनिया की सर्वश्रेष्ठ सुन्दरी, एक खरगोश लड़की उसकी बाँहों में। बस ज़रूरत है थोड़ी हिम्मत की। थोड़ी मर्दानगी की।

आधी रात के समुद्र की तरह युवती का उठता-गिरता वक्ष उसकी आँखों के आगे हिलोरें ले रहा है। उसे बेक़ाबू कर रहा है। उफ़! असीम सम्भावनाओं वाली एक रात ढलती जा रही है और नामर्द-सा बैठा है वह। यदि आज इस बेशक़ीमती ख़जाने को नहीं लपक सका वह तो कल दुनिया ख़त्म हो जाएगी...और यदि दुनिया बच भी गयी तो दुनिया से सारी औरतें और सारा सेक्स ग़ायब हो जाएगा...फिर कभी नहीं निकलेगा सूरज उसकी ज़िन्दगी में। जो भी करना है उसे आज ही करना है और इसी वक़्त। देखा भी क्या है अभी तक की ज़िन्दगी में। जवान लम्हों के नाम पर ख़ाली घंटा। दे धक्का वह उसके दरवाज़े पर? पर कहेगा क्या वह? कहने की ज़रूरत ही नहीं पड़ेगी। युवती समझदार है। खुद की समझ जाएगी। रिवाइंड! रिवाइंड! टैक्सी में जब उसने उसकी हथेलियों को अपनी हथेलियों में चाप लिया था तो कहाँ छुड़ाई थीं उसने अपनी हथेलियाँ। यों भी इस समय वह चिल्ला-चिल्ली नहीं करेगी क्योंकि उसे ज़रूरत है मेरी।

होटल के कमरे की वह सितारों भरी रात बेताब थी उसे उड़ाने को। क़तरा-क़तरा हिम्मत बटोरने के लिए वह पैग बनाने लगा कि तभी बजी कॉलिंग बेल। पिक पिक पिकॉक...कौन? आधी रात को? जाल में क़ैद परिन्दे की तरह उसकी हैरानी फड़फड़ाई। क्या होटल मैनेजर ने पढ़ ली उसकी बदनीयत, इसलिए चला आया चेतावनी देने।

लपककर जो दरवाज़ा खोला तो जैसे छत टूटकर गिर पड़ी उस पर।

वह अवाक्! हैरान!

जो क़िस्मत। सामने वह। वाक़ई वह।

उसने आँखें मलीं—यह हक़ीक़त है या अफ़साना? पर आकांक्षा सीधी अन्दर घुसी।

बिजली जैसे रामश्रेष्ठ को छूते हुए निकल गयी।

हकलाते हुए किसी प्रकार शब्द निगले उसने—"क्या नर्सिंग होम से कुछ ख़बर आयी है। क्या आपके पति को फिर कुछ..."

"नहीं ऐसा तो कुछ भी नहीं हुआ है।"

''ऐसा कुछ भी नहीं तो फिर...'' उसका दिल बन्दर की तरह इतनी ज़ोर से उछला कि उसे लगा कहीं उत्तेजनावश उसका हार्ट फेल ही न हो जाय।

उसने सूँघा, थोड़ा रोमांस...थोड़ी बहार।

''तो फिर इस समय आप?'' वह हकलाया।

उसकी आँखों में सीधे देखते हुए कहा उसने, ''देखिए, आधी रात के इस अकेलेपन में मैं आपके पास क्यों आयी हूँ, इसे समझने के लिए आपको अपने दिमाग पर बहुत ज़ोर डालने की ज़रूरत नहीं है।''

''क्या?'' अभी तक सिक्कों की दुनिया में ही सफ़र किया उसने। शब्दों की दुनिया में यह पहला साबक़ा था उसका। इसलिए अचकचा गया वह। अटकते हुए कहने लगा, ''मैं कुछ समझा नहीं। आप...आप...मेरा मतलब है कि आपका मतलब क्या है?''

आकांक्षा जैसे अर्जुन की तरह अपनी मिनिएचर दुनिया से ऊपर उठ गयी थी। निर्द्वन्द्व और शान्त स्वर में जवाब दिया उसने, ''मतलब साफ़ है। मेरे पति को बचाकर आपने मुझ पर बहुत उपकार किया है। मेरे पति मेरे लिए क्या हैं, इसे आप नहीं समझ पाएँगे और न ही आप समझ पाएँगे कि इस अकेली एक घटना के ताप ने ज़िन्दगी और इनसानी सम्बन्धों के बारे में मेरी राय किस क़दर बदल डाली है। मैं जानती हूँ आप क्या चाहते हैं। मुझे पता है कि पिछले दो दिनों से आप लगातार मेरा पीछा कर रहे थे। आपकी आँखों में लहराती वासना और कामना की भाषा भी मैं पढ़ रही थी। ख़ैर आपने जिस कामना के वशीभूत मुझ पर यह उपकार किया है, उसका ऋण चुकाने मैं आयी हूँ। कृतज्ञता के भार से मुझे मुक्ति न भी मिले तो कम-से-कम यह सन्तोष तो मेरी पूँजी रहेगा ही कि जिसने मुझे मेरी ज़िन्दगी, मेरी उड़ान मुझे वापस लौटायी, उसकी इच्छापूर्ति का माध्यम मैं बन पायी। बचा पायी अपने नारीत्व को। तो आगे बढ़ो सहयात्री, मैं स्वयं को प्रस्तुत करती हूँ।''

''क्या? क्या?'' आकांक्षा की बातों में कुछ भी बनावटी न था। सब कुछ उतना ही कुदरती था जितना हवा पानी। फिर भी उसे खरोंच लगी।

उफ़! सारे सत्य निर्वस्त्र हुए। तो उसे पता है कि मैं उसका पीछा कर रहा था। वह समझ गयी कि किस इच्छापूर्ति के लिए मैंने बचाया उसके पति को। स्कैनर की तरह पढ़ डाला उसने मेरे मन को। वह क्षण अनन्त तक फैल गया। उसे लगा जैसे अनादिकाल से आकांक्षा वैसे ही खड़ी हुई है, ख़ुद को प्रस्तुत करते हुए।

स्त्री का यह रूप। इतना रहस्यमय! ऐसा भी होता है क्या?

उसे काठ मार गया। ज़िन्दगी में पहली मर्तबा उसे बौनेपन की अनुभूति हुई, वह भी किसी स्त्री के सामने। ज़िन्दगी में पहली बार शब्द सलाखों की तरह उस पर पड़े। लेकिन युवती का बोलना जारी था, ''मैं नहीं जानती पाप-पुण्य नैतिकता-

अनैतिकता, धर्म-अधर्म। इन सभी सवालों को मैंने अफीम पिलाकर सुला दिया है। नहीं इसे तुम क्षण का आवेग भी मत समझना और न ही मेरे सतीत्व की ही चिन्ता करना। क्योंकि जो तुम तक जाएगा वह सिर्फ़ मेरा सरप्लस रहेगा। मेरा मैं मेरे पास सुरक्षित रहेगा। पर तुम शायद इसे नहीं समझोगे।''

उसने फिर कहा, ''आगे बढ़ो सहयात्री!''

रामश्रेष्ठ ने झाँका उसकी आँखों में—क्या वहाँ भी है कामना की कोई लहर? पर उन निस्संग और निर्विकार आँखों में पसरा हुआ था वैराग्य। सिर्फ़ वैराग्य।

वह लज्जित हुआ। महालज्जित। उसकी वासना निढाल हुई। जैसे कन्धे तोड़ दिये हों किसी ने उसके। उसके भीतर कम्पन हुआ और एक गहरी उदासी उस पर तारी होने लगी। वह समझ नहीं पाया ऐसा क्यों हुआ, पर ऐसा हुआ। जो औरत कुछ समय पूर्व तक आग की लपट थी वह एकाएक लुढ़कती ओस की बूँद बन उसे कैसे ठंडा कर गयी, वह समझ नहीं पाया। उस औरत के सामने खड़ा रहना दुश्वार हुआ उसके लिए। उसे घुटन होने लगी, जैसे हवाएँ रुक गयी हों और देह की रेत बिखर गयी हो चारों ओर। उसने आहिस्ता से दरवाज़ा खोला और आकांक्षा से बिना आँखें मिलाये तेज़ी से बाहर निकल गया, खुलकर साँस लेने के लिए। अपने को बचाने के लिए।

बस...दो चम्मच औरत

ज़िन्दगी के प्रति वह इतना ठंडा हो चुका था कि कोई लहर उसे ज़िन्दगी की ओर वापस लौटा भी नहीं सकती थी। अरसे तक वह हाड़-मांस का जीवड़ा नहीं वरन् एक गहरा उच्छ्वास ही था। ऐसे में भला कोई सोच भी कैसे सकता था कि इस चट्टान के नीचे भी इतनी जलतरंगें हैं। यह तो भला हुआ उस डायरी का जो न जाने कैसे खुली रह गयी थी, जिसे जाने किन घायल और असावधान क्षणों में लिखनेवाले ने कुछ टीपने के अपने गुप्त तहख़ाने से बाहर निकाला और फिर चूक गया अपनी असह्य यातना के चलते...या कौन जाने उसी ने सचमुच उसे खुला छोड़ दिया हो अपने न होने के विरुद्ध अपने होने के प्रतिपक्ष में।

बहरहाल...इस डायरी को पढ़ा उसकी भौजी ने। उसे पढ़ उसकी भौंहें उठीं, मुँह खुला-का-खुला रह गया। उसकी आत्मा में अजीब क़िस्म की खलबली मची। ज़िन्दगी और देवर के प्रति उसकी राय बदली। ज़िन्दगी ने पहली बार उसे अपने क़रीब खिसकाया और हर सम्भावनाओं की एक नयी बारहखड़ी पढ़ायी।

पर अफ़सोस यह कि तब तक सचमुच देर बहुत हो चुकी थी। इतना भर भी समय नहीं बचा था उसके पास कि ज़िन्दगी की इस नयी समझ को ज़िन्दगी पर उतारा जाय। शायद इसी विरोधाभास और टकराव का नाम ही है ज़िन्दगी, उसने सोचा और एक नज़र फिर फेंकी अपने सोये हुए देवर पर।

कई बार उसे लगता, जैसे वह पौने छह फीट का देवर नहीं, रिश्तेनुमा डोरियों की एक ख़ूबसूरत झालर है जिसमें सारे रिश्ते गड्डमड्ड हो गये हैं। उसे याद आया, शादी के तुरन्त बाद कैसे देवर एक खलनायक बन गये थे—उसके और नये-नवेले दूल्हे मियाँ के बीच। सुहागरात को भी नहीं बख़्शा था मरजाने ने। वक़्त की धूल हटी कि यादें चमकीं। हँस पड़ी वह—कैसे बिस्तर के नीचे बिछा दिये पापड़-ही-पापड़। जैसे ही बैठी वह कि चर्र-चर्र। झेंप गयी वह बुरी तरह से, चारों तरफ़ गर्दन घुमायी, किसी ने सुन तो न ली वह चर्र-चर्र, उसे लगा जैसे उसके बैठने में ही है कोई खोट। थोड़ी देर बाद ही घुसे मेजर। फ़ौजी अन्दाज़ में जैसे ही लेटे कि फिर चर्र-चर्र। रेशमी-

भावनाओं का झीना-सा पर्दा बनते-बनते बिखर गया। झुँझलाकर सारे पापड़ नीचे फेंके उसने और जैसे ही क़रीब सरकने को हुए मेजर कि चीख़ उठा अलार्म। उफ़! सारी रात धड़कता रहा उसका नन्हा-सा कलेजा, फिर कोई ख़ुराफ़ात न आ धमके दोनों के बीच।

सुबह जब नटखट देवर ने ठुमकते हुए आँख नचायी और भौंह मटकाते हुए पूछा...कैसी बीती रात? पापड़ तो ख़ूब खाये होंगे, अलार्म का संगीत भी ख़ूब सुना होगा। तब जाकर समझी वह कि यह सारी कारस्तानी मेजर के दोस्तों की नहीं देवर की ही थी।

वक़्त के सबसे ख़ूबसूरत परिन्दे उड़ने लगे एक-एक कर। ख़ुमारी-भरे मयूरपंखी दिनों ने डाल दिया उसकी गोद में गोल-मटोल गुदगुदे नितिन को। स्रष्टा होने की गर्व-भरी अनुभूति के साथ मेजर मनोहर सिंह राठौर ने जी भर निहारा भी न था नितिन को कि एक नयी पोस्टिंग आ गयी। और पोस्टिंग भी कहाँ—14 राष्ट्रीय राइफल्स में, कश्मीर के सबसे संवेदनशील इलाक़े कंगन में। भारत सरकार की सबसे ख़तरनाक पोस्टिंग। पूरे घर को जैसे साँप सूँघ गया। अबीरी शाम देखते-देखते गहरी काली रात में तब्दील हो गयी। सारा घर हँसते-हँसते एकाएक ख़ामोश हो गया। चलते-चलते ठिठक गया। पर मेजर हँसता रहा, समझाता रहा देवर को, उसको—जानती हो, अपन राजस्थान के हैं, जहाँ की तो रीति ही है कि हर परिवार अपने सबसे बड़े बेटे को सेना में भरती करवाता है, देश-रक्षा के लिए। बात-बात में मेजर देवर के कान में फूँक मार गया था—जानते हो भाई, मैंने जानबूझकर राष्ट्रीय राइफल्स मे पोस्टिंग माँगी क्योंकि अभी मेरी सबसे अधिक ज़रूरत कश्मीर में ही है। मैं उन सिरफिरे आतंकवादियों को बता देना चाहता हूँ कि भारतीय समाज की पहचान प्रेम है, घृणा नहीं। वे चाहकर भी इसे छिन्न-भिन्न नहीं कर पाएँगे।

मेजर के भीतर कुछ ज़ोरों से धड़क रहा था जिसकी झलक भर पा सका था देवर उस दिन। मेजर का सर्वथा नया रूप। सेल्यूट किया उसने बड़े भाई को। नयी शादी! नवेली दुल्हन और नवनीत-सा बेटा, पर कुछ भी बाँध नहीं पाया...कर्तव्य की ऐसी पुकार! देश सेवा का ऐसा जज़्बा! ज़िन्दाबाद भाई! भाई ब्रदर, भाई हीरो!!

जाते वक़्त माँ की आँखें भर आयीं। जाने कैसा तो कुविचार मन में आया—क्या फिर देख पाऊँगी लाड़ले को। जहाँ हर नुक्कड़ पर आतंकवादी, हर मस्जिद में बम-बारूद, हर मस्तिष्क में घृणा, क्या बच पाएगा उसकी आँखों का नूर? झर-झर आँखों से ताका उसने बेटे की तरफ़। बेटे ने माँ को गले लगाते हुए धीमे-से कहा—माँ तुम तो मुझे जन्नत में भेज रही हो तो रो रही हो, सोचो भगतसिंह की माँ ने तो उसे फाँसी पर भेज दिया तो भी नहीं रोयी।

माँ आसमान से गिरी—यह क्या कह गया बेटा?

भगतसिंह की माँ से क्यों की उसकी तुलना? पहली बार रीढ़ की हड्डी में कुछ रेंगा। पहली बार काँपा उसकी भावनाओं का संसार। मन-ही-मन मन्नत माँगी जब तक सकुशल न लौट आये लाड़ला, मिठाई नहीं खाऊँगी।

पर यथार्थ उतना ही बदरंग और दहशत-भरा न था। शुरुआती दिन ज़रूर सहमे-सहमे से गुज़रे, पर जेवर बने देवर उसे पल भर के लिए भी अकेला नहीं छोड़ते। पहला फ़ोन आते-आते आया, पर इस बीच देवर ने नन्हें को कन्धे पर लादे-लादे उसे पूरा अजमेर घुमा डाला—यह सोने की नसिया, यह अढ़ाई दिन का झोंपड़ा, यह पुष्कर, यह दौलतबाग़! यह दरगाह!

नयी-नयी जगहों को देखने की उत्तेजना में ध्यान बँटा रहा। पन्द्रह दिन गुज़र गये कि एक शाम चिड़िया चहकी, आसमान गुलज़ार हुआ। मेजर का फ़ोन घनघनाया और उसे ख़ुशियों के नये देश में ले गया। मीठा तो यों भी था, उस पर कश्मीर की आबोहवा और झर-झर झड़ती सुन्दरता ने उसे और भी मीठा और कविता बना दिया था। हू-ब-हू याद हैं उसे वे संवाद—

—अस्सलाम अलैकुम (यह क्या! मेजर उर्दू बोलने लगा!)

चौंक गयी थी वह। अस्सलाम अलैकुम के जवाब में उसने नन्हे नितिन के मुँह के आगे स्पीकर लगा दिया—बोल पापा। वह बोला—फूँ फाँ। मेजर भावुक हो गया, पाजी फूँ फाँ बोलता है। पापा नहीं बोलता। सिखा दे उसे पापा बोलना। एक दफा सुन लूँ।

उसका कलेजा मुँह को आ गया। क्यों कहा एक दफा सुन लूँ? छूटते ही पूछा उसने—क्या ख़तरा बहुत ज़्यादा है? बहुत डर लग रहा है।

क़ैसा ख़तरा? और डर! डर को गिलि-गिलि छूकर। यहाँ ख़तरा नहीं लाडो, यहाँ तो सिर्फ़ हुस्न है, हुस्न-ही-हुस्न।

—खा मेरी सौगन्ध!

—अरे मेरी झेलम, तेरी सौगन्ध! यहाँ जान का ख़तरा नहीं, दिल जाने का ख़तरा अलबत्ता है। यह तो धूल माटी का नहीं, महकते फूलों, हुस्नवालियों, बर्फ़ीली चाँदनी और दूध-रँगे पानियों का देश है प्यारी। देख-देख यहाँ की हूरों को हिवड़ा हिलोर लेता रहे, क्या करूँ आर्मी ने पंख कतर दिये हैं हमारे। आर्मी कहती है—दूर से देखो इन परियों को, पर प्यार नहीं करो।

मेजर फिर मेजर हो गया। वह फिर वह हो गयी। मेजर हँसा। फिर वह हँसी। फिर दोनों साथ-साथ हँसे।

—पर यह चप-चप की आवाज़ कैसी आ रही है।?

—अरे मेरी चिनार, कहवा (कश्मीरी चाय, केसर से बनी हुई) पी रहा हूँ।

—यहाँ की दो चीज़ों का मुरीद हूँ, एक कहवा, दूसरी यहाँ की फड़कती चाँदनियाँ।

—यह फड़कती चाँदनियाँ क्या?

—यहाँ की ख़ूबसूरत बलाएँ। हरामज़ादियाँ हैं तो चाँदनी, पर बरसती हैं शोलों की तरह जिस्म पर।

—तुम फ़ौजी क्या बिना गाली के बात नहीं कर सकते?

—क्या करूँ, बिना प्रेम के फ़ौजी गाली नहीं दे तो क्या दे। तू तो है नहीं दिल बहलाने को, इनसे यारी कर लूँ सो फ़ौज की इजाज़त नहीं। मत मान, मैं तो सिर्फ़ हक़ीक़त बता रहा हूँ। हम तो ज़रूरत पड़ने पर बोल तो लें, पर जवानों को तो उसकी भी इजाज़त नहीं। कई केस ऐसे हो गये कि मिलिटेंट के इशारे पर छोकरी हँसी, फ़ौजी फँसा फिर अकेले में बुलाया और फ़ौजी के दो टुकड़े। यह भी हुआ कि सेना को बदनाम करने के लिए पाकिस्तान लड़की को आगे कर देता है। अकेले में लड़की ने ख़ुद अपने कपड़े फाड़ दिये और फ़ौजी को बलात्कार के मामले में फँसा दिया। मेरी भोली लाडो, दुनिया को समझ। प्रेम इतना आसान नहीं, अच्छा सलाम ले, मेजर मोहम्मद हसन का...

वह फिर आसमान से गिरी।

—क्या कहा? मेजर मोहम्मद हसन! यह कौन?

—यह मैं हूँ...मेरा नाम है मोहम्मद हसन।

—क्या बक रहे हो!

—भोली लाडो, फ़ोन पर इतना समझाना ठीक नहीं, भाई से पूछ लेना। उसे सब पता है। और तू भी जब आएगी ना यहाँ, थोड़े हालात और सुधरने दे, इंशाअल्लाह, तेरे को भी बुलवा लेंगे, पर तू भी यहाँ मिसेज मेजर मनोहर राठौर नहीं वरन मेजर हसन की बेगम कहलाएगी। अभी से ही आदत डाल ले बेगम दिखने और सुनने की। जब तेरे को आर्मी कैम्प से बाहर पहलगाम, सोनमर्ग दिखाने ले जाऊँगा न, तो साड़ी बिन्दी में नहीं, सलवार कुर्ती में सिर पर आँचल देकर एकदम मुसल्ली बनाकर ले जाऊँगा। मैं भी जब आर्मी कैम्प से बाहर लोगों से मिलने-जुलने निकलता हूँ तो लम्बा कुर्ता और पायजामे के ऊपर फिरन डाल लेता हूँ...जिससे कश्मीरी दिखूँ।

क्या-क्या? मेजर की बातों ने फिर चक्कर में डाल दिया उसे।

क्या कश्मीर में फ़ौजी को हिन्दू बनकर रहने में भी ख़तरा है? क्या मेजर ने जानबूझ कर उसे नहीं बताते हुए भी सब कुछ बता डाला? या मज़ाक़ किया उससे?

फिर बहुत दिनों तक मेजर का कोई भी फ़ोन नहीं आया। इधर से भी लाइन नहीं लगी तो वह चिन्ता के मारे पीली पड़ती रही। जब-जब अख़बार में पत्रिका में, टी.वी. में कश्मीर से सम्बन्धित कुछ भी निकलता, कोई एनकाउंटर या कोई बम विस्फोट, कोई प्रदर्शन या घेराव—तो वह आँधी में उड़ते पत्तों-सी थरथरा जाती। एक दिन उसकी परेशानी देख देवर ने ही उसे समझाया—भौजी, घबराने की कोई बात नहीं है। भाई जी को सुरक्षित रखने के लिए आर्मी ने ही उन्हें यह मुस्लिम नाम दे रखा है।

—पर फ़ोन क्यों नहीं आ रहा?

—भाई जी की जिस इलाक़े में पोस्टिंग है, वह पहाड़ी इलाक़ा है। इस कारण वहाँ नेटवर्क कई बार काम नहीं करता है। हाँ संवेदनशील इलाक़ा तो नो डाऊट वह है। हमेशा हिंसा, नफ़रत और आतंक से लथपथ माहौल। चूँकि यहाँ अशिक्षा और ग़रीबी दोनों ही अधिक हैं इसलिए यह इलाक़ा आतंकवाद के लिए बहुत उर्वर इलाक़ा है। गढ़ है यह आतंकवाद का। यहाँ हवा में हमेशा अनकहा 'हरामी हिन्दुस्तानी' गूँजता रहता है। अब भाई जी ठहरे अपनी अल्फा कम्पनी के—कमांडर, इस कारण उन्हें अपने इलाक़े कंगन के चप्पे-चप्पे की ख़बर रखनी पड़ती है। गाँव में कुल कितने घर। हर घर में कितने युवा। कौन क्या करता है, कौन नया आया। किन घरों से आतंकवादी निकले। कितने अभी एक्टिव हैं, कितने मारे गये, कितने फ़रार हैं। कौन मिलने आता है इन घरों में। कहाँ-कहाँ जाते हैं ये, कौन गाँव के असरदार लोग हैं, अब सोचो, इनके बीच पानी में मछली की तरह यदि घुल-मिलकर रहना है तो यह तो मुस्लिम बनकर ही सम्भव है न! इसीलिए भाई जी ने न केवल दाढ़ी रख रखी है वरन कामचलाऊ उर्दू भी सीख ली है। देखती नहीं, नये बने मुल्ले की तरह ज़्यादा ही प्याज खाने लगे हैं भाई जी। हर तीन-शब्द के बाद—इंशाअल्लाह, माशाअल्लाह—कहने लगे हैं।

—तब तो सचमुच आपके भाई जी के जीवन को बहुत ख़तरा है। क्योंकि यह भेद तो कभी भी खुल सकता है कि भाई जी हिन्दू हैं।

भीगे-भीगे से शब्द टूटते तारे की तरह गिरे उसके मुँह से—नहीं, ख़तरा नहीं। यह उनको चकमा देने की सियासी चालें हैं। उनका बनकर उनके गढ़ में रहते हुए उन्हें खोदना...कहते हुए देवर हँस दिया था।

उसके हर उफनते दुख, तनाव और आवेग पर ठंडे पानी के छींटे थे देवर। हर फटे और हर तिड़कन के रफू थे देवर। वही देवर। उसी देवर की डायरी का प्रथम पृष्ठ फिर पढ़ा उसने, भाई आज शहीद हुए। दो मुट्ठी राख हुए।

लौट गये जन्नत में जैसे लौट जाते हैं बादल समुन्दर में। जैसे लौट जाता है बीज

पेड़ में।

नि:शब्द।

अब समझ पाया हूँ, क्यों अन्तिम-पोस्टिंग पर जाने से पहले भाई के मुँह से निकल गया था—कल हो न हो।

तब बुरी तरह धड़का था मेरा दिल। भाई को घेर-घार कर पूछा था मैंने—ऐसा क्यों कहा तुमने? मेरी आँखों से मोटे-मोटे आँसुओं को देख दुखी हुआ, विरक्त भी। कड़ी नज़रों से मेरी ओर देखते हुए कहा था भाई ने—"Soldier I am born, soldier I shall die. (सैनिक हूँ, सैनिक की तरह जन्मा और सैनिक की तरह मरूँगा)।"

दर्द की एक लहर उठी और निचोड़ गयी उसे। अतीत के दर्द भरे काँटों में फिर उलझ गयी वह। आगे पढ़ा नहीं गया उससे। आँखें डबडबा गयीं।

डायरी बन्द की उसने।

समय और दूरी धुँधला गयी। स्मृतियों के चमकीले टुकड़े फैल गये चहुँ ओर। बीनने लगी वह।

13 दिसम्बर, 1989 का वह वाक़िया जब आतंकवादियों ने नहीं वरन इसी देश की सरकार ने आनेवाले समय की सबसे उदास और ख़ूनी पटकथा इस देश के माथे पर लिख दी थी। तब कश्मीर आज जैसा कश्मीर नहीं था। महकते-मचलते कश्मीर में तब हवाएँ खुलकर बहती थीं। चप्पे-चप्पे पर बुलेट जैकेट पहने, सीने को तीन इंच आगे बढ़ाए जवान तैनात नहीं थे। उन्हीं दिनों जे.के.एल.एफ. के कुछ टपोरीनुमा कच्चे आतंकवादी तत्कालीन गृहमन्त्री मुफ़्ती मोहम्मद सईद की जवान पुत्री डॉ. रुबैया की रिहाई के बदले अपने पाँच ख़ूँखार आतंकवादियों को रिहा करने की माँग कर रहे थे। कश्मीर की घाटी में होनेवाला यह पहला अपहरण था और ख़ुद कश्मीर की अवाम इस प्रकार एक जवान लड़की के अपहरण के पक्ष में नहीं थी। चौतरफ़ा इसकी निन्दा भी होने लगी थी। और इसकी सम्भावना लगभग नगण्य थी कि उग्रवादी उसे सचमुच कोई नुक़सान पहुँचाने की हिम्मत करेंगे क्योंकि उग्रवादियों पर सचमुच दबाव बना हुआ था कि इस अपहरण से निकलने का कोई इज़्ज़तदार तरीक़ा निकाला जाय। सुरक्षा सलाहकारों ने, भारतीय आर्मी ने, यहाँ तक की स्थानीय पुलिस ने भी भारत सरकार को भरोसा दिलाया कि वे उग्रवादियों की शर्त न मानें क्योंकि एक बार भी यदि वे उग्रवादियों के आगे झुक गये तो आनेवाले समय में उग्रवाद कितना फलेगा-फूलेगा, इसकी कोई कल्पना भी नहीं कर सकता था।

लेकिन सुरक्षा सलाहकारों, भारतीय आर्मी और पुलिसकर्मी सभी को ठेंगा

दिखाते हुए उग्रवादियों की शर्त के आगे नाकारा सरकार झुक गयी। एक के बदले पाँच ख़ूँखार आतंकवादियों को रिहा कर उनके मनोबल को आसमान पर पहुँचा दिया गया।

और उसके बाद तो फ़िज़ा ही बदल गयी। ख़बर जंगली आग की तरह फैली कि हिन्दुस्तान की महान सरकार हार गयी और छोकरे जीत गये। श्रीनगर की आबादी सड़कों पर जश्न मनाने उतर आयी। देखते-ही-देखते शान्त समन्दर में बवंडर उठ गया। कश्मीर की दीवारें आज़ादी की माँग में रँग गयीं। हरा झंडा फहराते हज़ारों नये मुजाहिदीन पैदा हो गये। मज़हबी रंगत और मसीहाई जोश में उन्होंने दीवारों पर क़ुरान की आयतें लिखीं—वा कातिलुल—मुशरीकीना-काफातन-कमाउकातियुनाकुम काफा वा लागू अनाल्लाहा य अल मुलकीन (तुम्हारे ऊपर जो घुसपैठ करे उसका जमकर मुक़ाबला करो। याद रखो अल्लाह उनका साथ देते हैं जो अपना साथ देते हैं)। आतंकवाद अब सचमुच लहरों पर सवार था। अवाम की आज़ादी कन्धे पर बैठे कबूतर-सी लगने लगी थी। आतंकवादियों की एक आवाज़ पर हज़ारों की तादाद में लोग सड़कों पर उतर आये थे जिसमें बच्चे, बूढ़े, औरतें और यहाँ तक कि पुलिसवाले भी थे। वे अब खुलेआम खुली सड़कों पर खुली नफ़रत फैला रहे थे और नारे उछाल रहे थे—हिन्दुस्तानी कुत्ते वापस जाओ, अल्लाह हो अकबर। कश्मीर की मंडी—रावलपिंडी।

और ऐसे ही उबलते-उफनते ख़ूनी दिनों में जब कश्मीरी पंडितों और आर्मी के जवानों और अफ़सरों के लिए कश्मीर क़त्लगाह बना हुआ था, मेजर ने पोस्टिंग माँगी राष्ट्रीय राइफल में।

मेजर की इच्छा का सम्मान हुआ। उन्हें 14 राष्ट्रीय राइफल के अन्तर्गत चीड़ वनों और पहाड़ी चश्मों से घिरे कंगन गाँव में अल्फा कम्पनी का कमांडर बना दिया गया। मेजर ने आते ही मोर्चा लिया, हुलिया बदला, बोली बदली और अपने इलाक़े के चप्पे-चप्पे की जानकारी में जुट गया। फ़ौजियों का मनोबल बढ़ाने के लिए उसने उन्हें एक मन्त्र दिया—लड़ाई दिमाग़ से लड़ो और अवाम का मन जीतो। इस कश्मीरी मन को जीतने के लिए उसने कई नयी योजनाएँ शुरू करवायीं, सुदूर गाँवों में किशोरों के लिए स्कूल खुलवाए, उनको मुफ़्त में दवाई और चिकित्सा उपलब्ध कराने के लिए मोबाइल एम्बुलेंस चलवायीं। कम दामों में चीज़ें उपलब्ध करवायीं और बच्चों के बीच उपहार बँटवाने शुरू किये।

इन योजनाओं का असर हो रहा था। मेजर कामयाब हो रहा था। कंगन के लोगों का मन जीत रहा था। लोग इसके साथ जुड़ने लगे थे और आतंकवादियों के गुप्त ठिकानों की ख़बर भी दे रहे थे। दो साल की अवधि में मेजर ने कई सफल कोर्डनिंग और कॉम्बिंग ऑपरेशन को भी अन्जाम दिये। ऐसे ही एक और ऑपरेशन देने जा रहे

थे मेजर कि एक जबर्दस्त धोखा हुआ...

उस दिन सुबह से ही फ़ोन नहीं लग रहा था मेजर का। मन ज़रा-सा डरा था उसका क्योंकि देवर ने बताया था...जब भी एनकाउंटर होता है, बी.एस.एन.एल. के सारे कनेक्शन ऑफ कर दिये जाते हैं...क्या कोई एनकाउंटर? मुठभेड़? भगवान न करे। पर रात को अचानक फ़ोन बजा, मेजर था। वही दिल्लगी! वही जीवन्तता।

—अरे बेगम, सुन्दरता और ख़तरे का तो चोली-दामन का साथ है। अब अकेली रानी पद्मावती ने ही इतना ख़तरा पैदा कर दिया तो इतना बड़ा यह सूबा...हज़ारों नीलपरियाँ यहाँ! बस अब हालात सुधरनेवाले हैं, ख़तरा तो थोड़ा बढ़ेगा क्योंकि तेरे आने से कश्मीर में एक सुन्दरी और बढ़ जाएगी। फिर भी तुम्हें बुला लेंगे। इंशाअल्लाह वह दिन जल्दी ही आएगा जब तू यहाँ झेलम-सी इतराएगी। अच्छा बोए-बोए!

—यह बोए-बोए क्या?

—इसका मतलब है बाई-बाई। कश्मीर आना है तो थोड़ी कश्मीरी ज़ुबान भी सीख ले। वैसे मैं भी पूरी तरह कहाँ सीख पाया...कल जानती है यहाँ की फड़कती चाँदनी ने मुझ पर काग़ज़ का एक फूल फेंका, जब मैंने उसे खोला तो देखा इसमें लिखा था—रोशनवालों मैं न दिलबरों/ पोशन बहार आये यूरकेरो (यहाँ फूलों में बहार आयी है आज)।

—तो चला जा, तेरा दिल बहल जाएगा, मुझे जलाता है!

—अरे दिल बचेगा तो बहलेगा मेरी सोनपरी! ये सब चालें भी हो सकती हैं हमें फँसाने की।

बस वही आख़िरी संवाद। फिर मेजर नहीं बोला। टी.वी. बोला। मेजर नहीं आया। मेजर का समाचार आया। तिरंगे में लिपटा मेजर का शव आया। नहीं शव नहीं, शव तो साबुत होता है, उस शरीर के कुछ अंग आये, चेहरा आया, कटे-कटे, कटपीस जैसे शरीर के कुछ हिस्से आये, जिसकी झलक भर ने देवर को ख़ामोश कर डाला। जो कभी देहाती ठहाकों की तरह बेफ़िक्र था, वह हँसना भूल गया। वह घना अँधेरा भरता गया उसकी आत्मा में कि फिर रोशनी का क़तरा तक नसीब नहीं हुआ उसे। नितिन बड़ा होता गया। बढ़ता गया। देवर मरता गया। मरते-मरते जीता गया अपने से कहीं ज़्यादा नितिन के जीवन से। पिता से अधिक पिता बना वह...पर सूखता गया भीतर-ही-भीतर, जैसे सूखता है फूल...निःशब्द।

काली उदास स्मृतियाँ। जीवन-आस्था के परखच्चे उड़ानेवाली ऐसी स्मृतियाँ, जो समय के साथ कभी धुँधली नहीं पड़तीं क्योंकि वे लिखी नहीं जातीं, तेज़ धार वाले चाकू से कलेजे पर कुरेदी जाती हैं।

कमांडिंग ऑफ़िसर कर्नल पांडे के शब्द आज भी सुन्न कर देते हैं उसकी

आत्मा, देह, मन...सबको। जीवन इतना सस्ता? इतना अर्थहीन? क्या कुछ भी नहीं हमारे हाथ? क्यों जीते हैं हम? किसलिए?

पर जीना पड़ा उसे। क्योंकि नितिन था, देवर थे और थीं सासू माँ। यदि नहीं जीती वह तो कैसे बताती नितिन को कि कैसे वीरतापूर्वक लड़ते हुए शहीद हुए थे उसके पापा। वे नहीं मरते, यदि एक ग़लत सूचना के चलते धोखे से घेर नहीं लिये जाते। कमांडिंग ऑफ़िसर कर्नल पांडे को ख़बर मिली थी कि ब्रेवो पहाड़ पर एक मिलिटेंट नीचे उतरने की की तैयारी में है। कर्नल पांडे ने मेजर राठौर और चार्ली कम्पनी के कम्पनी कमांडर कैप्टन बलवीर सिंह के साथ छह जवानों को 'जय बजरंगबली' के उद्‌घोष के साथ पुलिस कन्वॉय में रवाना कर दिया था कि एक दुष्ट के लिए काफ़ी हैं हमारे आठ जवान। तब भारतीय आर्मी के पास आज जैसे जीवन रक्षक इक्विपमेंट कहाँ थे? न तो आज जैसी HHIT (एक कीमती कैमरा जो अँधेरे में कई किलोमीटर दूर तक देख सकता है) और न ही—PNVG (अँधेरी रात में तीन किलोमीटर दूर तक देखने वाला चश्मा) जैसे ही रेंगते हुए वे घेराबन्दी के लिए ब्रेवो पहाड़ के क़रीब पहुँचे, वे ख़ुद ही घेर लिये गये। एक की जगह बारह मिलिटेंट। अत्याधुनिक हथियारों से लैस। अक्टूबर-नवम्बर में मकई के खेत बढ़ जाते हैं, उसी के पीछे छिपकर बैठे थे हरामज़ादे। कमीनों ने धर लिया हमारे आठों जवानों को। सलाद की तरह सबको काट-काट-काट डाला और फ़िर बोरे में भरकर आर्मी हेड क्वार्टर कुपवाड़ा से थोड़ी दूर पर फेंक गये।

बोलते-बोलते कर्नल की आँखें छलछला गयी थीं। एकटक देख रहे थे वे शहीदों की याद में बने तिकोने रणजीत सिंह पार्क के भीतर चमचमाती नाम पट्टिकाओं को, जिसमें एक साथ आठ शहीदों के नाम और जुड़नेवाले थे।

भीतर फिर हूक उठी। उमड़ने-घुमड़ने लगा कुछ। ज़िन्दगी भी जब छीनने पर उतारू होती है तो फिर छीनती ही चली जाती है। पहले मेजर, फिर सासू माँ और अब देवर भी। क्या करे वह? कैसे बचाये जीवित कामनाओं के साथ मरते देवर को। डायरी फिर उसके ख़यालों के साथ हो ली—लगा, जैसे डायरी को नहीं देवर को छू रही है वह पहली बार! उसके पास तो फिर भी मेजर की यादों की कुछ रातें थीं, थोड़ी-सी ही सही, ज़िन्दगी की धूप थी—नितिन था जो आज तक रोशन कर रहा था उसे, पर देवर...वे तो बेचारे गीली लकड़ी की तरह धुआँ ही पीते रहे ताज़िन्दगी—न तो जी पाये और न ही मर पाये। काश! वह कुछ पूछ पाती, खोद पाती, साफ़ कर पाती उनकी ज़मीन। पर ऐसी नाज़ुक हालत में क्या तो वह पूछे और क्या कुछ खोदे!

आज ग्लानि ने जीना हराम कर रखा है उसका। कितनी आसानी से सोच लिया था उसने कि उसके महान देवर ने अपनी प्यास को ही पी डाला है...कि रिश्ता ही

नहीं रहा उसकी प्यास का औरत नाम के पानी से। कैसे भूल गयी वह कि वक़्त धीरे-धीरे सारे ज़ख्मों को मरहम पट्टी कर सुखा डालता है। फिर रिश्ते घाव नहीं बस चिह्न रह जाते हैं। सूखी नदियाँ फिर पानी से लबालब हो जाती हैं। रस फिर-फिर लौट आता है।

आज जीवन शेष में देवर की डायरी पढ़ देवर के प्रति सम्मान और बढ़ गया है उसका।

यही है जीवन सत्य!

उफ़! कैसे किया होगा देवर ने उन तूफ़ानी वासनाओं का मुक़ाबला! कैसे इंच इंच मारा होगा ख़ुद को!

उफ़! कितना कठिन है मनुष्य होना!

आँखों के आगे फिर लहरा गया डायरी का वह पृष्ठ—औरत? मैं नहीं जानता क्या होती है वह? कैसी होती है? कैसा सुख देती है? मैं तो भाई के लिए ही जीता और मरता रहा। एक बार मैंने भाई से कहा था, अभी तो आपकी नयी-नयी शादी हुई है, आपने राष्ट्रीय राइफल्स में पोस्टिंग क्यों ली? मेरे जाँबाज़ भाई ने जवाब दिया—"लक्ष्य पूर्ति के पहले मैं सो नहीं सकता। क्या नील आर्मस्ट्रांग चाँद पर पाँव धरने के पूर्व सोया था? क्या एडीसन बल्ब बनाने के पूर्व सोया था?" वाह मेरे भाई! बस मैंने भी सोच लिया कि इस भाई जैसे राम का अधूरा काम तो अब यह लक्ष्मण ही पूरा करेगा। नितिन को भाई जैसा मेजर जब तक नहीं बना दूँगा मैं सोऊँगा नहीं। इसीलिए औरत को मैंने अपने से दूर रखा। पर वही औरत आज लहकती लपक बन मुझे लील रही है। दिन-रात मेरे दिलो दिमाग़ पर सवार रहती है और जाने कितने अदृश्य हाथों और कितने हॉर्स पॉवर की ताक़त के साथ मुझे खींचती है अपनी ओर...मुझे भोगो, मुझे जानो हे ब्रह्मचारी! उफ़! यह फीकी चाय मुझसे अब और नहीं गटकी जाती, मुझे मिठास चाहिए अधिक नहीं...बस दो चम्मच।

'शहीद मेजर नहीं शहीद देवर हुआ', वह बुदबुदायी। हल्के-हल्के कँपकँपायी। पीली रोशनी में मृत्यु के क़रीब पहुँच चुके देवर का चेहरा पीला और मलिन पड़ चुका था। चद्दर के कोने को दबाया उसने और पलंग के पास ही बैठकर जूस निकालने लगी देवर के लिए। उस नीली डायरी के पन्ने फिर खुले—नींद की दवा लेता रहा हूँ, इसीलिए नहीं कि नींद आ जाय वरन इसलिए कि मेरे ख़याल ख़्वाब न बनें और स्वप्न मुझे परेशान न करें। वासना का चमगादड़ फड़-फड़ न करे। जाने कौन शैतानी सत्ता-क़ाबिज़ हो गयी है मुझ पर कि चारों ओर मुझे औरत-ही-औरत दिखाई देती है। मन शान्त करने के लिए 'ओम' उच्चारित करता हूँ पर जाने कैसे 'ओम' औरत बना जाता है। थर्म्स अप की बोतल की बनावट क्या औरत जैसी है? मैं ग्रेसफुली

प्रौढ़ होना चाहता था पर मन इतना चंचल क्यों हो उठा? डर के मारे टी.वी. नहीं खोलता कि उसके प्रणय-दृश्य कहीं मेरा जीना न हराम कर दें। मन की जाने किन अदृश्य परतों के बीच औरत का भूत दबा बैठा था जिसने मौक़ा पाकर अब मुझे निगल लिया है। क्यों चाहता हूँ मैं कि औरत में उतर जाऊँ...गुज़र जाऊँ एक बार उस तूफ़ान से। बन जाऊँ औरत—औरत में उतरकर, जैसे पानी नदी में उतरकर बन जाता है नदी।

कुछ ख़ाली स्पेस और दो दिन बाद की तारीख़ में फिर लिखा था देवर ने—क्या यही है मेरा असली 'मैं'? अपने अस्तित्व को परिभाषित करने वाले लम्हे क्या ऐसी ही चरम परिस्थितियों से निकलते हैं? क्या भाई की शहादत के समय जो समर्पित 'मैं' था, वह मिथ्या था?

नहीं वह मिथ्या नहीं था। सत्य था, सम्पूर्ण सत्य—वह बुदबुदायी और डायरी को उल्टी रख फिर अपने ख़यालों के साथ हो ली। याद आया एक ज़लज़ला मध्ययुग का। नायिका परेशान है पति की बेरुख़ी से। भीतर-ही-भीतर आतंकित भी। पति क्यों नाख़ुश है? घर में काम करनेवाली मालिन से मनुहार करती है वह—हे मालिन, मेरे राजा को ख़ुश कर दे तुझे चाँदी के कड़े दूँगी। धोबिन को गुजारिश करती है वह—ऐ धोबन, मेरे मुरझाये राजा के लिए हवा बन उसे तरोताज़ा कर दे, तुझे चाँदी की हँसिया दूँगी। पर वह किससे करे गुजारिश? न धोबन, न मालिन। क्या देवर की होगी कोई पुरानी साथिन या कि प्रेमिका? पर यौवन में पाँव टिका भी न था देवर का कि ज़िम्मेदारियों के बुढ़ापे ने धर दबोचा। न सुरा न सुन्दरी, न पान न पराग। बस नितिन और भौजी के नाम ही लिख दी सारी ज़िन्दगी।

उफ़! कैसे कुचला होगा यौवन की उमंगों को? वह फिर बुदबुदायी—शहादत मेजर ने नहीं देवर ने दी। और जाने किस झोंक में उसने देवर की अलमारी और पुराने बक्से छान मारे, पर हाथ कुछ नहीं लगा।

शाम देवर की मेडिकल रिपोर्ट आयी कि काली रात और गहरा गयी। मेरे मन पर कफ़न चढ़ गया। अब ये भी चले उस पार। सुबह जब देवर ने अपने सारे सेविंग सर्टिफिकेट्स और एफ.डी. उसे थमाए तो रोक नहीं पायी वह ख़ुद को। सिसक पड़ी—मरने के बाद का भी इन्तज़ाम कर गये। भर-भर आँखों देखा उसने देवर को—देवर हैं लेकिन नहीं हैं, ऊपर से सब ठीक-ठाक, पर भीतर-ही-भीतर जानलेवा बीमारी खोखला कर रही है देवर को। कौन कहेगा कि इसकी बॉडी के भीतर रक्तपात हो रहा है। नसें अन्दर-ही-अन्दर टूट रही हैं और व्हाइट सेल बुरी तरह कम होते जा रहे हैं। उसने देवर के सिर पर हाथ फेरा, मौत का अहसास हर जगह भरा हुआ था।

दूसरे दिन देवर को स्पंज करने के लिए किशन जब गर्म पानी लेकर आया तो वह भी देखती रही दूर खड़ी। जाने भीतर क्या उमड़ा कि उसने दायें पैर के अँगूठे

को बायें पैर के अँगूठे पर रखा। दोनों हाथों की उँगलियों को एक-दूसरे से गुत्थम गुत्था कर जकड़ा और भीतर से साहस बटोरते हुए किशन से कहा—लाओ मुझे दो, मैं करूँगी स्पंज।

उसने देवर के बदन की सड़क को चमकाया। उसके माथे और पैरों को गीले गमछे से पोंछा। देवर ने सिर हिलाकर मना किया तो बरज दिया उसे—मैं क्या ग़ैर हूँ? देवर शायद इतने ढीले, अशक्त और बेबस हो गये थे कि उनमें प्रतिवाद करने की क्षमता तक नहीं बची थी। लेकिन उसने देखा था, अनदेखते हुए देखा था कि जब वह देवर के घुटनों के ऊपर स्पंज कर रही थी तो देवर के माथे पर सिलवटें उभरी थीं और उनका चेहरा झाड़खंड की माटी-सा लाल हो गया था। तब पहली बार उसे एहसास हुआ कि वह देवर के पास नहीं वरन आती हुई मृत्यु के पास बैठी हुई है, किसी पवित्र मृत्यु के पास।

विचारों के प्रवाह में फिर बहने लगी वह—जैसा जटिल यह मानव मन! कितना रहस्यमय! हम एक साथ जाने कितनी दुनियाओं में जीते हैं। कब कौन-सी दुनिया पिछली दुनिया पर हावी हो जाय। कौन-सोच सकता था कि जो कल तक विवेकानन्द था आज आठों पहर उसके आगे खजुराहो की मूर्तियाँ नाचती हैं। कश्मीर की क़ब्रों को सब देख रहे हैं पर हमारे घरों में जो ज़िन्दा कब्रें हैं कौन देखता है उसकी तरफ़! देख सकता है? उफ़! कश्मीर नहीं होता तो देवर ऐसे क़ब्रिस्तान नहीं होते...सोचते-सोचते जाने भीतर क्या उमड़ा कि उसने देवर का माथा चूम लिया। यों लगा जैसे उसने देवर का माथा नहीं वरन् उसकी आत्मा को चूम लिया है।

आँखों के आगे फिर खुल गयी डायरी—क्या यही है मेरा प्राकृतिक और सांस्कृतिक सत्य? शायद हाँ, क्योंकि आज समझ पाया हूँ कि जीवन का यह जादुई अनुभव अस्तित्व रक्षा में कितना सहायक होता है। मैं विचिलत अपनी आनेवाली मृत्यु से नहीं वरन् सहसा उछल पड़ी वासना की इस लहर से हूँ। मैं समुद्र के पास गया। मैं नदी के पास गया। लहर, बादल, हवा, फूल...मैं सबके पास गया कि स्त्री को भूल जाऊँ पर मैंने विस्मित होकर देखा, लहर, बादल, हवा... सब स्त्री के ही विस्तार थे। उसी के अलग-अलग रूप। कितना चाहता था कि मैं न कर्म में न निष्कर्म में, न आसक्ति में न विरक्ति में, धरती के सारे गुरुत्वाकर्षणों से दूर, स्वयं को स्थगित रखते हुए सम्पूर्ण ख़ामोशी के साथ, परम शान्ति से अनन्त में विलीन हो जाऊँ पर मैं ऐसा नहीं कर पाऊँगा, मैं शान्ति के साथ मर नहीं पाऊँगा क्योंकि अतृप्त कामनाओं के साथ हुई मृत्यु मुक्ति नहीं देती सिर्फ़ देह का अन्त करती है। जीवित रहते कामनाओं से मुक्ति ही मृत्यु का असली अर्थ खोलती है। मृत्यु की ओर बढ़ते गेटे के आख़िरी शब्द थे—लाइट, मोर लाइट (रोशनी, थोड़ी और रोशनी) पर कितने दुख और ग्लानि की

बात है कि मेरे आख़िरी शब्द होंगे—औरत! थोड़ी औरत!

—नहीं हर्गिज़ नहीं।

हल्की-सी कँपकँपी महसूसी उसने। उसकी उँगलियों में अजीब-सी सिहरन हुई उसे लगा जैसे उसके हाथ सुन्न हो रहे हैं। उसने आँखें मूँद लीं जैसे मरते हुए देवर का...मौत का स्वाद अपने भीतर भर रही हो। काँपते-ठिठुरते शब्द उसके होठों से गिरे...नहीं ऐसा नहीं होगा। तुम भी उसी प्रकार चरम शान्ति से मृत्यु को छू पाओगे जैसे गेटे ने छुआ था मृत्यु को। मैं करूँगी तुम्हारी सहायता।

उसकी नज़र खिड़की से झाँकते चाँद पर गयी। वह पिघल रहा था, बूँद-बूँद उसकी नज़र फिसलती हुई ड्रेसिंग टेबल पर जड़े दर्पण पर अटकी... ग़ौर से देखा उसने ख़ुद को, पिछले छब्बीस सालों में शायद पहली बार देखा था उसने ख़ुद को इतने ग़ौर से। उसके चेहरे पर उदास हँसी बिखर गयी, वह अभी भी काम लायक़ थी। जवान थी।

पॉलिथिन में पृथ्वी

परमानन्द मेंटल हॉस्पिटल। फीमेल वार्ड। रूम नं. 102। पेशेंट का नाम कोई नहीं जानता। न ही नाम में किसी को दिलचस्पी है। कोई-कोई उसे पेशेंट नम्बर एक सौ दो भी कह देता है। पिछले तीन महीनों से डॉक्टरों की टीम लगी है उसकी जाँच में। बीमारी विशेष कुछ नहीं, सिर्फ़ इतनी भर कि पिछले तीन महीने छह दिनों से औरत एक ही पोस्चर में बैठी है। अडोल। अबोल। तीन डॉक्टरों की टीम लगी है उसके पीछे कि वह बोले। कुछ तो बोले। पर वह नहीं बोलती। हॉस्पिटल के कुछ स्टॉफ कहने लगे हैं कि जिस दिन धरती डोलेगी, शायद उसी दिन यह पत्थर औरत कुछ बोलेगी।

माथे पर हाथ धरे सोच रहे हैं मनोचिकित्सक डॉ. सौमित्र सेन...कैसे हटवाएँ इस 'नो एंट्री' के बोर्ड को? कैसे खुलवाएँ इन सिले होठों को? कैसे करें खुदाई? उफ़! कितना...कितना...अनकहा पड़ा है भीतर। बिना काउंसिलिंग के क्लू मिले तो कैसे?

कई बार सारी झल्लाहटों और परेशानियों को झाड़ते हुए मज़ाक़ के मूड में आ जाता है जूनियर असिसटेंट डॉ. अनिमेष। शुरू हो जाती है उसकी चुहलबाज़ी...तो सतयुग में ही इतना दम नहीं था कि औरत को पत्थर बना दे, इस कलियुग में भी कमी नहीं ऐसे 'महात्माओं' की जो बना दे औरत को पत्थर।

—तो फिर इस अहल्या के राम भी इसी युग से निकलेंगे...

—सर आप ही बनेंगे वे राम....मुस्कराते हुए जवाब देते हैं जूनियर डॉ. अनिमेष।

बादल-बादल हो जाता है चेहरा...कोमल-कोमल, भरे-भरे बादल। काश बन पाते वे राम! हर पर्दे को भेदकर देख लेनेवाली निगाह भी मात खा रही है इन दिनों। ख़ाली होते हैं कि दिमाग़ भर जाता है मनोरोगी मनीषा के ख़यालों से। कैसे बुलवाएँ उसे? कैसे करवाएँ उसकी काउंसिलिंग? कैसे लौटाएँ सूखे महुए से उस चेहरे की हँसी? अभी तक अटके पड़े हैं बाउंड्री लाइन पर। इतना तो समझ ही रहे हैं वे कि

असली उत्पाती हैं स्मृतियाँ जो जीने नहीं दे रही हैं उसे...काश, यादों की उन पोटलियों को विसर्जित कर पाते वे गंगा में।

जब-जब गुज़रते हैं वे उधर से, देखते रहते हैं उसकी ओर। जाने क्यों लगता है कि उस पत्थर औरत को देखते-देखते वे भी पत्थर हो जाएँगे एक दिन! क्या इसीलिए नहीं छोड़ रखा है उसे वक़्त के हाल पर? होने दो...जो हो रहा है।

बीतते जा रहे हैं दिन।

इतना तो साफ़ है कि फ़िलहाल और आसपास से कटी महिला यादों की चादर में दुबका, सिर्फ़ अतीत है। काश, अतीत की उस जानलेवा क़ब्र से बाहर निकाल पाते वे उसे! पर क्या इतना आसान है अतीत को वापस पा लेना? मूल सत्ता में लौट आना?

उफ़! क्या आयँ-बायँ सोचने लगे हैं वे भी। दिमाग़ को फिर एक ज़ोरदार झटका दिया उन्होंने और दूसरी केस फ़ाइल पढ़ने लगे...लो, एक और सिजोफ्रेनिक, वह भी युवती। अजीब मानसिक बीमारी। जो भी चीज़ ज़मीन पर गिर पड़े...माटी छू ले... उसे ही लगे धोने। जब तक नहीं धो ले...दिमाग़ उथल-पुथल। जानती भी है कि यह सब पागलपन है फिर भी अजीब फ़ितरत! अजीब चीज़ है यह दिमाग़ भी! सारे उत्पातों की जड़!

सोचते जा रहे हैं डॉ. सौमित्र।

केस हिस्ट्री फड़फड़ा रही है सामने। एकदम शुरू में इतना होपलेस केस नहीं था। यदि शुरू में ही दिखा दिया होता तो स्थिति बेक़ाबू नहीं होती। धुला हुआ रूमाल गिरता, बैग गिरता, अख़बार गिरता...वह सबको धो डालती। घरवालों ने ध्यान दिया भी तो नहीं। अब इस भागमभाग में किसे इतनी फ़ुरसत कि एक अदना-सी हाउस वाइफ की इन बेवक़ूफ़ी-भरी हरक़तों पर मग़ज़मारी करे। यह तो भला हुआ, एक दिन बनारसी सिल्की की साड़ी और दस हज़ार रुपयों की गड्डी को भी साबुनभरी बाल्टी में डाल दिया और उसे धो-पोंछकर चिन्दी-चिन्दी हुए नोटों के टुकड़ों को पंखे के नीचे सुखाने को बिछा दिया तो घरवाले चेते।

पतिदेव के होश उड़ गये। वे चीख़े...यह...यह क्या कर डाला?

लेकिन पत्नी बेक़ाबू। धौल-धप्पा चलाया, ठेला-ठेली भी की, घूँसे-मुक्के तक भी ज़ोर आजमाया पर पृथ्वी का घूमना रुके तो वह रुके...अन्तिम नोट तक पानी में हाथ डाले रही वह। पूरे दस हज़ार की गड्डी के अधिकांश नोट जब चिन्दी-चिन्दी हो बिखर गये तब दौड़े पति—मनोवैज्ञानिक डॉ. सौमित्र के पास।

पढ़ते जा रहे हैं डॉ. सौमित्र। पर पेड़ पर अटकी पतंग की तरह ध्यान में अटकी है पत्थर औरत की ख़ाली बोतल-सी आँखें। निचुड़े तौलिए-सा उसका चेहरा। पिछली बार उससे संवाद करने की चेष्टा में अचानक ज़ेहन में कौंध गयी राजा रवि वर्मा की एक थ्री—डाइमेंशनल पेंटिंग। कोलकाता में मार्बल पैलेस में देखी थी उन्होंने

यह पेंटिंग। अजीब पेंटिंग। बंगाल के राजा फलाँ मल्लिक के बाथरूम...या कि ड्राइंग रूम में थी वह पेंटिंग। ऐसी पेंटिंग कि जिधर से भी देखो, जिस कोण से भी देखो, सीधा, आड़ा-तिरछा दायें-बायें...पेंटिंग वाली औरत की आँखें आप पर ही...। जैसे आपको ही देख रही हो वह।

पर जिसने भी बनायी वह मूरत वह रविवर्मा से बढ़कर चितेरा होगा, जिस कोण से भी देखो, जिस भाव से भी देखो, पत्थर औरत एक-सी दिखती है। कुछ भी कहो...कड़ुआ, मीठा, एक ही पोस्चर उसका..न कोई विचलन, न उठान, न उफान। जाने कितनी और भी मूर्तियाँ थीं उस मार्बल पैलेस में बोलती हुई, कोई सफ़ेद पत्थर पर उकेरी हुई तो कोई काले पत्थर पर। अंग-अंग बोलता था जिनका। चहकता था। हँसता था। वे पाषाण-प्रतिमा होकर बोलती थीं और यह हाड़-मांस की होकर भी पत्थर की बुत बनी हुई है।

पर बोलेगी...यह भी बोलेगी। ज़रूर एक दिन।

जो नहीं बोलते, वे ही बोलते हैं सबसे ज़्यादा।

कई बार यह दुनिया ही अजीब पागलख़ाना लगती है उन्हें। ज़िन्दगी जैसे एक मेंटल हॉस्पिटल से दूसरे मेंटल हॉस्पिटल तक की अनवरत यात्रा। जिसके सबसे बड़े पागल वे खुद जो सोचते हैं कि वे कर रहे हैं इलाज इन पागलों का। एक नज़र में औरत की ज़िन्दगी ख़ुशहाल...वह सबकुछ जो ज़रूरी हो एक सुखी गृहस्थी के लिए। पर हर ज़िन्दगी के भीतर होती है एक और ज़िन्दगी जो इस चमकती खोल के भीतर सिकुड़ी, सिमटी, सहमी और दुबकी बैठी रहती है। उसी भीतरी ज़िन्दगी की तह तक पहुँचना चाहते हैं डॉ. सौमित्र। पर पहुँचें कैसे? कोई सुराग़ नहीं मिलता—कहीं से भी। न औरत से न उसके पति से और न ही उसकी केस हिस्ट्री में। हाँ, क़रीब छह महीने पूर्व एक छोटा-सा हादसा ज़रूर हुआ था उसकी ज़िन्दगी में। महिला का पाँच महीने का भ्रूण गिरवा दिया गया था। पर वह भी इसकी सहमति से। फिर एबॉर्शन तो आज दाल-भात हो गया है। कौन है ऐसी आधुनिका जो नहीं गुज़री हो एबॉर्शन से?

उलझती जा रही है गुत्थी।

काउंसिलिंग हो तो शायद मिले कोई क्लू।

यूँ तो तीन महीने ही हुए हैं यहाँ आये। पर लगता है जैसे सदियों से स्थगित हो नींद। आख़िर कितना ड्रग और ट्रांक्विलाइजर दें। पूरी-पूरी रात पत्थर की तरह बैठी रहती है वह, तब देनी पड़ती है उसे कभी इन्जेक्शन तो कभी पिल्स। पिछले महीने से डोज़ भी दोगुनी कर दी है उसकी। फिर भी पूरी-पूरी रात बैठी रहती है वह और बिखेरती रहती है साँवली उदासियाँ।

क्या करें, कैसे करें...सोच-सोच ख़ुद बी.पी. हाई हो रहा है उनका।

एक पीली शाम—उस मेंटल हॉस्पिटल के फ़ीमेल वार्ड में शोर मच गया। हर कमरे...हर बेड और दीवारों से होती हुई ख़बर सीनियर मैट्रन तक पहुँची कि पत्थर बोलने लगी है।...कि आज सुबह जब हेड नर्स राउंड पर थी तो उसने सुना कि वह अपने कमरे की खिड़की पर बैठी 'जा उड़ जा, जा उड़ जा रे कबूतर' गा रही थी और अपने हाथों को यों छोड़ रही थी जैसे सचमुच कबूतरों को उड़ा रही हो।

फ़ोन पर यह ख़बर सुनते ही डॉ. सौमित्र लगभग उड़ते हुए हॉस्पिटल पहुँचे। वे उत्तेजित थे। चकित थे। हैरान थे। अपने अभी तक के डॉक्टरी करियर में यह पहला ऐसा केस था जो न पूरी तरह सिजोफ्रेनिक था और न पैरानाइड।

राहत की साँस ली उन्होंने, आख़िर कब तक ट्रांक्विलाइजर पर रखा जाता उसे! अब जीव बोलने लगा है तो खुलेगा भी। खुलेगा तो भेद भी खुलेगा।

परिन्दों की तरह उड़ते रहे विचार। विचारों की तरह उड़ते रहे वे और उड़ते-उड़ते पहुँचे अपने चैम्बर में।

और वह बोल रही थी। सचमुच बोल रही थी। लगातार बोलती जा रही थी...तीन महीने उन्नीस दिन की सघन और दमघोंटू चुप्पी के बाद का उसका यह बोलना...जैसे चट्टान चटक गयी हो और बह निकली हो धारा। वह बोलती जा रही थी कि भूत, वर्तमान और भविष्य...तीनों कालों में एक साथ टहलती जा रही थी। और उसकी वे आँखें जिनमें भरा रहता था काली रात का अँधेरा, एकाएक चमकने लगी थीं।

—आज फिर दिखे मुझे मोहन-मोहिनी डॉ. साहब। अरे वे ही लाल मोती-सी आँखोंवाले, रूई के-से पंखवाले सफ़ेद कबूतरों की जोड़ी। पर जैसे ही पुकारा मैंने...वे उड़ गये। शायद नाराज़ थे वे। क्यों न होते नाराज़...नहला दिया मैंने उन्हें डिटॉल के पानी से...

—डिटॉल के पानी से?

और तभी जैसे कुछ याद आ गया उसे। हिचकियाँ ले-लेकर रोने लगी वह। और जब रोना कुछ थमा तो होठों को गोल-गोलकर सीत्कार करने लगी जैसे यातना भाँप बन होठों के रास्ते बाहर निकलने का रास्ता ढूँढ़ रही हो। कुछ देर तक सूँ-सूँ के अजीब सीत्कार के बाद फिर कहने लगी वह—ओह, कैसे आ सकते हैं वे! डॉ. साहब, उन्हें तो मार डाला खुद मैंने अपने हाथों से।

—अपने हाथों से? थोड़ी हैरानी से पूछा डॉ. सौमित्र ने।

—हाँ, अब इसे मारना नहीं तो और क्या कहेंगे डॉक्टर साहब। अरे, मैं तो बताना ही भूल गयी। अश्विन एक बहुत बड़े मैजिशियन भी हैं। बिजनेस के बाद जो कुछ भी समय मिलता उन्हें, उसे नित्य नये मैजिक आइटम तैयार करने में लगा देते। रस्सी को काटकर वापस वैसी की वैसी कर देना, सूत और ब्लेड को मुँह में अलग-

अलग डालकर फिर धागे से बँधी ब्लेड को मुँह से वापस निकालना। देखते-देखते अठन्नी के सिक्के को रुपये में बदल देना। आँखों में मैदा की पट्टी बाँधकर सामने लिखे हरफ़ों को पढ़ लेना....जैसे जादू तो उनके लिए बीते युग की बातें थीं, उसने कई ऐसे जादू भी तैयार किये जिसे देख लोगों की आँखें बाहर निकल आएँ...जैसे लड़की को हवा में टाँग देना। जैसे-जैसे वह अपने मैजिक में सफल होता गया, कोलकाता और मित्र मंडली के बीच उसकी हैसियत स्थानीय पी.सी सरकार जैसी होती गयी। उसे घरों के फंक्शन, क्लबों, होटलों एवं सार्वजनिक संस्थानों आदि के अलावा अच्छी-अच्छी कम्पनियाँ भी बुलाने लगीं। धीरे-धीरे उसने मुझे भी सहायिका के रूप में ले जाना शुरू किया। मेरा काम स्टेज में उसे छोटी-मोटी चीज़ें पकड़ाना, स्टेज के लिए ख़रीदारी करना, स्टेज को सँभालना, मैजिक-शो की टीम की ज़रूरत पूरी करना और ख़ुद को महारानी गायत्री देवी की तरह सजाकर रखना था। जिस शाम उसने लड़की को हवा में टँगाया, मैं अभिभूत थी। मैंने जानना चाहा था कि यह करिश्मा उसने कैसे किया! इतना तो मैं भी समझने लगी थी डॉ. साहब कि उसके जादू के पीछे हाथ की सफ़ाई और साइंस के मूलभूत सिद्धान्त काम करते हैं। जैसे कि जब वह जलते गोले को हथेली पर रखता, तो उसके पीछे साइंटिफिक फैक्ट था कि आग कुछ सेकेंड बाद ही आपकी चमड़ी को पकड़ती है, वह फ़ुर्ती से उस अति अल्प अवधि के पूर्व ही जलते गोलों को दूसरी हथेली पर उछाल देता। बहरहाल...उसकी दिलचस्पी इसमें नहीं थी कि पी.सी. सरकार (जूनियर) की तरह वह भी अपनी पत्नी को तराशे, उसे भी स्टेज पर कुछ कर दिखाने का मौक़ा दे। फिर भी मैं ख़ुश थी कि मेरी दुनिया बड़ी हो रही थी।

उन्हीं दिनों डॉ. साहब अश्विन को भोपाल में एक शो आयोजित करने का आमन्त्रण मिला। लेकिन इस बार मैं जाने को उत्सुक नहीं थी, रत्ती भर भी नहीं। क्योंकि मेरी बेटी प्रियंका की चौथी कक्षा की परीक्षाएँ होनेवाली थीं। मैंने स्पष्ट मना कर दिया कि मेरी ज़रूरत अभी यहाँ है, मेरी बेटी को है। वह सचमुच हाथों का ही नहीं शब्दों का भी जादूगर था। उसने मनुहार करते हुए आँखों में आँखें डालते हुए कहा—छोड़ो भी प्रियंका की चिन्ता, उसके लिए उसकी लाडली बुआ को बुला लेते हैं, तुम मेरी चिन्ता करो। मैं फिर भी हिचक रही थी, उसकी परीक्षाएँ...उसकी नींद सोना, उसकी नींद उठना...क्या जीजी इतना कर पाएँगी?

इस बार उसने मेरी कमज़ोर रग पर उँगली धरी और मस्का लगाया—छह दिन की ही तो बात है...फिर पास ही पंचमढ़ी है...स्वर्गीय सौन्दर्य। तुम तो शायद सह भी नहीं पाओ, इतनी सुन्दरता...क्या पहाड़ियाँ...क्या आदिम गुफाएँ और क्या झरने...तुम यहाँ दिन भर काग़ज़ काला करती हो, पर ढंग का आज तक भी कुछ नहीं लिख पायी...लोग वहाँ जाकर जाने कितना लिखते हैं—कौन जाने वहाँ की छुअन से

तुम्हारी क़लम भी दौड़ पड़े...। सच मानिए डॉक्टर साहब, यह कहकर कि 'शायद तुम्हारी क़लम भी चल पड़े' उसने मुझे मुग्ध कर दिया...पहली बार मुझे लगा कि मुझे अपने आपको फिर से पहचानना है।

बहरहाल...जब मैंने अपनी एक-दो किताबें साथ रखनी चाहीं तो उसने फिर टोक दिया मुझे—क्या करोगी इस पोथी को साथ रखकर...दम मारने को भी फ़ुर्सत नहीं मिलेगी वहाँ। देखो अब छह दिन ये ही रहेंगे तुम्हारी किताबें...कहते हुए डॉक्टर साहब सौमित्र ने मुझे एक कार्टन थमाया। उत्सुकता से मैंने उसे खोला तो देखा कार्टन के भीतर दो ख़ूबसूरत पिंजरे...दोनों पिंजरे के भीतर ख़ूबसूरत नर्म सफ़ेद पंखोंवाले कबूतर...लाल मोती-सी चमचम करती उनकी आँखें। उन्हें इतना क़रीब और अपने पास पाकर मैं सचमुच बच्चों-सी चहक पड़ी...ओह, इतने ख़ूबसूरत कबूतर...कहाँ से लाये? अश्विन की गर्दन गर्व से मुर्ग़े-सी तन गयी—पूरे कोलकाता की फेरी लगायी तब जाकर मिली है यह ख़ूबसूरत जोड़ी...। इस बार के मैजिक शो में ये ही करेंगे हमारा स्पेशल आइटम। ये करेंगे? मैंने आश्चर्य से पूछा। उसने मूँछे ऐंठते हुए कहा—और क्या, पहले मैं दिखाऊँगा ख़ाली कनस्तर। फिर उससे निकल उसकी छत पर बैठे गुटरगूँ करते दिखेंगे ये दोनों। नहीं, उड़ेंगे नहीं, बस पंख फड़फड़ाते कनस्तर के ऊपर बैठ जाएँगे...अरे ऐसी ही ट्रेनिंग दी है अपन ने उन्हें। उसने शेख़ी बघारते हुए कहा...बस तुम यह करना कि इन्हें टाइम से दाना-पानी देती रहना।

इसी बीच डॉ. सौमित्र का मोबाइल बज उठा। उन्होंने इशारे से मनीषा को ठहर जाने को कहा, पर वह पूरी तरह आत्मलीन हो चुकी थी। वह उस बिन्दु पर पहुँच चुकी थी जहाँ रुकना या जहाँ से लौटना उसके लिए नामुमकिन था। वह प्रवाह में कहती जा रही थी। बोलती जा रही थी—उफ़, कैसे भूलूँ डॉ. साहब। समय के पार ले जानेवाले उन नरम-नरम पंखों को, उस धड़कन को। उस फड़फड़ाहट को।

हाँ तो डॉ. साहब, जब मैं उन्हें अपनी हथेलियों पर रखे जौ के दाने टुँगावती तो जाने क्यों मुझे लगता जैसे मैं उन्हें नहीं वरन् अपने सपनों को दाना चुगा रही हूँ। कहाँ तो मैं स्वयं को अपने घर-संसार से भी नहीं जोड़ पाती थी और कहाँ उन्होंने अनायास ही मुझे अश्विन से, प्रकृति से, पशु-पक्षियों से...पूरे ब्रह्मांड से जोड़ दिया था। पहली बार एहसास हुआ डॉ. साहब कि लोग-बाग क्यों तोता, मैना, कबूतर, कुत्ते, बिल्ली आदि पालते हैं। जीवन को सरस बनाने के लिए। डॉ. साहब, उस शाम यह पहली बार हुआ था, सच पहली बार कि मैं जीवन के पास गयी और जीवन ने मुझे वापस नहीं लौटाया। उन कबूतरों के साथ मैं भी कबूतरी बन उड़ने लगी थी। गुटरगूँ करने लगी थी।

आत्मलीन युवती अपनी रौ में बही जा रही थी। लैपटॉप सामने खुला पड़ा था। डॉ. सौमित्र ध्यान से सुनते और बीच-बीच में युवती की केस हिस्ट्री में कुछ नोट भी

करते जा रहे थे। युवती जैसे बोल नहीं रही थी, दृश्यों को भर रही थी डॉक्टर साहब की आँखों में।

—हाँ, तो डॉक्टर साहब, पहली बार मुझे लगा...मोहन-मोहिनी; अरे मैं तो बताना ही भूल गयी कि मैंने उन्हें यह नाम दे रखा था क्योंकि उन दोनों के चलते मेरे भीतर भी सुन्दरता उगने लगी थी...नहीं, मैं ग़लत बोल गयी, शायद मेरे भीतर अभी भी कुछ बचा हुआ था जो उनके पंखों की फड़फड़ाहट से जग गया था और इसी कारण एकाएक सारा परिवेश ख़ूबसूरत बन गया था। मैं जीवन की बारिश में भीगने लगी थी। डॉक्टर साहब मैंने जाने कहाँ पढ़ा था कि यदि आपके भीतर सुन्दरता नहीं है तो आप किसी को प्यार कर ही नहीं सकते। हाँ, तो डॉक्टर साहब, उन लम्हों, मोहन-मोहिनी ने मुझको 'मुझसे' मिलवाया—नहीं, मेरे भीतर अभी भी बहुत कुछ ऐसा बचा था जो सुन्दर था, अश्विन ने मुझे पूरी तरह नहीं सोख लिया था...मुद्दतों बाद मैं अश्विन के प्रति भी स्नेहिल हुई। वे भरे-भरे लम्हे थे, फिर भी जाने क्यों मेरा मन करता कि मैं मोहन-मोहिनी को टूँगते हुए नहीं, उड़ते हुए देखूँ....क्योंकि पाखी को उड़ते देखना जैसे जीवन को चलते-बहते हुए देखना है। पर हमें हमारे शो को कामयाब करना था। डॉक्टर साहब मोहन-मोहिनी ने मुझे यह एहसास करवाया कि चिड़ियों ने-तोतों ने, मोर ने...सभी रंग-बिरंगे पाखियों ने हमारी दुनिया को कितना समृद्ध कर रखा है! उन दिनों मैंने सोचा कि बस प्रियंका खड़ी हो जाय अपने पाँवों पर तो मैं भी पशुओं के लिए काम करना शुरू कर दूँ।

दूसरी शाम हम भोपाल पहुँचे। वहाँ हमारा मैजिक शो कामयाब रहा। एकदम पी.सी. सरकार की तर्ज़ पर...पहले ख़ाली कनस्तर और फिर पलक झपकते ही कनस्तर के बाहर हल्के से पंख फड़फड़ाते मोहन-मोहिनी। तालियाँ, उत्तेजना, कामयाबी और कुछ कर गुज़रने के एहसास में तिर-तिर तैरता अश्विन का चेहरा। चेहरे पर जवाफूल-सी खिली कामयाबी। शो समाप्ति पर मैंने मोहन-मोहिनी को भरपूर प्यार दिया...वे नहीं जानते थे कि उन्होंने हमें क्या दिया था। पंखों से पकड़कर जब अश्विन उन्हें वापस पिंजरे में डालने लगा तो मैंने देखा मोहिनी की आँखें सिकुड़ने लगी थीं।...वह नहीं चाहती थी क़ैद। एक क्षण के लिए अश्विन ने उसे ज़मीन पर रख दिया था...पर तब भी वह नहीं उड़ी। तब जाने कैसा भय मुझमें समाया कि कहीं यह उड़ना ही न भूल जाय...सच डॉक्टर साहब यह दुनिया कितनी भयावह होगी जिसमें पाखी उड़ना भूल जाएगा। मैंने अश्विन से मनुहार करते हुए कहा—अश्विन आज़ाद कर दो इन्हें...कर दो आसमान और हवाओं के हवाले, देखो इन्होंने हमें कितनी ख़ुशियाँ और शोहरत दी, अब इन्हें लौटा दो इनकी आज़ादी। अश्विन की आँखें सिकुड़ गयीं। उसने नथुने फुलाये और दाँत पीसते हुए कहा—फिलॉसफी मत बघार। इसीलिए मना करता हूँ कि इतनी किताबें मत चाटा कर। किताबें इम्प्रेक्टिकल

बनाती हैं। सोच ज़रा, इतनी ट्रेंड और खूबसूरत जोड़ी फिर कहाँ से जुगाड़ करूँगा, यदि फिर ऑफर मिल गया तो?

मैंने हिम्मत कर कहा—अभी तो दूसरे ऑफर का कोई अता-पता नहीं, अरे ऑफर तो मिले, जैसे इन्हें ट्रेंड किया—उन्हें भी कर लेना।

उन लम्हों मेरे भीतर एक लहर-सी उठी कि मैं उन्हें उड़ा दूँ पर जाने क्यों मैं हिम्मत नहीं जुटा पायी।

मोबाइल फिर बजा।

महिला ने लाचारी से डॉ. सौमित्र की ओर देखा...पूरे बहाव में थी वह, उसे रोकना नामुमकिन था।

सौमित्र ने एक नज़र मोबाइल पर डाली और उसे ऑफ कर दिया।

—हाँ मैडम! उसके बाद! डॉ. सौमित्र ने यों ही उसके उत्साह को बरक़रार रखते हुए कहा।

—उसके बाद मेरे कई टुकड़े हो गये।

—क्या? यह कैसी भाषा? डॉ. सौमित्र ने हैरानी से देखा उसकी ओर।

—हाँ डॉक्टर साहब। दूसरे दिन मैं ट्रेन में फिर मोहन-मोहिनी के साथ थी, पर एक अपराध-बोध के साथ पंचमढ़ी में जब मैंने ढेरों कुच-कुच, हरे-हरे तोतों और नीलकंठों को देखा तो पहली बार मेरी चेतना में यह उभरा कि जो चीज़ सबकी हो उसे निजी बनाना पाप है। मैंने फिर अश्विन को समझाना चाहा कि तभी मैंने देखा कि मोहन कसमसा रहा है। रूई से नर्म उसके पंखों को बड़े जतन से पकड़कर जब मैं उसे क़रीब लायी तो मैं स्तब्ध रह गयी। उसके पंखों में कीड़े थे, एकदम छोटे-छोटे महीन कीड़े। मैंने तुरन्त दूसरे पिंजरे से मोहिनी को निकाला तो वह भी कसमसा रही थी। घबराकर मैंने अश्विन को झिंझोड़ा—देखो कीड़े काट रहे हैं कबूतरों को। वह झल्ला पड़ा—बदतमीज़ तुम्हें नींद में ही यह बोलना था, थोड़ा रुक नहीं सकती थीं? मैं भी फट पड़ी—तुम्हें नींद की पड़ी है, ये छटपटा रहे हैं। उसने नींद में ही अधमिची आँखों से मुझे देखते हुए कहा—तो कौन-सा पहाड़ टूट गया? गर्मी से पड़ गये होंगे कीड़े। इनके कीड़े की चिन्ता है और तीन रातों से जो मैं सोया नहीं हूँ, उसकी चिन्ता नहीं है। इनकी तरफ़ मत देख, और देखे बिना नहीं रह सकती तो इन्हें डिटॉल के पानी से नहला दे।

—डिटॉल के पानी से? पर यदि पानी मुँह में पड़ गया तो?

—चोंच को पकड़े रहना और अब मुझे डिस्टर्ब मत करना—भगवान के लिए मुझे सोने दो।

करवट बदलकर वह फिर खर्राटे लेने लगा। मैंने मोहन को पिंजरे में डाला और मोहिनी को बाथरूम के बाहर लगे बेसिन में ले गयी। बिसलेरी की बोतल में ही मैंने

थोड़ा-सा डिटॉल डाला और बड़े जतन से एक हाथ से उसे पकड़े रखा और दूसरे हाथ से डिटॉल के पानी से उसे नहलाती रही। मेरी पूरी चेतना इसमें थी कि इसकी चोंच में पानी न जाय। उसको एकदम साफ़ औ नर्म तौलिए में लपेटकर पूरी सावधानी के साथ उसे वापस पिंजरे के हवाले कर मैंने मोहन को भी उसी प्रकार नहलाया। पिंजरे को 10-15 मिनट धूप में रखकर मैंने सोचा कि इन्हें बिस्कुट का चूरा चुगा दूँ। चुरा चुगाने के लिए मैंने जैसे ही मोहन को बाहर निकाला, तो देखा...मोहन ऐंठ रहा था, छटपटा रहा था। मैं घबरा गयी। मैंने जल्दी से चम्मच में पानी भर उसे पिलाना चाहा...पर उसने कुछ भी नहीं लिया। उन लम्हों उसकी अधमुँदी आँखों में असीम वेदना थी। लगा जैसे बाहर निकल आएँगी...मोती-सी आँखें। थोड़ी देर तक उसके पंख हल्के-हल्के फड़फड़ाते रहे, फिर शान्त हो गये...वह मर गया। और उसके दसेक मिनट बाद—मोहिनी भी उसी प्रकार चल बसी।

साड़ी के आँचल से मुँह ढाँप युवती फिर रोने लगी। भीतर का बहाव जब कुछ और बाहर आया तो उसने फिर कहना शुरू किया—मैंने अश्विन को फिर झिंझोड़ा। देखो वे मर गये। वह स्प्रिंग की तरह उछला और उठकर बैठ गया। उसने आग्नेय नेत्रों से मुझे घूरा जैसे इसके लिए मैं ही दोषी हूँ। फिर मोहन-मोहिनी को ध्यान से देखा। फिर बुरा-सा मुँह बिगाड़ उसने अपनी नयी चप्पलों का पॉलिथिन बैग ख़ाली किया, और दोनों को उसमें भरकर चलती ट्रेन से...' और वह फिर हिलग-हिलगकर रोने लगी। पशु होकर भी उन्होंने हमें कितना दिया—महज़ कुछ जौ के दानों के बदले में कितना दिया और इनसान होकर भी हमने क्या दिया उन्हें? पॉलिथिन बैग में उछाल दिया उन्हें...।

डॉ. सौमित्र हैरान थे। उनके पति ने तो संकेत दिया था कि गर्भपात के बाद से हुआ था उन्हें एक्यूट डिप्रेशन...पर यह दूसरी रामायण कहाँ से निकल आयी? युवती को यादों के हाई-वे से शार्ट-कट पर उतारना चाहा उन्होंने। डर था कि कहीं उपकथाओं में बहते हुए युवती असली कथा ही गोल कर दे।

—और वह गर्भपात! आख़िर धैर्य खोकर बीच में ही पूछ बैठे वे।

पर महिला को डॉ. सौमित्र की जिज्ञासा से विशेष लेना-देना नहीं था, अपने हिसाब से अपनी कहानी को आगे बढ़ा रही थी वह। उसका उद्वेलन अब सम पर था। अतीत की झील में शान्त बहती, कहती जा रही थी वह—उस दिन डॉक्टर साहब पहली बार मैंने देखा, कई परतोंवाले अश्विन के व्यक्तित्व को। उफ! कोई इतना घृणित कैसे हो सकता है कि जिन मासूम पशुओं ने आपकी ज़िन्दगी में इतना रस भरा, इतनी शोहरत दी, उन्हें ही इस प्रकार चप्पल के पॉलिथिन बैग में...डॉक्टर साहब वह मेरी यात्रा नहीं, आँखें खोल देनेवाली यात्रा हुई। उसी दिन से मेरे भीतर अश्विन के

प्रति नफ़रत और अनादर की जंगली घास बढ़ने लगी। और मेरा दुर्भाग्य कि उन्हीं दिनों मुझे मालूम पड़ा कि मैं गर्भवती हो गयी हूँ...यह भी शायद भोपाल की उस कामयाब रात का ही परिणाम था जबकि मुद्दतों बाद मैंने महसूसा था कि सम्भोग के दौरान मेरी आत्मा मेरी देह से छिटककर अलग नहीं खड़ी हुई थी। शायद यह भी मोहन-मोहिनी का ही कमाल था कि मेरे भीतर की पथरीली ज़मीन उस रात कुछ लम्हों के लिए नम हो गयी थी।

डॉक्टर साहब मैंने अपने गर्भवती होने की बात उससे छुपा ली। मैं समझ चुकी थी कि वह अभी बच्चा नहीं चाहता था। वह मारूति कार और निजी फ़्लैट का सपना देख रहा था। वह अमीर दिखने को बेताब था। उसकी ज़िन्दगी में दौड़ थी, सिर्फ़ दौड़, अन्धी दौड़। इसके अलावा और कोई भी ऊँचा ख़याल या सपना उसकी ज़मीन में उग ही नहीं सकता था। इस कारण मैंने उसे भनक भी नहीं लगने दी। पर मैं क्या जानती थी कि पाँच महीने बाद भी जबकि बच्चा गर्भ में हिलने-डुलने लगा था, वह कमीना गर्भपात की बात सोच सकता था। पाँच महीने बाद जैसे ही उसे पता चला, वह आग-बबूला हो गया। उसने उबलते हुए मुझसे कहा—तुमने मुझे धोखा दिया है।

मैंने कहा—कैसा धोखा? मेरी देह मेरा बच्चा।

वह चीख़ा—बीज तो मेरा था। तुम्हें क्या हक़ था मुझसे इतनी बड़ी बात छिपाने का? मैंने कहा—मुझे डर था कि तुम मुझ पर गर्भपात के लिए दबाव डालोगे। मोहन-मोहिनी के समय में देख चुकी थी तुम्हारा स्वार्थी रूप।

फिर कई दिनों तक हमारे बीच सिर्फ़ सन्नाटा बोलता रहा। घर में जैसे हर कहीं बारूद बिछी थी। आख़िर उसने फिर चली अपनी चाल। उसने कहा—ठीक है सोनोग्राफ़ी करवा लेते हैं। यदि लड़का हुआ तो तुम्हारी क़िस्मत पर, यदि लड़की हुई तो गर्भपात। यदि तुमने इस पर भी अपनी ज़िद रखी तो सोच लो...मैं...मैं...इसकी परवरिश के लिए धेला भी नहीं दूँगा—और तो और मैं उसे देखने तक नहीं आऊँगा क्योंकि वह सिर्फ़ तुम्हारी मर्ज़ी से होगी, इस कारण उसकी ज़िम्मेदारी तुम्हारी और सिर्फ़ तुम्हारी होगी। डॉक्टर साहब बड़ी अनिच्छा से राम-राम करती मैं सोनोग्राफ़ी के लिए भीतर घुसी, दम साधे पड़ी रही, पर जैसे ही डॉक्टर ने कहा—'बेबी गर्ल'; मेरी साँस रुक गयी। मेरे प्राण सूख गये। आँखों के आगे वही पॉलिथिन बैग झूलने लगा। मैंने बहुत गुज़ारिश की, बहुत हाथ-पैर जोड़े कि ज़िन्दगी में इनसान से प्रिय कुछ भी नहीं है...कि एक तुम्हारी माँ और ताई थी जो पंचमासा स्त्री को पूजती थी, स्त्री के भ्रूण की मंगलकामना और उसकी सृजनात्मकता को गरिमायुक्त करने के लिए, और एक तुम हो रामायण उल्टा रहे हो। जो नहीं है उसकी ललक के लिए, जो है उसका भी गला घोंट दे रहे हो।

पर वह एक ही रट लगाता रहा—नो मोर बेबी! नो मोर बेबी!

मैंने फिर कहा—देखो, एक बच्ची के आ जाने से बहुत हुआ तो यही कि कुछेक वर्षों तक तुम धनी नहीं दिखोगे लेकिन दाल-रोटी की कमी तो रहेगी नहीं, पर इसकी हत्या से तो आजीवन यह कसक हमें सालती रहेगी। सोच लो घाटे का सौदा किधर है। पर वह तो जैसे उस अजन्मे से ही बैर साध रहा था। वह बीच में ही चीख़ पड़ा—गेट आउट, गेट आउट फ्रॉम हियर।

उस रात मैं समझ गयी कि इस फटे में अब कोई रफ़ू काम नहीं करेगा, क्योंकि ये बाहरी नहीं भीतरी दरिद्रता से गिर रहे थे। इनके लिए बेटी ठंडी हवा नहीं लू का भभका थी, घाटे का सौदा थी। ऐसे में उसे जन्म देना? मैंने हथियार डाल दिये...लो उजाड़ दो इस कोख को...।

उसने पहले उस डॉक्टर से बात की जिसने प्रियंका को जन्म दिया था। उसने साफ़ मना कर दिया। उसने कहा कि मेरी माँ ने मरते वक़्त मुझसे शपथ ली थी कि मैं अपनी डिग्री से कभी किसी के प्राण नहीं लूँगा चाहे कोई मुझे सोने से ही क्यों न तौल दे।

अश्विन ने कहा—पैदा होने के बाद ज़िन्दगी बेकार करने से कहीं अच्छा है कि पैदा ही न की जाय...। डॉक्टर चेम्बर छोड़कर चला गया, पर जाते-जाते उसने जो कहा अश्विन से, उसे मैं कभी नहीं भूल पाऊँगी डॉक्टर साहब। उसने क्रोधित आँखों से अश्विन की ओर देखते हुए कहा—मेरी बात नोट कर लीजिए मिस्टर कि औरत हो या धरती जब भी उसकी कोख से छेड़खानी की जाएगी नतीजे भयंकर निकलेंगे।

डॉ. सौमित्र ने उसकी केस हिस्ट्री, बातचीत के कुछ ख़ास बिन्दुओं को लैपटॉप में नोट किया और युवती की ओर ध्यान से देखने लगे।

युवती की आँखें भर आयी थीं। पेड़ से टूटते पत्ते की तरह उसके शब्द भी टूट-टूटकर बाहर निकलने लगे—क्या बताऊँ डॉक्टर साहब, डॉ. पॉल की बातें सुन मुझमें फिर हिम्मत आ गयी। मैंने सोचा, सीधी उँगली न सही, टेढ़ी उँगली से घी निकाला जाय। एक शाम मैंने जान-बूझकर अंकुरित चने की सब्ज़ी बनायी। मैं जानती थी कि अपने जैन संस्कारों के चलते अश्विन कभी भी अंकुरित चनों को उबालने नहीं देता था। वह कहता था, इनमें लाइफ है, इन्हें उबालना पाप है। मैंने जान-बूझकर उस दिन वही इकलौती सब्ज़ी बनायी। जैसे ही थाली में उसने अंकुरित उबले चने देखे, उसने थाली फेंक दी—कैसे संस्कारवाली लड़की हो तुम...? कितनी बार बताया तुम्हें कि अंकुरित चनों में जान होती है...कैसी पापिन हो तुम कि अंकुरित चनों को ही उबाल दिया!

मैं फूट पड़ी—वाह! क्या धर्म! अंकुरित कोख को उजाड़ते जिन्हें लाज नहीं आती वे अंकुरित चने की वकालत कर रहे हैं।

डॉ. साहब बस वही आख़िरी संवाद था। उसके बाद प्रत्यक्ष रूप से तो उसने मुझे कुछ नहीं कहा पर उसकी कमीनी हरकतें बढ़ने लगीं। एक बार उसने जान-बूझकर बाथरूम में साबुन के छोटे-छोटे टुकड़े बिखेर दिये जिससे मेरा पाँव फिसल जाय और मेरा गर्भपात हो जाय। इस घटना के बाद मैंने सरेंडर कर दिया। अपनी डोर वापस खींच ली। किसके बल पर पंगा लेती मैं! जब इन्हें ही बाप बनने की ख़्वाहिश नहीं तो मैं अकेली कर भी क्या लूँगी। मैं कहीं भाग भी नहीं सकती थी, क्योंकि प्रियंका छोटी थी। आख़िर मैं राज़ी हो गयी। उसने सुनकर राहत की साँस ली और कहा—सोच लो, बाद में मुझे दोष मत देना।

मैंने कहा—नहीं दूँगी।

और युवती फिर चुप। अब वह अपने आसपास से पूरी तरह कट अपनी ज़िन्दगी के उस मुक़ाम पर थी जहाँ ज़िन्दगी का सबसे दर्दनाक अध्याय लिखा था। वह शायद उस गुज़रे हुए से फिर गुज़र रही थी, जैसे वह आगे बढ़ने के लिए ताक़त बटोर रही थी, जैसे किसी तेज़ चलती आँधी को रोक रही हो या भीतर की माटी को दरकने से बचा रही हो।

उसके शब्द टूटने लगे।

—डॉक्टर साहब, वह मेरी बच्ची, उस दिन वह शान्त सोयी थी, माँ की कोख में। जिस दिन उसने सबसे कम उत्पात मचाया, उसी दिन उसे मार डाला गया। डॉक्टर साहब बड़ी जान थी उसमें। उसके सारे अंग बन गये थे। उँगलियाँ तक बन गयी थीं। उसका माथा बड़ा था...वह होती तो बड़ी बुद्धिमती होती। बड़ी ज़िद्दी थी वह...पहले इंजेक्शन में तो उसने मरने से इनकार कर ही दिया...डॉ. साहब जैसे ही पहला इंजेक्शन दिया गया...वह उछल पड़ी...उस समय भी मन किया रोक दूँ...पर मैं आँखें मूँदे अपने कोख की हरकतों को महसूस करती रही...दूसरे इंजेक्शन में वह ढह गयी...माचिस की तीली-सी बुझ गयी...वह मर गयी। मैंने अपनी मरती हुई बच्ची से क्षमा-याचना की...मुझे माफ़ करना मेरी बच्ची, मैं तुम्हें जन्म देना चाहती थी, पर मुझे जन्म देने नहीं दिया गया। फिर मैंने आँखें मूँद लीं। उसे भी शायद मोहन-मोहिनी की ही तरह पॉलिथिन बैग में...। माटी भी नसीब नहीं हो पायी मेरी बच्ची को।

कुछ ख़ामोश पल। युवती के होंठ फड़के...पर आवाज़ जैसे अवरुद्ध हो गयी थी। बोल नहीं पा रही थी वह पर बोलना चाह रही थी। आख़िर किसी प्रकार ज़ोर लगाकर फिर कुछ शब्दों को बाहर धकेला उसने जैसे ख़त्म होते टूथ पेस्ट पर ज़ोर लगाया हो।

—डॉक्टर साहब, हर रात सपने में दिखते हैं मुझे मेरी बच्ची और मोहन-मोहिनी। वो देखिए...वो देखिए...

और एकाएक वह उन्मादिनी-सी चीख़ पड़ी...वो देखिए, वह जा रही मेरी

बेटी...वो देखिए...। देखते-देखते युवती के दाँत भिंच गये। शरीर ऐंठने लगा। उँगलियाँ अकड़ गयीं। वह फड़फड़ाने लगी।

'क्या इन्हें इंजेक्शन दे दूँ,' जूनियर असिस्टेंट डॉ. अनिमेष ने पूछा।

टू बी और नॉट टू बी के दोराहे पर कुछ क्षण खड़े रहे डॉ. सौमित्र और फिर बुद्ध की मुद्रा में हाथ उठाकर मना कर दिया उन्होंने—इलाज की ज़रूरत किसे है और किसका इलाज कर रहे हैं हम! वे बुदबुदाये—बेरहम समय ने हर संवेदनशील व्यक्ति के भीतर एक चाक़ू घोंप दिया है, जब तक नहीं निकाला जाएगा इस चाक़ू को...कोई ट्रांक्विलाइजर, कोई ड्रग, कोई पिल्स कारगर नहीं होगी।

पर कैसे निकलेगा यह धँसा हुआ चाक़ू? पूछते रह जाते हैं जूनियर डॉ. अनिमेष।

आप ज़रूर जानना चाहेंगे कि इस कहानी के उत्तरार्द्ध में क्या हुआ। विशेष कुछ नहीं सिर्फ़ इतना कि युवती के प्रति बहुत नरम और करुण होने के चलते डॉ. सौमित्र की संवेदना के तार अनायास ही युवती की संवेदना के तारों से जुड़ते गये। कुछ इस क़दर की खुद उन्हें भी इल्म नहीं हुआ कि कब भ्रूण-रक्षा उनके जीवन का एकमात्र मिशन बन गया। घर-घर, क्लिनिक-क्लिनिक जा-जाकर उन्होंने भ्रूण-हत्या के विरुद्ध प्रचार किया। जगह-जगह पोस्टर लगवाये। और ऐसे में ही उन्होंने असम्भव को छू लिया। उन्होंने युवती को इस मिशन में शामिल कर लिया। यह वह समय था जब भारत में स्त्री भ्रूण का सफ़ाया इस सफ़ाई से हो रहा था कि नये दशक में स्त्री आबादी आधी से काफ़ी नीचे खिसक गयी थी और डॉ. सौमित्र इस आशंका से सिहर उठते थे कि बहुत सम्भव है भारतीय युवा को आनेवाले समय में वधू ही नसीब न हो। यही सोचते-सोचते वे अपने कर्म से इस क़दर एकाकार हुए कि उन्हें लगा जैसे ईश्वर ने उन्हें धरती पर इसी काम के लिए भेजा है। अपने भीतर वे लौकिक से अलौकिक हो उठे। युवती भी धीरे-धीरे सामान्यता की ओर लौटने लगी। मन्दिरों के बाहर युवती ने पोस्टर चिपकाये—एक भ्रूण हत्या का दंड अश्वत्थामा को कई जन्मों तक चुकाना पड़ा था। डॉ. सौमित्र के मेंटल हॉस्पिटल के मुख्य द्वार पर भी युवती ने बड़ा-सा पोस्टर चिपकाया जो इस प्रकार था—

उत्तम आचरण—यदि सहवास से बच पाना सम्भव नहीं हो तो गर्भ निरोधक का इस्तेमाल करें पर, किसी भी सूरत में भ्रूण हत्या न करें, क्योंकि धरती हो या औरत, यदि उसकी कोख से छेड़खानी की गयी तो परिणाम भयानक होगा।

बहुत शीघ्र डॉक्टर सौमित्र का भ्रूण रक्षा अभियान किसी पाखी की तरह ऊँची

उड़ान भरने लगा था और एक समय ऐसा भी आया कि उन्हें लगने लगा कि वे न केवल अधूरी मानवता की भरपाई कर सकते हैं वरन् इस दुनिया को भी फिर से बना सकते हैं। तभी एक मनहूस दोपहर उनकी ऊँची उड़ान पर वह बिजली गिरी के सारी ट्यूनिंग गड़बड़ा गयी। लय-ताल टूट गये।

स्वप्न और यथार्थ सब गड्डमड्ड।

गड़बड़ी किसी और के द्वारा नहीं, खुद उनकी पुत्रवधू द्वारा हुई जिसने उनके स्वप्नों पर गोबर पोत दिया। वह ताज़ा विवाहिता ही नहीं, ताज़ा गर्भवती भी थी। बस दो महीने का गर्भ...लेकिन इसी दो महीने और दो ग्राम के पिंड ने आकर सब गुड़-गोबर कर दिया। क्योंकि तीन महीने बाद ही युवती का यूरोप भ्रमण का कार्यक्रम था। पासपोर्ट-वीजा सब बनने के अन्तिम राउंड में थे कि बीच में ही यह मुसीबत। अब दिन-पर-दिन बढ़ते गर्भ और घटते सौन्दर्य के साथ यूरोप जैसे चकाचौंधवाले महादेश में भ्रमण? औपनिवेशिक मानसिकता में पली उस भारतीय वधू के लिए वह नामुमकिन था। और यूरोप यात्रा स्थगन? इस तृष्णा से कौन उठ सका है ऊपर? एक मटमैली शाम....उसने इस दो महीने और दो ग्राम के पिंड से मुक्ति पा ली।

यद्यपि इस घटना को भी डॉ. सौमित्र ने स्पोर्टिंग स्पिरिट से लिया। वे अक्सर इन दिनों कहीं का पढ़ा एक उद्धरण दोहराने लगे थे कि "कुछ स्वप्नों के मर जाने से जीवन नहीं मरा करता है," लेकिन फिर भी एक अन्तर आ गया था। एक साथ होने का वह महाभाव उड़न-छू हो गया था। बड़े स्वप्न से जुड़कर सामान्यता की ओर लौटती युवती बीच-बीच में जब कभी उन्मादित हो चीख़ पड़ती—मेरी बच्ची, मेरी बच्ची...तो डॉ. सौमित्र की नज़रों के सामने अनायास ही अपने अजन्मे पोते या पोती की शक्ल कौंध जाती। उनका अन्तर्मन भीग उठता, आँखें झिलमिला उठतीं। सबकुछ गड्डमड्ड हो जाता। वे समझ नहीं पाते कि वे कौन हैं—मनोचिकित्सक, रोगी या कोई कल्पना प्रसूत दादा। ऐसे में तीन एहसासों के बीच झूलते डॉ. सौमित्र जब सिर को तीन झटके देते, युवती उनकी डॉक्टर बन जाती। यद्यपि आँसू उसकी आँखों में भी ठिठक जाते पर वह रूमाल उनकी ओर बढ़ा देती।

अठारह साल का लड़का

उसने महसूसा, धरती भी उसकी छाती की तरह दरककर फट पड़ी है और इन फटती दरारों से वह सब रिस रहा है जो एक सभ्यता अपने वासियों को सौंपती है। वह सहमी कि एक दिन जब ये दरारें पूरी तरह फट पड़ेंगी और वे सारी मीनारें जिन्होंने थाम रखी हैं उम्मीदों की चादर, ध्वस्त हो दफ़न हो जाएँगी इन दरारों में, तो कैसा होगा वह दिन?

इसी तरह खंडहर हुए होंगे मोहनजोदड़ो, हड़प्पा और मिस्र के महल...।

जादू की तरह लुप्त हुई होगी एक भरी-पूरी दुनिया। मोहनबागान लेन का मकान नम्बर एक सौ तीन भी तो ध्वस्त हो रहा है। बढ़ रहा है मौत की ओर, आहिस्ता-आहिस्ता।

हवा में उड़ते सूखे पत्तों से उड़ रहे हैं विचारों के परिन्दे। कभी इस डाल तो कभी उस डाल।

भीतर फिर हूक उठी, जब से गया है राहुल, आवाज़ें मर गयी हैं। सीलन और अँधेरे चमकने लगे हैं। सन्नाटा बोलने लगा है। नहीं, ऐसे जीने की आदत नहीं है उसे, पर जीना पड़ रहा है। खुद अविनाश भी तो जी रहे हैं ऐसे, जैसे धरती की छाती पर पड़ा हुआ कोई माटी का ढेला।

एकाएक ख़याल आया उसे, अविनाश के कमरे में गये काफ़ी देर हो गयी है। हिश, क्या होता जा रहा है उसे भी, दिनभर क्या आँय-बाँय सोचती रहती है वह भी! जाने कितनी चट्टानें दबी पड़ी हैं भीतर। एक हटती नहीं कि निकल आती है दूसरी। पर उसे अपनी चट्टानों पर नहीं, अविनाश पर ध्यान देना है। कहीं उसका डिप्रेशन और न बढ़ जाय। ख़याल आया, आज खाना भी ढंग से नहीं खाया था अविनाश ने। क्या करे वह भी? जब से गया है राहुल, चीज़ें अपना स्वाद खोती जा रही हैं। अब न हर टमाटर खट्टा लगता है और न पपीता मीठा।

कमरे में घुसी तो कसक गया मन। तकिये ज़मीन पर गिरे हुए थे, शायद हाथ-पैर पटकते हुए ज़मीन पर गिरा दिये गये थे। पानी का गिलास एक ओर लुढ़का हुआ

था। पंखा बन्द था। बन्द पंखे के साथ घर में लेटे थे अविनाश। पसीने से लथपथ बनियान पूरी तरह भीगी हुई। सॉरी अविनाश, साड़ी पहनते वक़्त पंखा जो बन्द किया, फिर चलाना ही भूल गयी, पर तुम भी अजीब हो! आवाज़ देकर क्या बुला नहीं सकते थे? क्यों टॉर्चर करते हो इस तरह ख़ुद को? आँख ही तो गयी है, आवाज़ तो सही सलामत है।

अविनाश ख़ामोश।

नज़र उस पर फेंकी तो दुबारा मर गया मन। आँखें मूँदे पड़े थे वे, शव की तरह निस्पन्द, मौन। जबसे गयी हैं आँखें, पलकें मूँदे ही पड़े रहते हैं वे। कुछ कहा तो वही रटा-रटाया जवाब कि—अब इन आँखों का क्या खुलना और क्या बन्द रखना। पर जाने क्या है कि बन्द आँखें भयंकर ऊब और अवसाद पैदा करती हैं, जैसे बन्द हो गयी हो उम्मीद की कोई आख़िरी खिड़की भी।

फटाफट पंखा चलाया और अपनी साड़ी के आँचल से उसके ललाट का पसीना पोंछते हुए कहा उसने—"सुनो, उठकर बैठो थोड़ा, चलो, आज का अख़बार ही सुन लो।" कितना चाहती है सुनयना कि फिर सामान्य हो जाय ज़िन्दगी। जीवन की ओर दुबारा लौटे अविनाश। घर, घर सा लगे। पर यह तो तब हो जब उदास-मौसम के ख़िलाफ़ मोर्चा ले अविनाश। पहले तो कभी-कभार हँस-बोल भी लेते थे, पर राहुल क्या गया पाँखुड़ी-पाँखुड़ी बिखर गये हैं। दिलचस्पियाँ ख़त्म हैं। 'कुछ फ़र्क़ नहीं पड़ता' हर वक़्त का मुहावरा है। ख़याल आया, आज अपने केशों को रीठा-आँवला से धोया था। एक समय था जब उसकी महक से ही महक उठते थे अविनाश। पर अब वह अपने केशों को रीठा-आँवला से धोये या लाइफ़बॉय से, उनकी बला से। हिश, यह 'कुछ फ़र्क़ नहीं पड़ता' कितना फ़र्क़ कर गया ज़िन्दगी में!

निर्जन द्वीप में उगे नारियल के दो पेड़-सी इस ज़िन्दगी में परिन्दों की चहचहाहट भरने की चेष्टा करती है वह, "उठो, उठकर बैठो थोड़ी देर। बहुत सो लिये। घर में टी.वी. है, रेडियो है, सुना करो। यों आँखें मूँदे पड़े रहते हो। खुद दुःखी रहते हो, मुझे भी..." बोलते-बोलते फिर गोला-सा अटक गया भीतर।

"कितना बजा है?"

"आठ बजे हैं।"

"तो इसका मतलब वहाँ इंडियाना (अमरीका के उत्तर-पूर्व में बसा एक शहर) में अभी शाम के सात बज रहे होंगे। क्यों यही तो बताया था न राहुल ने कि यहाँ के समय को उल्टा घुमाकर एक घंटा घटा देने से ही हुआ।"

"ओफ़ हर वक़्त तुम उसी के लिए क्यों सोचते हो?"

"तो क्या सोचूँ?" नहीं चाहते हुए भी झल्ला पड़ी सुनयना।

"सोचो, अपने जीवन के बारे में। कला और साहित्य के बारे में। सत्य और

सौन्दर्य के बारे में। देश और समाज के बारे में। मिल्टन ने तो नेत्रहीन होने के बाद लिखा था—पैराडाइज लॉस्ट। ज़िन्दगी का बोझ जब ज़िन्दगी के सहारे नहीं सँभले तो काव्य, साहित्य या अध्यात्म की शरण में चले जाना चाहिए।''

''मिल्टन को उसका जवान बेटा यों सिसकता छोड़कर नहीं चला गया था।''

बेटे पर आकर अटकी बात से चिहुँक उठी सुनयना। कहीं से भी शुरू करो घूम-फिरकर बेटे पर आकर ही ख़त्म होती है कोई भी बात। कितनी जल्दी कितना कुछ अनकहा जमा हो जाता है भीतर जो कील की तरह गड़ता रहता है अविनाश की छाती पर।

सिरहाने बैठे अविनाश के सिर के नीचे एक ओर खिसक गये तकिये को ठीक किया उसने। दवाइयों की शीशियों को करीने से सजाया। चादर की सिलवटें ठीक कीं। दो दुख धीरे-धीरे एक होने लगे। खुले बालों का हाथ से जूड़ा बनाते हुए अपने भीतर फिर बहने लगी वह—''वह भी क्या करता? वह गिरी हुई इनसानियत का नमूना नहीं था, पर पूरी तरह आस्थाहीन हो चुका था। यह सत्य उसकी आत्मा में जड़ जमा चुका था कि इस देश में अब उसका कोई भविष्य नहीं है।''

फिर शुरू हो गया वह रुका हुआ सिलसिला। पीछे छूटी ज़िन्दगी में लौटना। बीती आवाज़ों को फिर-फिर सुनना।

सपने में भी कहाँ सोचा था उसने कि टॉबी, रवि, अजय, विकास आदि से शुरू हुआ सिलसिला, राहुल पर जाकर ख़त्म होगा। कि जी भर जिसको देख भी न पायी वही उसके जी को भारी कर, उसके मातृत्व को घायल कर, अन्धे पिता को और अधिक अन्धा कर चल देगा।

यू टू ब्रूट्स?

आँखें अविश्वास से फट पड़ी थीं। पढ़ रही थी उसके चेहरे पर लिखी महीन से महीन इबारत। सूक्ष्म-से-सूक्ष्म भावों को।

—बेटा, जिसने काया दी, क़ाबिलियत दी, स्वप्न दिये, उसे ही छोड़ चले तुम? वह भी तब जब तुम्हारी सबसे ज़्यादा ज़रूरत है। जानते हो बेटा, तुम्हारे जन्म के बाद हमें सालभर लग गया था उन मन्नतों को पूरा करने में जिन्हें बोल रखा था तुम्हारी दादी ने। शादी के बारह वर्षों बाद हुए तुम। हमें तुम्हारे बिना रहने की आदत नहीं। तुम चले गये तो सुख कभी इस घर में झाँकेगा नहीं। हवाएँ फिर कभी इधर रुख़ नहीं करेंगी। आवाज़ें कभी वापस नहीं लौटेंगी। इनकी आँखें गयीं तो हमने यही सोचकर तसल्ली कर ली थी कि हम तीनों मिलकर बाँट लेंगे जीवन का यह अँधेरा।

क्या-क्या नहीं कहा उसने, पर वह सफलता का जच्चा-बच्चा, अन्त तक

अकम्प और अविचल था। जाते वक़्त भी यों समझा रहा था उसे, जैसे सत्य को निचोड़कर धर लिया हो पॉकेट में। 'अम्मा, पापा की आँखों का क्या मुझे ग़म नहीं? फेस विद ग्रेस। यहाँ रहकर भी क्या कर लूँगा मैं? पापा की आँखें तो बन नहीं जाऊँगा।'

—क्यों नहीं? तुम चाहो तो सब कुछ बन सकते हो। तुम हमारा सुख बन सकते हो। ज़िन्दगी के आँसू पोंछनेवाले हाथ बन सकते हो। हमारी शान्ति और सुकून बन सकते हो।

जाने क्या बीता उसपर कि एकदम रुआँसा होकर अपनी खोली से बाहर निकल आया था वह—मैं क्या करूँ अम्मा, मैं जब भी इस देश में अपने भविष्य को देखता हूँ, मुझे गड्ढे और अँधेरी घाटियाँ ही दिखलाई पड़ती हैं। यहाँ मुझे किसी भी ढंग के कॉलेज में नहीं मिलने का दाख़िला। यहाँ दिखाने को हाई-कट-ऑफ मार्क्स लेकिन पीछे के दरवाज़े से हाई डोनेशन, लाख-लाख रुपयों में बिक रही है एक-एक सीट। क्या करूँ मैं? एक यह हमारा देश है जहाँ ठोकरों पर हैं हम और एक वह देश है जो सौ प्रतिशत स्कॉलरशिप देकर सम्मान और स्वाभिमान के साथ बुला रहा है हमें, फिर भी तुम कहती हो कि बँधे रहो, इसी देश से भैंस की तरह।

बाप रे! वह जैसे बेटे को नहीं, बेटे के अवतार को देख रही थी जो आईसबर्ग की तरह बाहर कम भीतर ज़्यादा था। समझ गयी अब उड़ने को पंख पसार चुका है परिन्दा, अब ठहरने का नहीं, फिर भी उम्मीद के विरुद्ध उम्मीद करते हुए कहा उसने, "बेटा, अच्छा बुरा-जैसा भी है, अपना देश है। इसे छोड़ा तो नहीं जाया जा सकता है। हाँ, यदि देश तुम्हारी प्रतिभा के लिए छोटा पड़ता या ज्ञान की खोज या सत्य की उपलब्धि के लिए तुम छोड़ते वतन तो दूसरी बात थी। तुम्हें यहाँ गड्ढे और घाटियाँ इसलिए दिखलाई पड़ती हैं क्योंकि तुम्हारे स्वप्न बहुत छोटे हैं, महज़ जीविका..."

"कहाँ खो गयी तुम?"

समझ गये अविनाश, किस ईंधन में जल रही है वह। लाख अभिनय करे सुनयना अनासक्त दिखने का, पर बर्फ़ की सिल्ली की तरह पड़ा रहता है बेटा छाती पर हर पल, इधर छुआया नहीं कि टपकने लगता है आँखों से टप-टप।

उदासी के इस मानसून पर छतरी की तरह तनना चाहते हैं अविनाश। कोई ख़ास ख़बर है क्या? तुम अख़बार सुनाने के लिए कह रही थीं, पर इस बीच उदासी उसे भी संक्रमित कर चुकी थी। भीतर की चिड़िया फिर अधमरी हो गयी। मन मरोड़े खाने लगा। कभी यही घर कितना दोस्ताना था, शोर और आवाज़ों से भरपूर। सेमल के फूल-सी कैसी उड़ती रहती थी ज़िन्दगी ठौर-ठौर में। वही ज़िन्दगी, कैसे दुबककर बैठ गयी है आज किसी कोने में।

बोलने के लिए भी आत्मबल जुटाना पड़ा उसे। टूथपेस्ट की तरह रुक-रुककर

निकले शब्द। ''पूरा तो कहाँ पढ़ा था, बस सरसरी नज़र फेर रही थी कि एक ख़बर ने मार डाला। आई.आई.टी., कानपुर के चौथे वर्ष के एक इंजीनियरिंग कॉलेज के एक लड़के ने आत्महत्या कर ली।''

बोलते-बोलते फिर शंकित हो गयी सुनयना। कहीं अविनाश इसके तार भी राहुल से न जोड़ लें। हवा और पानी की तरह जिस तरह हर जगह फैला रहता है आजकल राहुल। हर सोच में, संवाद में। रोने में, हँसने में, कि राहुल तो क्या उसकी पीढ़ी तक पर बात करने से घबराती है वह।

''क्या? आई.आई.टी. का लड़का? ठीक से पढ़ो!''

''हाँ, ठीक से ही पढ़ा है। साफ़ लिखा है, आई.आई.टी. कानपुर।''

उचककर बैठ गये अविनाश। गाल पर हथेली टिकाये सोचते रहे, फिर पूछा—''कारण क्या लिखा है, एक-एक अक्षर पढ़कर सुनाओ, मुझे विश्वास नहीं होता।''

बिस्तर पर बिस्कुट और भुजिया के कण बिखरे हुए थे। उन्हें झाड़ते हुए कहा सुनयना ने—''विशेष तो कुछ नहीं, बस इतना भर लिखा है कि एक ही विषय में लगातार तीसरी बार रोक दिये जाने के कारण गहन हताशा में उठाया उसने यह क़दम।'' सिर्फ़ इस कारण? हे भगवान! ज़िन्दगी भी जैसे एक युद्ध हो गयी, ज़रा-सा पिछड़े नहीं कि गये काम से। इतना दबाव पढ़ाई का कि किताब, करियर और अंकों के प्रतिशत के अलावा कोई रोशनदान नहीं बचा ज़िन्दगी में। ऐसी एक टाँग पर खड़ी ज़िन्दगी को कितना वक़्त लगता है ढहने में? खिड़की से ऑक्सीजन आना बन्द हुआ कि ख़त्म हुई ज़िन्दगी। कई बार सोचता हूँ, क्या बुरा किया राहुल ने जो चला गया वहाँ, यहाँ क़द्र नहीं इनसानों की। अब हम राहुल को लेकर उदास नहीं होंगे, एकदम नहीं।

....और वे हँस दिये....एक ऐसी हँसी जो अपनी आख़िरी लहर में एक गहन उदासी में तब्दील हो गयी थी।

फिर तन गयी यादों की चादर।

रात लुढ़की नहीं कि सिरहाने आ खड़ा होता है राहुल। तस्वीर में कितना कमज़ोर नज़र आ रहा था वह, अब कमज़ोरी का भी क्या दोष यहाँ के मसालेदार और लज़ीज़ खाने की अभ्यस्त जीभ कितना सलाद, ब्रेड और केक खा पाएगी? पर नहीं, अब उसे राहुल के लिए नहीं, अविनाश के लिए सोचना है।

राहुल को खदेड़ा मन की चौखट से।

अब तुम...बस तुम...अविनाश।

छन...छन...छनाक? छनाक?

"यह कैसी आवाज़ है सु...?"

"कुछ नहीं, कुसुम दी की बिल्लियाँ हैं। जँगले से भीतर कूदीं तो डिब्बा गिर गया, उसी की आवाज़ है।"

"कुसुम दी की बिल्लियाँ? उनके यहाँ कब से होने लगी बिल्लियाँ?" उस मनःस्थिति में भी हँसी आ गयी अविनाश को।

"जब से गया है रवि, कुसुम दी ने बिल्लियाँ पाल रखी हैं। सारी ममता उड़ेल देती हैं इन्हीं बिल्लियों पर। दिनभर भागती रहती हैं उनके पीछे। इसी प्रकार भर रही हैं अपने ख़ालीपन को।"

"तुम भी पाल लो कुछ बिल्लियाँ।"

प्यार से निहारती है वह अविनाश को। उसके कन्धे पर हाथ रख लाड़ लड़ाती कहती है वह, "मुझे क्या ज़रूरत है बिल्लियाँ पालने की....तुम हो न इतने बड़े बिल्ले..." और तभी निगाह पड़ती है क़रीने से सजाई गयी दवाई की शीशियों पर। एकाएक ब्लडप्रेशर बढ़ गया था आँखों का, इसी कारण हुआ यह हादसा। घड़ी देखी। नौ बजकर तैंतीस मिनट...हे भगवान! आठ बजे का समय था दवाई डालने का। घबराते हुए पूछा उसने, "दवाई डाल ली प्रेशर वाली?"

"नहीं, समझ में नहीं आयी कौन-सी शीशी है? दोनों ही शीशियाँ तो पास-पास धर दी थीं तुमने। कितनी बार तो कहा, एक दायें करवट रखो, दूसरी बायें करवट, एकदम एक सी बनावट...समझता कैसे?"

"क्या?" जैसे तेज़ करंट ने सिर से पाँव तक सनसना दिया हो। इतनी ज़रूरी दवाई में भी चूक गयी वह, हे भगवान...कैसे हुई यह भूल? इसी प्रकार होती रही चूक तो आ चुकी अविनाश के आँखों की रोशनी वापस!

"तो माँग लेते। आवाज़ दे देते तो कौन छोटे बाप के हो जाते? क्या होता जा रहा है तुम्हें भी? अपने ही अहं की क़ैद में धँसते जा रहे हो। पहले तो ऐसे नहीं थे तुम, जब से गया है राहुल तुम भी..."

बोलते-बोलते कँपकँपा गयी आवाज़।

राहुल था तो ऐसी चूक कभी नहीं होती थी। हो ही नहीं सकती थी। बड़ा चाक-चौबन्द था वह। पूरी शाम अविनाश को राहुल के हवाले कर बाज़ार करने निकल जाती थी वह।

इस ठंडे पड़ते घर का अन्तिम गरम सुख था वह। भीतर फिर हूक उठी। काश! इस भूमंडल पर अमेरिका नहीं होता तो संसार इतना बदसूरत नहीं होता। हमारी उम्मीदों पर यों रेगिस्तानी अन्धड़ नहीं चलते। यों चमगादड़ की तरह नहीं छटपटाते

हमारे प्राण। अपने लाड़लों के लिए ख़ून के आँसू नहीं रोते हम।

क्या है कोई लेखा-जोखा पल-पल की इस पीड़ा का?

इतिहास की बड़ी-बड़ी धाराओं के बीच क्या मिलेगी कोई जगह इन छोटी-छोटी लहरों को भी?

बीता वक़्त फिर चलने लगा। हौले-हौले। समय के खोल में दुबकीं स्मृतियाँ जादूगर के रिबन की तरह निकलने लगीं। सर्र-सर्र।

"अम्मा, तुमने मुझे नहीं अपने सपनों को दाना दिया है।"

"हर इंसान अपने सपनों के लिए ही जीता है, बेटा। हमने यदि अपने सपनों को दाना दिया भी तो क्या बुरा किया इसमें! पुत्र जन्म के साथ ही उगने लगते हैं सपने। फैलने लगती हैं उम्मीदों की टहनियाँ। पिता अपना सारा अधूरापन अपने पुत्र को ही सौंपता है बेटा, अधूरे स्वप्न, अधूरे कार्य, अधूरी उम्मीदें...सब कुछ। जानते हो बेटा, जिस प्राचीन संस्कृति के वारिस हो तुम, उसमें तीन ऋणों का उल्लेख है। हर सन्तान को चुकाने पड़ते हैं ये तीन ऋण—मातृऋण, देवऋण और ऋषि ऋण। बिना अदा किये इन्हें, सन्तान की मुक्ति सम्भव नहीं। भले ही सफलता का एवरेस्ट ही क्यों न छू ले वह। ऋण चुकाने के ये संस्कार जीवन से जोड़कर रखते हैं आदमी को। इसी उम्र में व्यक्ति परिवार, पुरखों, प्रकृति...यहाँ तक कि पूरी सृष्टि के साथ जुड़ता जाता है। विदेश में रहते हुए कैसे चुकाओगे तुम धरती के इन ऋणों को?"

"टू हेल विद..." शान्ति रस में पगा चेहरा एकाएक कैसा बन चुका था।

"अम्मा, ख़ुद यह देश क़र्ज़ में लिपटा हुआ, इसका हर नागरिक क़र्ज़ में डूबा हुआ। ख़ुद क़र्ज़दार...किसी का ऋण क्या चुकाएगा वह?"

"ऋण तो ऋणी ही चुकाता है, बेटा। फिर यह भी तो सोचो कि अँधेरा कहाँ है और रोशनी कहाँ फेंक रहे हो तुम? दुनिया इसीलिए आज इतनी उदास है कि हर व्यक्ति ग़लत जगह पर खड़ा है। यहाँ रहोगे तो अपनी रोशनी से शायद दूसरों को भी रोशन कर सको, वहाँ तो जुगनू की तरह अपने प्रकाश में ख़ुद ही दिखोगे। दीप बनो बेटा, जुगनू नहीं।"

"कूल अम्मा, कूल। ये पुराने ज़माने के सिक्के हैं। अब नहीं चलते ये आउटडेटेड सेंटीमेंट्स। देश नहीं अवसर है, यही है आज का फंडा। आज पूरी दुनिया एक केसिनो हो गयी है, इसलिए जैसे ही हाथ लगे अवसर बाज़ की तरह झपट पड़ना चाहिए उस पर। अब क्या तो घर और क्या विदेश। जहाँ निभ जाय ज़िन्दगी, वहीं घर। यहाँ रहूँगा तो वाट लग जाएगी।"

बाप रे! आँखें चौड़ी हो गयीं सुनयना की। उस क्षण की लपट में जाने कितने जीवन मर गये थे उसके भीतर। सालों का बना-बनाया कैसे एकाएक बिगड़ गया था! ज़िन्दगी की भोर बेला में ही किसने भरा—ज़िन्दगी का इतना डर! इतना धुआँ! इतना

अँधेरा! इतनी चालाकी! अठारह साल के इस अदना से छोकरे के भीतर?

पत्तों की तरह झर-झर झरते सुख को हथेलियों से थामने की चेष्टा की उसने, फिर एक बार।

''बेटा, ईश्वर ने जहाँ चिड़िया बनायी वहाँ चुग्गा भी डाला। इतने निराश क्यों होते हो? सफलता तो सिर्फ़ एक संयोग है। जीवन उससे ऊपर की चीज़ है। संघर्ष तो तुम्हें वहाँ भी करना पड़ेगा, पर देखना यह चाहिए कि यह संघर्ष उत्तम की प्राप्ति के लिए हो। यदि तुम्हारा संघर्ष भी सिर्फ़ रोटी के लिए ही है तो जान लो कि तुममें और जानवर में सिर्फ़ दो टाँगों का अन्तर है। जीवन में कुछ अर्थ और सौन्दर्य भी होना चाहिए। इस धरती पर अब भी बचे हैं ऐसे बीज जो समझते हैं इसे। बिस्मिल्ला खाँ को ही लो। अमेरिका की एक नामी-गिरामी कम्पनी ने उन्हें मुँहमाँगे ऑफ़र दिये कि वे अमेरिका जाकर बस जाएँ। कम्पनी ने यहाँ तक कहा कि आप अपने सारे कुटुम्ब को लेकर पहुँच जाएँ। हम आपके लिए बनारस जैसा माहौल खड़ा कर देंगे। जानते हो बिस्मिल्ला खाँ ने क्या जवाब दिया? उस एक जवाब ने इस देश को ऋणी बना दिया उनका। उन्होंने कहा कि अमेरिका में आप बनारस तो बसा देंगे पर वहाँ गंगा कहाँ से लाएँगे?''

''बिस्मिल्ला ख़ाँ को तो तुमने ख़ूब याद रखा अम्मा, पर यह भूल गयीं कि जब बिल गेट्स भारत आया था तो कैसे उसके लिए लाल कालीन बिछा दिये गये थे और कैसे हमारा सारा मन्त्रिमंडल और ब्यूरोक्रेट्स उनके पीछे-पीछे छैंया-छैंया की तरह नाचे थे और कैसे जार्ज बुश के सातों कुत्तों तक के लिए पाँच सितारा होटल के सात अलग-अलग आलीशान कमरे बुक करवाए गये थे और सारे देश के सामने कैसे उसके कुत्ते ने महात्मा गाँधी की समाधि के सामने मूता था। अम्मा, जान लो, यह आम आदमियों का देश नहीं रहा।''

सोते-जागते, उठते-बैठते रहते हैं यादों के पंछी। कभी पकड़ में आते हैं तो कभी हाथ आते-आते फुर्र। दिन भर जैसे एक ही काम रहा है सुनयना का, उन्हें देखना, अनजाने दाना-देना और जानते उड़ा देना। पर जाने कैसे ढीठ हैं ये पंछी कि ज़रा भी बेख़बर हुई नहीं वह, कि फिर-फिर आ बैठते हैं वे उसके मन की मुँडेर पर।

टॉबी, अजय, रवि, विवेक और विकास...सब झलक दिखा-दिखाकर उड़ गये पेप्सी-कोला के देश में। आसमान में उड़ते परिन्दों को जब-जब देखती है वह, एक पुकार छूने लगती है उसके होठों को—लौट आओ, लौट आओ अपनी धरती और मुँडेर पर। दाने यहाँ भी हैं पर न जाने किन अप्राप्य दानों की खोज में निकल पड़े तुम सब, अनजान आसमानों पर और लिख गये इन ढहते खंडहरों पर, इस शताब्दी की सबसे उदास कविताएँ।

पहली शुरुआत हुई थी टॉबी से। जाने कहाँ से उड़ता हुआ आया था काग़ज़

का एक टुकड़ा और डाल गया था पानी गीतादी और मलयदा के स्वप्नों पर। गर्म रेत पर पड़ी मछली-सी छटपटायी थीं तब गीतादी। चमगादड़ की तरह फड़फड़ाये थे मलयदा के स्वप्न। बड़ा बेटा पहले ही दग़ा दे गया था। ज़िन्दगी की तेज़ रफ़्तार में पीछे छूट जाने के ग़म ने उन्हें सीजोफ्रेनिक बना दिया था। छोटा टॉबी जो इकलौता उजाला था, जिस पर टिकी थी उम्मीदों की आख़िरी निगाह, वह भी स्वप्न देखती आँखों में रेत डाल उड़ गया था न्यूजर्सी। दूर...बहुत दूर।

ऐसा क्या मिल जाता है वहाँ कि बुढ़ाते माँ-बाप, विक्षिप्त भाई...कुछ भी बाँध नहीं पाता इन्हें? एक छलाँग में ज़िन्दगी को मापने की चाहत? सफलता का नशा?

टॉबी को समझाना चाहा था उसने। पर एक नहीं कई-कई इन्द्रधनुष उग आये थे टॉबी के भीतर—"आई.बी.एम. आंटी आई.बी.एम.। इट्स माई ड्रीम कम्पनी। मेरी ही नहीं सभी इंजीनियरों की ड्रीम कम्पनी है यह आंटी। मैं बेहद ख़ुशनसीब हूँ कि मुझे यह चांस मिल गया। सोचिए आंटी, महीने का साढ़े चार लाख। इट्स माई लॉंग अवेटेड ड्रीम आंटी। यूरेका, यूरेका।"

विचारों की एक भरपूर नदी बहती जा रही है भीतर। अमेरिका नहीं हुआ, ड्रीमलैंड हो गया! लेकिन बॉस, अमेरिकन कम्पनी। काश! माँ-बाप भी अमेरिकन हो जाएँ। हिश! वे आँखें ही मर चुकीं जिन आँखों के क्षितिज में झिलमिलाया करते थे धरती को सुन्दर बनाने के स्वप्न। सत्य, सौन्दर्य और प्रेम के स्वप्न।

व्यंग्य से होंठ टेढ़े हो गये थे उसके—तो यह है देश की सबसे प्रतिभाशाली पीढ़ी जो कहीं भी उग सकती है, किसी भी धरती को पकड़ सकती है। नहीं, यह वटवृक्षों की पीढ़ी नहीं जिसका रिश्ता धरती से, अपनी माटी से होता था। यह उन मनीप्लांटों की पीढ़ी है जो किसी भी अँधेरे में पनप सकती है। बेकार है इनसे कुछ भी उम्मीद करना, जो ख़ुद अँधेरे में पनपेगा...किसी को उजाला क्या दे सकेगा?

ख़ाली-ख़ाली आँखों से देखती रही थी वे टॉबी के भरे-भरे आसमानी चेहरे को। वहाँ स्वप्नों के जाने कितने सितारे जगमगा रहे थे साथ-साथ।

जाते वक़्त भी मिलने आया था, तब नहीं चाहते हुए भी उसके मुँह से निकल गया था—"नहीं टॉबी, मैं तुम्हें बधाई नहीं दे पाऊँगी। मुझे दुःख है यह जानकर कि उस सत्ता और व्यवस्था जिसने सारी दुनिया के मानवीय मूल्यों को विकृत कर बौना कर दिया है उसी को अपनी सर्वश्रेष्ठ सेवाएँ देने जा रहे हो तुम। और वह भी तब जब ख़ुद अपने घर और देश को तुम्हारी सर्वाधिक ज़रूरत है। तुम तो कहा करते थे कि सोलर एनर्जी पर रिसर्च करूँगा। क्योंकि देश में बहुत कमी है ऊर्जा की। क्या हुए तुम्हारे वे स्वप्न। यहाँ रहते तो घर की रीढ़ की हड्डी बन सकते थे, अपने बड़े भाई डब्बू को उसकी स्मृति, उसके स्वप्न, उसकी चेतना, उसका जीवन सब कुछ लौटा सकते थे। क्या आई.बी.एम. तुम्हें उससे अधिक दे देगा, जितना खोकर जा रहे तुम

वहाँ?''

पर टॉबी था कहाँ जो सुनता। वह तो खुल जा सिमसिम के रहस्य-रोमांच और उत्तेजना के अतिरेक में तिर-तिर तैर रहा था। महुआ की तरह चढ़े सफलता के नशे को सह नहीं पा रहा था वह। सफलता के नशे में हाँफने लगा था वह। हाँफते-हाँफते कहने लगा था—''कम ऑन आंटी। बस पाँच वर्ष। पाँच वर्ष में ही इतना कमा लूँगा कि ज़िन्दगी भर ऐश कर सकूँ।'' कहते-कहते एक गर्वभरी नज़र उसने अपनी ही शर्ट पर डाली। पीले रंग की टी-शर्ट जिस पर काले अक्षरों से लिखा चमक रहा था, उसके चेहरे की ही तरह—आई बिलांग टू अ फैमिली ऑफ थॉट लीडर्स। आई बिलांग टू आई.बी.एम.।

वे पाँच वर्ष रबर की तरह खिंचते-खिंचते पन्द्रह वर्ष तक खिंच गये। पर उस चट्टान से फिर नहीं फूटी कोई गंगा। साईबेरियन पक्षी की तरह वह कभी दो साल तो कभी तीन साल में आता एक बार, और किसी विशेष मौसम में कुछ दिन बिता गीतादी के सपनों में फूँक मार फिर लौट जाता अपनी ड्रीम कम्पनी में। बाद के वर्षों में तो वहाँ का ग्रीन कार्ड हासिल करना ही सबसे बड़ा स्वप्न बन गया था उसका जिसके चक्कर में वह तब भी समय पर नहीं पहुँच पाया था जब मलयदा बिस्तर से लग गये थे।

इस महीने, उस महीने करते-करते छह महीने खिसक गये थे। इन्तज़ार करते-करते मलयदा और गीतादी की आँखें बाहर निकल आयी थीं। फिर एक दिन वह पहुँचा पर तब, जब सब शून्य हो चुका था। उम्मीदों के सारे गुलमोहर जल चुके थे। चेतना के पार जा चुके थे मलयदा। छटपटाते प्राण बस शेष थे, शेष सब निशेष हो चुका था—प्रतीक्षा, शब्द, जीवन के अर्थ, सन्दर्भ, स्मृति, रिश्ते...सब।

मलयदा के शव से लिपट-लिपट कर अपने दरकते प्राणों के अंश के साथ ज़ार-ज़ार रोया था टॉबी। एक नीले अवसाद में लिपटे उसके चेहरे को देखकर जाने क्यों लगा था कि अब दरक गया है पर्वत... कि अब वह लौटकर कभी नहीं जाएगा। पर सुना, बारह दिन के भीतर ही उसने अपनी टिकट कटवायी थी। छुट्टियाँ शेष हो गयी थीं।

जाते वक़्त भी मिलने आया था वह सुनयना से।

ग़ज़ब। शरीर तिगुना फैल गया था, पर चेहरा सिकुड़ा हुआ था। ''वापस लौट आओ। क्या जीवन का कोई दूसरा नुस्खा नहीं तुम्हारे पास?'' नहीं चाहते हुए भी सुनयना के मुँह से निकल ही गया था।

''आंटी टहनी से टूटे पत्ते को कभी देखा है आपने? ताउम्र वे हवा में ही तैरते रहते हैं, फिर कोई डाल नसीब नहीं होती उन्हें।''

नहीं चाहते हुए भी घुमड़ती पीड़ा की गाँठ-गठरी खुल ही गयी थी। शायद

काफ़ी कुछ अमेरिका से सोख चुका था वह अपने भीतर।

"मैं तो सोचती थी, कि तुम वहाँ बहुत ख़ुश हो।"

"काश ऐसा होता, पर सत्य यह है आंटी कि कोई भी शाम ऐसी नहीं गुज़रती जब डूबते सूरज के साथ बोतल नहीं खुलती हो मेरी, मुझे घर का बिस्तर याद न आता हो और मेरा मन नहीं डूब जाता हो।"

"पर क्यों?"

"क्योंकि, देअर इज नथिंग टू लुक फोरवर्ड। वहाँ आगे देखने को कुछ भी नहीं है। ऐसा कुछ भी नहीं इर्द-गिर्द जो ज़िन्दगी को अर्थ दे, जिस पर आप गर्व कर सकें। कोई स्वप्न नहीं दिखाता यह बड़ा देश। शायद छोटी जगह और छोटे देश ही कुव्वत रखते हैं बड़ा स्वप्न दिखाने की। अब जाकर समझ गया इस हक़ीक़त को...कि आंटी वहाँ के सुख से कहीं अच्छे हैं यहाँ के दुख क्योंकि वे सच्चे हैं।" बोलते-बोलते उसका गला भर्रा गया था।

ध्यान से देखती रही सुनयना उसके चेहरे को। चेष्टा करने लगी उस इबारत को पढ़ने की जिसे ज़िन्दगी ने लिख डाला था उसके चेहरे के काग़ज़ पर।

"तो वापस क्यों नहीं आ जाते, अभी क्या तो उम्र है तुम्हारी लगभग तैंतीस वर्ष।"

"नहीं आंटी, मैं नहीं चाहता कि लोग मुझे मेरे पराभव में देखें। जब गया था तो मेरे भीतर एक नहीं कई-कई उबलते-उफनते समन्दर थे, अब भीतर बालू है, सिर्फ़ बालू।"

पुरानी जमी काई की तरह कितना कुछ जमा था उसके भीतर परत-दर-परत। कुछ पलों की ख़ामोशी के बाद फिर टटोला सुनयना ने उसे—

"तो क्या तुम अब कभी नहीं लौटोगे वापस?" आँखों में उम्मीदों के जाने कितने चिराग़ रोशन हुए और बुझ भी गये। टकटकी लगाये देखती रही वह टॉबी के चेहरे के आते-जाते रंगों को। लगा जैसे कोई आँधी गुज़र रही थी उसके भीतर। एक दीर्घ निःश्वास ली उसने और कुछ पलों के सन्नाटे के बाद यों खुला सामने जैसे आहिस्ता-आहिस्ता खुलता है कोई ईश्वर के सामने, "लौटूँगा तो ज़रूर आंटी, पर शायद तब तक ज़िन्दगी की शाम मुझे उदास और सूना कर देगी, तब, जब मेरे काँपते बूढ़े हाथ मेरी गाड़ी के स्टियरिंग को सँभाल नहीं पाएँगे और सहायता की तलाश में घूमी हुई मेरी गर्दन उठेगी पर आसपास कोई भी ऐसा हाथ नहीं होगा। जो पोंछ सके ज़िन्दगी के आँसू। या शायद तब, जब अपने पोते को मैं इस देश का सहस्राब्दियों पुराना इतिहास—इतिहास से निकलते मिथक, और मिथकों से निकले देवताओं के बारे में बताना चाहूँगा, जिससे वह इनसान और देवता दोनों के साथ-साथ रह सके, पर बता नहीं पाऊँगा। तब शायद वापस लौटूँ मैं, आंटी।"

और वह हँस दिया, एक निष्प्राण और उदास हँसी। जिसे झेल पाने में असमर्थ सुनयना ने ग़ौर से देखा टॉबी की आँखों में, पर वहाँ अटके थे कुछ आँसू जिन्हें लुढ़कने से बचाने के प्रयास में उसके होंठ काँप रहे थे, हल्के-हल्के।

एक गहरी उदासी ने उसको दबोच लिया था। आत्मा के ये कैसे अँधेरे हैं जिन्हें दूसरे उजालों के साथ शेयर नहीं किया जा सकता। क्या अँधेरे में रहते-रहते उजालों से ख़ौफ़ खाने लगता है इंसान?

"अच्छी आंटी चोली।" (चलूँ)

"ऐशो (फिर आना) पर क्या व्यवस्था की है गीतादी और डब्बू की?"

"डब्बू को मेंटल हॉस्पिटल में दाख़िला दिला दिया। और माँ की देखभाल के लिए एक आया रख दी है।"

फिर नहीं रुका वह। तेज़ी से घूम गया था। शायद उसे डर था कि फिर कुछ ऐसा वैसा न कह बैठे सुनयना। बाहर निकल बड़ी देर तक हाथ हिलाती रही सुनयना इस उम्मीद में कि शायद वह पलटकर देखे। याद आया कुछ दिनों पूर्व ही पढ़ा था उसने कि जगमगाते पेरिस को देखकर सिमोन दि बुआ कभी रो पड़ी थी क्योंकि वह बेहद ख़ूबसूरत था पर साथ ही निस्सार भी।

घुटी-घुटी सी, दबी-दबी सी आवाज़।

"क्या रो रहा है कोई?" भंग हुई समाधि। ख़यालों की दुनिया से बाहर लौटी वह।

"अविनाश! अविनाश! ठीक तो हो तुम?"

घुटी-घुटी आवाज़ में निःशब्द रो रहे थे अविनाश।

"क्या हुआ?"

"कितनी बार आवाज दी तुम्हें...कहाँ खोयी रहती हो तुम? मुझे बिस्तर में ही..." और सिसक पड़े वे।

और तभी महसूस हुआ उसे कमरे में हल्की-सी गन्ध भर गयी थी। पर वमन पीड़ा से ज़्यादा मकड़ी के जाले-सी लटकी अपनी ज़िन्दगी की विरूपता और अपनी चरम विवशता का सर्पदंश उसे टुकड़े-टुकड़े कर रहा था। अपनी लज्जा, त्रासदी और विकल्पहीनता में थर-थर काँप रहे थे वे।

"सु...सु...अब जीया नहीं जाता मुझसे। मुझे मुक्ति दिला दो सु...।" और वे सिसक पड़े।

अविनाश का मुँह धुलाया उसने। कपड़े बदले और फिर बच्चे की तरह ताक़त भरते हुए कहा सुनयना ने—"ऐसा नहीं कहते, भूल गये, जब मुझे बोन टी.बी. हुई थी तब यह तुम्हीं थे जो कहा करते थे, कि जीवन एक ऐसी टोकरी है जो कभी ख़ाली नहीं होती सम्भावनाओं से। यह तुम्हीं थे जिसने बचाकर रखा था मेरे को। आज क्या

होता जा रहा है तुम्हें? तुम तो ज़िन्दगी में ज़िन्दगी भरते थे।''

अविनाश के बदन पर पाउडर छिड़कते हुए उसने महसूसा, अविनाश लगातार कमज़ोर होते जा रहे हैं। गहरी सहानुभूति से भर गया मन। पुचकारते शब्दों में कहा उसने—''दरअसल ग़लती तुम्हारी नहीं मेरी ही है। जाने क्या होता जा रहा है मुझे भी, ख़ाली हुई नहीं कि कालचेतना, युगबोध, सभी से ऊपर उठकर उन दृश्यों को देखने लगती हूँ जो कहीं हैं ही नहीं। उन आवाज़ों को सुनने लगती हूँ जो अब कभी नहीं, कहीं नहीं सुनाई पड़ेंगी। दरअसल ख़ाली होते ही राहुल जकड़ लेता है मुझे... पर नहीं, अरे वो हमें रुलाकर चला गया, उसके लिए क्या रोना। मैं वादा करती हूँ अविनाश कि तुम शान्त हो जाओ। मैं तुम्हें तुम्हारी आँखें, तुम्हारा स्वास्थ्य, तुम्हारे स्वप्न... सब कुछ लौटा दूँगी, बस तुम इतना भर साथ देना कि अब फिर कभी राहुल की बात मुझसे मत करना। मत दिलाना कभी मुझे उसकी याद। कैसे तिलस्मी धागे से बँधी हैं उसकी स्मृतियाँ कि मैं देर तक उलझी रहती हूँ उन धागों में।''

''मंज़ूर। मैं वादा करता हूँ कि आज के बाद फिर कभी नहीं करूँगा मैं उसकी बात तुमसे। बस, इतना भर बता दो कि कल रात जब फ़ोन आया था उसका, जिसकी उत्तेजना में तुम बत्ती तक बन्द करना भूल गयी थी, तब क्या कहा था उसने?''

''कुछ नहीं टी.वी. सुनो, मुझे देर हो रही है...अभी तुमको सूप देना है।''

टाल गयी सुनयना। जानती है दुख होगा अविनाश को। कल रात जब उसने राहुल से कहा था कि अब, जब वह चला ही गया है इंडियाना तो यहाँ के बारे में सोचकर मन नहीं ख़राब करे, पढ़ाई में मन लगाए तब कितनी सहजता से कह दिया था उसने, अम्मा, यहाँ काम ही इतना रहता है कि घर और पापा के लिए सोचने का समय ही कहाँ मिल पाता है?

घाटा

ख़ाली होते ही भीतर का शून्य झपट पड़ता था उस पर और वह ज़िन्दगी के उन ख़्वाबों और ख़्वाहिशों के बारे में सोचने लगती थी, जिसे जी रही थी वह। पर उस दिन सोचते-सोचते ही उसे यह दुखद एहसास हुआ कि इन दिनों घर कुछ ज़्यादा ही आतंकित करने लगा है उसे, कि प्रीति और दीप्ति से कुछ ज़्यादा ही भय खाने लगी है वह। इस एहसास के साथ ही वह बेहद उदास हो गयी। उसे कुछ करना होगा और किसी प्रकार अपने भीतर उगे इस नये-नवेले भय से मुक्ति पानी होगी। इस निर्णय के साथ ही उसकी हिम्मत दो पैग और बढ़ गयी और उसने अपने डर के साथ प्रयोग करते हुए थोड़ी ऊँची आवाज़ में कहा—''प्रीति ज़रा पुदीन हरा देना।'' वह बोल भी नहीं पायी कि खाँसी का एकाएक ऐसा भयानक दौरा उस पर पड़ा कि डेढ़ मिनट तक वह छाती पकड़े-पकड़े बेदम खाँसती रही। खाँसी इतनी जबरदस्त कि उसका मुँह जवाफूल की तरह लाल हो गया। साँस अटक गयी और आँखें बहने लगीं। उसने असहाय-सी नज़र पुत्रवधू प्रीति पर फेंकी, इस मरियल उम्मीद के साथ कि शायद पहले की तरह वह उठे और उसकी पीठ सहलाकार उसे पानी पिला दे। या दो मीठे बोल ही बोल ले।

पर ऐसा नहीं हुआ।

प्रीति टीवी से चिपकी थी।

सीएनबीसी चैनल पर ख़ूबसूरत चेहरे दमक रहे थे और शेयरों के भाव लाल-लाल रंगों में चमक रहे थे। एशियन बाज़ारों की तर्ज़ पर भारतीय शेयर बाज़ार भी जबर्दस्त धक्का खा औंधे मुँह गिर पड़ा था। ओढ़ी हुई उदासी के साथ टीवी की एंकर बता रही थी कि आज का दिन शेयर मार्केट के लिए काला दिन है, काला शुक्रवार कि बाज़ार खुलने के घंटे भर के भीतर सेंसेक्स अठारह सौ प्वाइंट गिर गया है, कि यह इतिहास की पहली बड़ी गिरावट है।

देखते-देखते घर साँवली उदासियों से घिर गया। बिन ब्याही माँ-सी घबरायी प्रीति मलमल के दुपट्टे से मुँह का पसीना पोंछते हुए अपने मोबाइल पर ब्रोकर को

कुछ निर्देश दे रही थी। दम तोड़ती बूढ़ी की तरह उसकी आवाज़ बार-बार लड़खड़ा रही थी। कहे हुए को दोबारा कहे जा रही थी...हाँ, कहा ना... काट दीजिए...काट दीजिए...मेरा मतलब माइनस, हाँ माइनस, पाँच हज़ार टिस्को, जी माइनस, पाँच हज़ार... पूरे पाँच हज़ार...। उसकी कँपकँपाहट, बौखलाहट, और घबराहट को देख सहम गयी वह...क्या किसी दबे अन्धड़ के आसार हैं? इतना तो पता था उसे कि इन दिनों दोनों ही पुत्रवधुएँ कमा रही हैं। शुरुआत में छोटी-मोटी लेवा बेचा करती थीं, पर प्रारम्भिक सफलता के बाद अब हाथ और कलेजा दोनों ही खुल गये थे, इस कारण एक और सीढ़ी चढ़ गयीं वे—सौदेबाज़ी से फाटकेबाज़ी की सीढ़ी।

इस कारण हिसाब से उसे अभ्यस्त हो जाना चाहिए था इस लपक-झपक का। पर वह थी कि जब कभी देखती दोनों को दुनिया भर के सौदे करते हुए, किसी अज्ञात भय से सिहर उठती वह और बुदबुदाने लगती—नाश हो इस बाज़ार का, मर जाय शेयर मार्केट, जब से घुसा है घर में, ज़िन्दगी सिमट कर रह गयी है इस बक्से में। कैसा निर्लज्ज मार्केट, ख़ुद चलता रहता है पर सबको चिपका लेता है गोंद की तरह। उसने कनखियों से देखा, प्रीति की घबराहट चिपकी हुई थी उसके चेहरे के रेश-रेशे पर। उसने पूछना चाहा पर उसकी हिम्मत नहीं हुई, प्रीति से कुछ भी पूछने की, जानती थी, यदि कुछ भी पूछ डाला तो सलाद की तरह काट डालेगी वह उसे।

पर जो भी हो, वातावरण को तो हल्का करना ही होगा। जैसे भी हो, उखाड़ना होगा इस गोंद को। करनी होगी कुछ तोड़-फोड़। आख़िर भीतर जमा सारी हिम्मत को बटोर उसने फिर आवाज़ लगाई, "दीप्ति ज़रा आयोडेक्स पकड़ा देना, घुटने पर मलूँगी।"

"मम्मी जी, आप ख़ुद ही ले लीजिए न! मैं यदि उठ गयी तो मेरे वाले शेयरों के भाव निकल जाएँगे, मुझे फिर देखना पड़ेगा शुरू से।"

"तो देख लेना शुरू से", हिम्मत की धार को तेज़ करते हुए कहा उसने।

"तब तक भाव बदल जाएँगे", रुख़ाई से जवाब दिया दीप्ति ने।

"बाप रे, दो मिनट में भाव बदल जाएँगे? यह बाज़ार है या रेस कोर्स का घोड़ा।"

उसकी आँखें फट गयीं। फाटके की कमाई पर इतना गुमान। कैसे उड़ रही है हवा में। प्रतिभा और मेहनत से कमाती तब भी कोई बात थी। अपमान के एहसास से उसकी आँखें भर आयीं। जबड़े काँपने लगे। आँखें पीछे घूम गयीं। आयी थी तब मम्मी जी, मम्मीजी कहते ज़बान नहीं थकती थी, अब बात-बात पर कैसे काटने दौड़ती है, जंगली बिल्ली की तरह। उसके घुटने का दर्द बढ़ गया। आयोडेक्स मलने के लिए अलमारी खोलने लगी कि तभी देखा उसने, उसका तेरह वर्षीय बिन माँ का भतीजा डाइनिंग टेबल पर खाने के इन्तज़ार में बैठा है। दो-एक बार उसने धीमी

आवाज़ में कहा भी, 'चाची खाना', पर चाची के तेवर देख चुप्पी मार गया।

इस बार उसकी हिम्मत नहीं हुई प्रीति या दीप्ति को आवाज़ देने की। सद्यः अतीत के रेगिस्तान को पार कर कुछ आवाज़ें वर्तुल की तरह उसके भीतर घूमर लेने लगीं।

"मम्मीजी, आपको भी सारे काम मार्केट के समय ही क्यों याद आते हैं...आपको क्या हमारा काम करना अच्छा नहीं लगता? शायद आपको लगता हो कि कमानेवाली बहू बहू नहीं रहती, खूँटा तोड़ हाथ से निकल जाती है।"

क्या? गले में जैसे गोला अटक गया था उसके। कुछ बोलते न बना। बस रबर की तरह खींच-खींच बाहर धकेलती रही वह कुछ शब्दों को—"नहीं बेटा, तुम आगे बढ़ो, सही मायने में आगे बढ़ो, कुछ अच्छा करो, मुझे अच्छा लगेगा, पर यह शेयर मार्केट मुझे जुआ लगता है। हमारे पुरखे कहते थे। श्रम का पैसा ही सार्थक होता है, आसानी से आया पैसा बर्बादी लाता है। इसीलिए शास्त्रों में कहा गया है उत्तम खेती, मद्धम बान, निषिध चाकरी, भीख निदान। सोचो, खेती को उत्तम क्यों कहा गया है, इसीलिए कि इसका सारा पैसा श्रम से आता है।"

बात क़ायदे से पूरी भी नहीं कर पायी थी वह कि बीच में ही झपट लिया था प्रीति ने 'अब बस भी कीजिए अम्माजी, ये सब पुराने वैल्यूज हैं। इस पर चलेंगे तो इज़्ज़त से जी नहीं पाएँगे। आज ज़माना सफलता का है, चमक-दमक का है। इस चमक को हासिल करने के लिए ज़रूरी है पैसा, बेशुमार पैसा। फाटकेबाज़ी न करें तो तनख़्वाह के गिने-चुने रुपयों से यह चमक कैसे पैदा होगी? मेरे पापा भी गाँधी बाबा की तरह कहते थे—'सिम्पल लिविंग एंड हाई थिंकिंग', पर आप ही देखिए, टीवी में जितनी बार गाँधी बाबा को दिखाया जाता है, उससे कहीं ज़्यादा अम्बानी और टाटा को दिखाया जाता है। गाँधी बाबा के सामने कितने स्मार्ट दिखते हैं दोनों। हमें नहीं बनना गाँधी-वाँधी।"

उसने कहना चाहा था, इसलिए नहीं कि वे फाटकेबाज़ थे वरन् इसलिए कि चाहे जैसे भी हो, ये लोग उत्पादक थे, इन लोगों ने उद्योगों की नींव डाली थी। पर प्रीति के पास उसकी बातों को सुनने के लिए न समय था, न धैर्य।

आख़िर सास के रुतबे को खूँटी पर टाँग अपने दर्द-भरे घुटनों के साथ वह उठी और घिसटते हुए रसोई में पहुँची। एक गैस पर धीमी आँच में दूध छीज रहा था, शायद कोई बहू उसे चढ़ाकर भूल गयी थी। उसने गैस बन्द की और ढँकी-तुपी पतीलियों को खोला। सिर्फ़ दाल और भात। उसके मन पर सिलवट चढ़ गयी। आँखें फिर भर आयीं। ग़रीबी थी तब भी थाली कभी इतनी ख़ाली नहीं रहती थी। आज पैसा है, घर में सब कुछ है तो ऐसा खाना? न फुलके, न सब्ज़ी, न रायता, न चटनी, न सलाद।

वह फिर बुदबुदाने लगी। विचार बन्दरों की तरह कूद-फाँद मचाने लगे—''कैसी यह पीढ़ी, कमाती है राजा की तरह, रहती है गधों की तरह।''

खाने को देखते ही रोहित ने मुँह बिगाड़ दिया—''भाजे दो तो खाऊँगा, बिना भाजे के भात मुझे नहीं चलता।'' फुसलाते हुए फिर कहा उसने—''कैसे भी भाजे दे दो, केले के, परवल के, आलू के खा लूँगा।''

वह जानती थी कि भाजे आज बने ही नहीं हैं। किसको है फ़ुर्सत भाजे तलने की? उधर से बचे कुछ तो इधर लगे। फिर भी उसका मन रखने के लिए उसने ढँके-ढुके भगोनों को बार-बार खोलकर देखा और लज्जित हो कहने लगी—''अभी ऐसे ही खा लो बेटा, शाम तक घुटनों के दर्द में थोड़ा आराम मिल जाएगा तो तल दूँगी ढेर सारे भाजे।''

रुआँसा हो गया रोहित। खाना उसे अरुचिकर लग रहा था। बिसूरते हुए कहने लगा—''ठीक है, थोड़ा दही दे दो, उसके साथ खा लूँगा।'' उसने भगोने टटोले। एक भगोने में दही जैसा कुछ लगा। 'इज़्ज़त बची' वाले भाव के साथ उसकी आँखें चमकीं पर दूसरे ही क्षण उसका मन भर गया, वह दही नहीं, फटा हुआ दूध था। उसने रोहित को कुछ नहीं कहा, बस साड़ी के आँचल से आँसू पोंछते हुए अपने कमरे में चली गयी। कटे पेड़-सी गिर पड़ी और निःशब्द रोती रही।

शाम, उतरती साँझ अपनी उदासी के साथ घर के आँगन में उतरी तो आँखें खुलीं उसकी। हड़बड़ाकर उठी तो देखा, सीएनबीसी चैनल चल रहा था, और प्रीति अभी भी बैठी थी उसके सामने। मूक, बेचैन, उसने सवालिया निगाहों से दीप्ति की ओर ताका तो वह फुसफुसाई, ''मार्केट और अधिक गिर गया है। दीदी का घाटा अब बढ़कर सात लाख हो गया है।''

''दीदी का घाटा, तो क्या तुम उसके साथ नहीं? तुमने बचाया नहीं उसे'' यह जानकारी की नयी परत थी जो रामपुरी चाक़ू की तरह भीतर धँस गयी थी उसके।

''मैं उसे कैसे बचाती अम्मा जी, हम दोनों तो अलग-अलग सौदे करती हैं न! यों मुझे लग रहा था कि इस उबलते मार्केट से निकल जाना ही बेहतर है, फिर भी यदि मेरे कहने से दीदी सौदा काट देतीं और कहीं मार्केट बढ़ जाता तो दीदी समझतीं कि मैंने जान-बूझकर उसे घाटा करवाया, ख़्वामख़्वाह ग़लतफ़हमी बढ़ती, इस कारण मैंने इंटरफियर नहीं किया।''

''क्या? क्या कहा?'' क्या उसने वही सुना जो दीप्ति ने कहा? एकाएक सब कुछ बदसूरती में बदल गया। मन पर कफ़न पड़ गया। कहाँ जा रहे हैं हम? असली घाटा तो यह हुआ कि हम साथ-साथ रह नहीं रहे हैं। वरन् साथ-साथ बह रहे हैं, गन्दे पोखर में बहते कचरे की तरफ। उफ़ ग़लत समझे जाने का इतना डर, पर सम्बन्धों के खोने का कोई डर नहीं। दीदी कहती है पर दीदी शब्द का क्या मान रखा?

उससे अब कुछ भी नहीं कहा गया। लगा इस सुसज्जित घर में चारों तरफ़ बदबू-ही-बदबू फैल गयी है। हर कोई उलझा हुआ है। दम घुट गया उसका। टीस मारते घुटनों के साथ किसी प्रकार वह गयी रसोई तक पानी पीने कि तभी ख़याल आया, रोहित भाजे के लिए कह रहा था। एक मन हुआ, कह देगी उसे तबीयत अच्छी नहीं थी, इस कारण नहीं तल सकी भाजे, पर तभी जाने क्या सोच वह वहीं ठिठक गयी और तैयारी करने लगी भाजे तलने की। घुटने का दर्द तो शायद ठीक भी हो जाय, पर जो दर्द आज दिया गया है उसे, क्या ठीक हो सकेगा वह? उसे तो चलना होगा और खींचनी होगी गाड़ी इसी दर्द के साथ। सँभालना होगा ख़ुद को, रोहित को।

विरासत

ज़िन्दगी का जो नवीनतम नुसखा उनके हाथ लग गया था उसमें ज़िन्दगी एकाएक अंगूर का गुच्छा बन टपक पड़ी थी, जिसकी आख़िरी बूँद तक चूस लेने को कटिबद्ध थे दोनों। नयी हवा, नयी सोच और शहर के बदलते नये मिज़ाज ने हौले से, चुपके से उनके कान में फूँक मारी थी रिजेक्शन नहीं एक्सेप्टेंस। शायद वही एक रास्ता बचा था जो उनकी कुदरती वासनाओं और उद्वेगों का शमन कर सकता था। इस कारण लहरों की तरह आवेग उन पर बहता रहा, फूलों की तरह उन्माद उन पर झड़ता रहा...उनींदी आँखों में बेशुमार स्वप्न लिये नदियों ने तटबन्ध तोड़े, नक्षत्रों ने अपनी परिधियों का अतिक्रमण किया।

बहरहाल...इसकी तार्किक और जैविक परिणति यह हुई कि एक जवानी के पूर्व जवान हुई, तो दूसरा बालों में काली मेंहदी लगा—लगाकर वियाग्रा का सेवन कर—करके जवानी की पूँछ पकड़े रहा।

ज़ाहिर है दोनों विपरीत सेक्स के थे। लड़की का नाम दीपा था। और जिसे वह अपना ऑल्टर ईगो कहती थी, उस पुरुष का नाम—कुलभूषण था।

आई.आई.टी. इंजीनियर मिस्टर कुलभूषण के व्यक्तित्व की कई परतें थीं। सबसे ऊपरी परत तो यही थी कि वे दो ख़ूबसूरत नन्हीं मुन्नियों के पिता थे। एक पति थे। उनके व्यक्तित्व की सबसे अन्दरूनी परत यह थी कि वे एक कमसिन टीन एजर के दिलरुबा-महबूब भी थे। आख़िरी परत यह थी कि वे कवि थे।

ग़ालिब, दुष्यन्तकुमार और फ़िराक़ गोरखपुरी ने उन आई.आई.टी. इंजीनियर साहब को ग़ज़ल, स्वप्न, कला और कविता का जीव भी बना दिया था। इसी कारण सम्भवत: उन्हें ज़िन्दगी के एक स्वप्निल मुक़ाम पर प्रेम और प्रेमिका दोनों की ही ज़रूरत का एहसास हुआ।

और फिर आयी वह दिलरुबा शाम—जिसने आख़िर उनसे उनकी दिलरुबा को मिलवा ही दिया। उस शाम एक किशोर की आत्मा प्रविष्ट कर गयी थी उनमें। एक उत्तेजना, आवेग, उन्माद और रोमांच रह-रहकर काँपता रहा दोनों ओर, जिसकी

ठिठुरन और नि:शब्द ख़ामोशी में रह-रहकर चिल्लाते रहे दोनों—वी आर इन लव।

'वी आर इन लव' कहते हुए वे एकाएक मुग्धावस्था की भाव-दशा में आ गये थे क्योंकि इसके बाद ही सब कुछ एकाएक बदल गया था। धरती का वह टुकड़ा जिस पर बैठे थे वे दोनों, और जिसके विस्तार में कोलकाता का सबसे शानदार सांस्कृतिक केन्द्र 'एकेडमी ऑफ फाइन आर्ट' खड़ा था, एकाएक जन्नत के नूर-सा जगमगाने लगा था। बदरंग आसमान एकाएक तारों का चमकता झूलना बन बैठा था। उस शाम आसमान में काली मेघमालाएँ नहीं दीपा का मलमल का गुलाबी दुपट्टा लहराया था और धरती पर कुलभूषण के सिगरेट का धुआँ नहीं वरन् बादल का वह टुकड़ा उमड़कर आ गया था जो आदिम युग से दूत बना प्रेमी का सन्देश प्रेमिका को देता रहा था।

ऐसी ही वह एक रात थी जो एकाएक खौलता हुआ सागर बन गयी थी जिसमें उद्दाम आवेग और उफान लेती कामनाओं ने ज़िन्दगी से अन्तरंगता स्थापित की थी। सपनों ने बाजूबन्द पहने थे और जिसकी छुअन से दीपा ने वह महसूसा जिसे अभी तक की अपनी सोलह वर्षीय ज़िन्दगी में कभी भी न महसूसा था। जिसके संस्पर्श से वह किशोरी से एकाएक एक स्वप्निल औरत बन गयी थी। जिसकी थरथराती मांसलता में उसी भोर उसने अपनी डायरी में लिखा था—प्रेम ज़िन्दगी का ब्लैक बेल्ट है (उन्हीं दिनों उसने शौक़िया कराटे भी सीखना शुरू किया था जो प्रेम के चलते येलो बेल्ट तक भी नहीं पहुँच पाया था)।

पौने सात तक चली यह प्रेम कहानी जिसके फर्स्ट हाफ में दोनों ने नये-नये क्षितिजों को पार किया। उस दौर में धूप और हवा की तरह प्रेम ही सत्य था। फ़िज़ा में सुख-ही-सुख था। पर कहानी के सेकेंड हॉफ में कई स्पीड ब्रेकर आ गये। इस कारण कहानी कभी स्लो मोशन में चली तो कभी फास्ट मोशन में। कभी यह रिमझिम बारिश में भीगी तो कभी टुपुर-टुपुर बूँदा-बाँदी में। प्रेम को जीवन का ऑक्सीजन माननेवाली दीपा ने इस जीवन के हर मौसम का स्वागत किया। पर जब देखा-देखी और मिलन-भेंट लम्बे समय तक स्थगित होती रही और प्रेम का वह हरा-भरा पेड़ कुम्हलाने लगा तो उसके मन में अपने विवाहित प्रेमी के प्रति अजीबोग़रीब आशंकाएँ और दुश्चिन्ताएँ सिर उठाने लगीं। फिर धीरे-धीरे सपनों की तरह उसने उन दुश्चिन्ताओं और आशंकाओं को सँभालना सीख लिया था। जब कभी वे उत्पात मचातीं, वह आधी रात में अचानक उठ गये बच्चे की माँ की तरह उन समस्त आशंकाओं और दुश्चिन्ताओं को थपथपाकर सुला देती।

पर ज़िन्दगी फिर भी ज़िन्दगी थी—वह आधी रात में अचानक उठकर बैठ गये बच्चे की नींद नहीं थी जिसे वक्त—बे—वक़्त थपकी देकर सुलाया जा सके। इस कारण जैसे-जैसे प्रेम से दूरियाँ बढ़ने लगीं, आशंका का एक साया उसके साथ-साथ चलने लगा। उस सोच ने पहले उसे अनिद्रा दी, फिर उसके वज़न को घटाया। फिर

भूख पर झपट पड़ा। आख़िर घबराकर उसने डॉक्टर को फ़ोन किया। सुदीर्घ अन्तराल के बाद फिर कुलभूषण को फ़ोन किया...जब वह लगातार फ़ोन पर अनुपलब्ध मिला तो आख़िर में दो पंक्तियों की एक चिट्ठी लिखी—अब जीने की चाह नहीं, एक बार मिलना चाहती हूँ...आख़िरी बार।

डॉक्टर आये पर कुलभूषण नहीं आये। प्रेम का वह खरगोश पत्नी और पुत्रियों की उन झाड़ियों में ही वापस लौट गया था जिसका वीसा दीपा के पास नहीं था। प्रेम की मिठाई से अब उन्हें डायबिटीज़ हो गयी थी और रोग को वे अब और बढ़ाना नहीं चाहते थे।

उन्हीं जलते दिनों की एक शाम दीपा ने उत्तर कोलकाता के देशबन्धु पार्क के पिछले दरवाज़े से निकलते हुए अचानक एक नीली फिएट खड़ी देखी...वही नम्बर...वही रंग। एक क्षण के लिए चमत्कृत रह गयी वह, उसने वही सोचा जो उसके मन ने चाहा—क्या कुलभूषण उसे लेने आये हैं? (वे जानते थे कि हर शाम वह वहीं घूमने के लिए निकलती है) क्या नहीं भूल पाये वे उसे? कैसे भुलाई जा सकती हैं वे उच्चतम और दिव्य अनुभूतियाँ जिन्होंने ज़िन्दगी को ज़िन्दगी दी।

पर थोड़ा क़रीब आते ही गाड़ी सर्र से निकल गयी, पर क्षण के क्षणांश में भी जो देखा उस दृश्याघात ने उसे उसी प्रकार युवती से प्रौढ़ बना डाला जिस प्रकार कभी प्रेम की पहली छुअन ने उसे किशोरी से युवती बना डाला था।

उसने देखा कि जिस अनपढ़ गँवार और फूहड़ पत्नी के साथ अपनी केमिस्ट्री नहीं मिल पाने का राग इंजीनियर साहब दिन में सत्तर बार अलापा करते थे, उसके साथ न सिर्फ़ उनकी केमिस्ट्री वरन् ज्योग्राफी भी मिली हुई थी।

उसी क्षण उसने अपने पर्स में रखी कुलभूषण की तस्वीर को चिन्दी-चिन्दी कर हवा में उछाल दिया और डूबते सूरज के साथ अपने प्रेम को भी दी आख़िरी विदाई। इस प्रेम-ब्रेक और ऊसर होती ज़िन्दगी का साइड इफैक्ट यह हुआ कि दीपा बाहर से अपने भीतर चलने लगती और कई मर्तबा चलते-चलते इतनी दूर निकल जाती वह कि कक्षा में पढ़ाते-पढ़ाते कुछ और पढ़ाने लगती। इतिहास से दर्शन पर आ जाती। 18वीं शताब्दी से इंग्लैंड के लंकाशायर में हुई औद्योगिक क्रान्ति से आत्म-क्रान्ति पर आ जाती। बुद्ध के अष्ट मार्ग को समझाने लगती। और जब कक्षा की चन्द तेजस्वी छात्राएँ उस भटकैया को ठिकाने पर लाने की चेष्टा करतीं तो एक आह उसके भीतर की तलछट से निकलती। स्टाफ रूम की खिड़की से दिखते पेड़ की हिलती डाल पर बैठी मैना को वह देर तक देखती रहती। उसका अगला पीरियड भी निकल जाता पर हिलती डालियों के हिलते पत्तों को देख इस ब्रह्मांड के भेदों तक पहुँचने का उसका सिलसिला नहीं टूटता।

पर एक शाम तो ग़ज़ब हो गया। कक्षा में श्याम-पट्ट पर पॉल डाइनेस्टी के

सत्यों को लिखते-लिखते उसने अपनी व्यक्तिगत ज़िन्दगी के खंडित सत्यों को लिखना शुरू कर दिया। उसने लिखा, सूत्र-1—ज़िन्दगी बकवास है, प्रेम उससे भी बड़ा बकवास और भारतीय युवक तो सिर्फ़ रिश्ते निबाह सकता है, प्रेम तो वह कर ही नहीं सकता है, क्योंकि उसके सिर पर इतिहास, परम्परा, संस्कृति, समाज और परिवार का इतना दबाव रहता है कि प्रेम जैसी नाज़ुक कोंपल इन भारी-भरकम शिलाओं तले सिसक कर दम तोड़ देती हैं।

सूत्र—2, और विवाहित प्रेमी? उससे प्रेम करना परले दर्जे की मूर्खता है। वह प्रेम नहीं करता, वह तो सिर्फ़ परिवार और पत्नी की गर्मी और घुटन से बचने के लिए अपने एकाध गवाक्ष खोल देता है जिससे ठंडी-शीतल हवा के झोंके उसके थके-हारे-झुलसाए तन-मन को सहला सकें। घुटन ख़त्म। गवाक्ष बन्द।

सूत्र—3, हाँ पत्नी से उसका रिश्ता धरती के रिश्ते की तरह रहता है जिसे वक़्ती ख़ुमार में वह काटता-छाँटता चाहे रहे पर उसे उखाड़ कभी नहीं पाता। और रफ़्ता-रफ़्ता पत्नी का पेड़, उसकी जड़ें, शाखाएँ और टहनियाँ उसकी ज़मीन पर इतनी सघनता से फैल जाती हैं कि किसी दूसरी के लिए कोई जगह ही नहीं बच पाती।

सूत्र-4, ज़िन्दगी हाथों से निकल जाती है, ठीक उस लम्हा जब हम स्वप्न सजाने और योजनाएँ बनाने में व्यस्त रहते हैं।

सूत्रों का यह सिलसिला जाने कब तक चलता रहता कि जाने किस छात्रा ने चरम अनुभूति के ज्वार में प्रिंसिपल को दीपा की अन्दरूनी हालत का जलवा दिखा दिया, जिसके फलस्वरूप अगले ही दिन लेक्चरर दीपा को महीने भर के लिए आराम करने की हिदायत दे दी गयी।

यह महीना भर जानलेवा साबित हुआ। काले पहाड़ से फैले अन्तहीन समय को वह काट नहीं पाती, तो समय उसको काटने लगा। वह दिन भर चलती रहती और चलते-चलते वहाँ पहुँच जाती जब ज़िन्दगी चिड़िया के पंखों-सी हल्की थी और नीले आसमान में उड़ा करती थी। ऐसे में विगत के अँधेरों में आती हुई आवाज़ें उसका जीना हराम कर देतीं और वह सोचने लगती कि क्यों हुई उसकी ज़िन्दगी इतनी वज़नी कि न हिले न डुले...वह बार-बार सोचती इतना कि सोचते-सोचते उसे फिट आ जाती, दाँत भिंच जाते, नथुने फड़फड़ाने लगते। होश आता तो वह फिर पिंजरे में बन्द शेरनी की तरह ख़ाली कमरे में गश्त लगाती रहती और दाँत-भींच कर तीन शब्द...सिर्फ़ तीन शब्दों को दिन भर चबाती रहती। वे तीन शब्द थे—रिवेंज, रिवेंज और रिवेंज।

एक बार उसकी जूनियर कुलीग ने उसे बुदबुदाते हुए सुन लिया। उसने उसे समझाया—नो मैडम, नो 'एन आई फॉर एन आई, विल मेक द वर्ल्ड ब्लाइंड' (यदि कोई तुम्हारी एक आँख फोड़े और बदले में तुम भी उसकी आँख फोड़ने पर उतारू

हो जाओ और यदि यही सिलसिला चलता रहे तो क्या होगा...दुनिया अन्धी हो जाएगी)।

स्वभाव से उदारमना दीपा को कुलीग की बात सारगर्भित लगी और उसने स्वयं को प्रतिशोध की छिछली हरकतों से दूर तो कर लिया पर बूँद-बूँद जमा होता आक्रोश, भटकन, उपेक्षा और अपमान के धुएँ ने भीतरी लय-ताल को इस क़दर गड़बड़ा दिया कि बाहर भी उत्पात मचने लगा।

वह बोलती तो बोलती ही जाती। हँसती तो हँसती ही जाती। रोती तो रोती ही जाती। भावनाओं पर नियन्त्रण का स्विच पूरी तरह ऑफ हो गया था।

कहानी के इसी मोड़ पर जब उसकी ज़िन्दगी में कोई कहानी नहीं बची थी, एक नयी कहानी उदित हुई। हुआ यह कि एक बदरंग शाम उस पर हँसी का ऐसा दौरा पड़ा कि वह तीन दिनों तक लगातार हँसती रही, कुम्हड़े की तरह सिर हिलता रहा...कानों के कुंडल डोलते रहे। ऐसी भयानक हँसी; उसके भाई-भाभी ने उस पर नियन्त्रण पाने के लिए थप्पड़ मारे, उसके होठों पर हथेली जड़ दी पर उसकी हँसी की आँधी नहीं थमी और जब थमी तो जो रोना शुरू हुआ तो ऐसा कि दिल दहल जाय। तीन दिनों तक जीवन आस्था को मटियामेट करता किसी काले अपशकुन-सा जारी रहा उसका क्रन्दन। इस घटना से सबके कान खड़े हो गये। उसे मनोचिकित्सक के पास ले जाया गया। मनोचिकित्सक डॉ. जालान ने पूरी केस हिस्ट्री का अध्ययन कर नाक तक लुढ़क आये चश्मे को ऊपर सरकाते हुए पूरी गम्भीरता के साथ अपनी गम्भीर आवाज़ में कहा, कि कुछ व्यक्ति ऐसे होते हैं जो प्रेम करने के लिए ही जन्म लेते हैं, जिनके भीतर प्रेम का झर-झर सतत बहता रहता है। यदि किसी कारणवश वह झरना अवरुद्ध हो जाय तो ऐसा व्यक्ति पोखर का ठहरा हुआ पानी बनकर एक अजीब तरह की बू छोड़ने लगता है—भाव शून्यता की बू। यदि उपचार नहीं किया गया तो जैसे-जैसे समय आगे बढ़ता जाता है, बू उसे छूती हुई उसके पूरे वजूद को निगल लेती है। नहीं, कोई ख़ुदा, कोई अजान ऐसे में काम नहीं आती।

तो कैसे रोका जा सकता है इस बू को? प्रेम की तो प्रॉक्सी भी नहीं दिलवाई जा सकती है न; मैट्रिक फेल छोटे भाई सुशील गुप्ता ने ललाट पर उग आये पसीने को पोंछते हुए पूछा—

कुलभूषण न सही, उसके सब्सटीच्युट (स्थानापन्न) को तो खोजा जा सकता है। आप राग के केन्द्र को बदल दीजिए, मन के ख़ाली घोंसले में दूसरे परिन्दे को बैठा दीजिए, देखिए बू को 'नो एंट्री' हम दिखा देंगे।

सुशील गुप्ता ने अपने माथे पर तीन ठोका लगाया और बड़ी देर तक पूरी

गम्भीरता के साथ समस्या पर चिन्तन करते रहे। आख़िरकार अपनी बड़ी बहन के साथ लगभग एकात्म हुए सुशील गुप्ता समझ गये, क्या है रोग का निदान। और जब पूरी सृष्टि के साथ उदासीनता अनुभव करती दीपा प्रतिदिन मरती जा रही थी, तो एक ज़िन्दा सुबह उन्होंने अपनी पाँच महीने की नवजात पुत्री नन्हीं को उसकी गोद में डाल दिया...यह अब तुम्हारी ज़िम्मेदारी। अनजान गोद में धकेले जाते ही नन्हीं अपनी कच्ची आवाज़ में काँय-काँय कर उठी तो स्वाभाविक स्नेहवश जब दीपा ने सिर पर वात्सल्य भरा हाथ फेरा तो वह चुप हो टुकुर-टुकुर ताकने लगी उसी की तरफ़।

—बच्ची। मेरी बच्ची...उसके होंठ बुदबुदाए।

मुद्दत बाद उसके भीतर कोई फड़कन हुई। मरी हुई चिड़िया ने पंख फड़फड़ाये। सुकून-सा मिला उसे। जैसे तप्त धरती पर बारिश की पहली फुहार पड़ी हो। उस पूरी सुबह... दोपहर यहाँ तक कि शाम भी नन्हीं के साथ ही खेलती रही वह। खेल-खेल में ही जैसे भीतर का गड्ढा भरने लगा, बन्द खिड़कियाँ खुलने लगीं तो दिमाग़ भी दौड़ने लगा। दौड़ते दिमाग़ के साथ मन की अलग-अलग फुनगियों पर विचारों के परिन्दे भी उड़ान भरने लगे। एक मन कहता—चमगादड़ की तरह फड़फड़ाते मन का शायद यही इलाज—तो दूसरा मन कहता—दुधमुँही बच्ची का माँ का दूध छुड़ाना? नहीं, नौ-दस घंटों की रेल यात्रा...यदि कभी अचानक बीमार पड़ गयी तो?

लहर-दर-लहर उठती आशंकाएँ।

अपनी भाभी को जब कहा उसने, कैसे रह पाएगी वह बिना माँ के तो बड़ी ही सादगी और सहजता से जवाब दिया उसने—जैसे पिछले चौबीस घंटों से रह रही है वह।

—क्या? क्या मतलब?

—मतलब यही जीजी कि मैंने तो उसे पिछले चौबीस घंटों से ही दूध पिलाना बन्द कर दिया है।

—क्या?

ग़ौर से देखा फिर उसने अपनी भावज की ओर। वह मौन थी। शान्त थी। निर्द्वन्द्व थी। किसी ऋषि की तरह। वह आश्वस्त थी, किसी सांसारिक की तरह—अपनी पुत्री के भविष्य के प्रति। पूरी तरह।

देखते-देखते ज़िन्दगी ने यू टर्न लिया और जो ज़िन्दगी मार खा-खाकर टीन के कनस्तर की तरह फैल-पिचककर बेडौल हो चुकी थी, एक बार फिर वह हवा, माटी आवाज़ों और मासूम खिलखिलाहटों से भरने लगी। दीपा फिर जीने लगी, ख़ुशियों ने फिर घर की ओर रुख़ किया। ज़िन्दगी के इस नये संस्करण में अब नन्हीं के लिए

वह कभी घोड़े की पीठ थी, कभी रेलगाड़ी का इंजन तो कभी ऊँट। हाथी, घोड़ा, पालकी..., चन्दा मामा दूर के... से लेकर, दमादम मस्त कलन्दर तक सारे भूले-बिसरे गाने उसके होंठों को छूने लगते। इस दृश्य परिवर्तन के जगमगाते उजास में अब वह फिर एक ऐसी माँ थी जिसकी सारी अन्तर्शक्तियों और अन्त:स्रोतों का बहाव आभा की ओर मुड़ गया था। जीवन के अनुभवों से उपजे ज्ञान, प्रेम के टूटते तिलिस्म और महीनों की बौद्धिक कसरत के बाद उसने नन्हीं का नामकरण किया—आभा। 'आ' यानी आर्थिक, 'भा' यानी भावना। यानी ऐसी शख़्सियत जो उसकी तरह आधी-अधूरी नहीं वरन् सम्पूर्ण हो। यानी आर्थिक और भावनात्मक दोनों सबल पंखों के सहारे आसमान में उड़ती कोई कबूतरी।

इसके बाद शुरू हुआ आभा को आभा बनाने का सिलसिला। पट्टी पूजन, मांटेसरी से होते हुए कोलकाता के शीर्ष स्कूल में दाख़िला तक ही चिन्ता का दौर नहीं थमा। सड़क दुर्घटना, डबल डेकर बस, धड़-धड़ चलती मोटरों, ट्रकों और गाड़ियों के हुजूम वाले इस दैत्याकार शहर में वह नन्हीं को बन्दरिया के बच्चे की तरह स्वयं से चिपकाए रखती। स्वयं स्कूल पहुँचाती और स्वयं ही लेकर आती कि कहीं कोई ट्रक उसे टक्कर न मार दे।

लब्बो-लुआब यह कि अब ज़िन्दगी की पाठशाला में हर दिन एक नया एहसास दाख़िल हो रहा था जिसमें सबसे बुद्धिमान एहसास यह था कि लड़कियों की ज़िन्दगी के ऊँचे-नीचे ग्राफ़ के पीछे बहुत कुछ हाथ उन नादान माँओं की असफल भूमिका का भी होता है जो सही वक़्त पर पुत्रियों को सही दिशा-निर्देश देने से चूक जाती हैं। उसे याद आया उसकी एक फ्रैंच कैनेडियन मित्र थी, ब्लेऊर, जिसने अपनी माँ के चलते ही अठारह वर्ष की उम्र में आत्महत्या करने की असफल कोशिश की थी क्योंकि उसकी माँ ने उसे गर्भ निरोधक के बारे में विस्तृत जानकारी नहीं दी थी, और उसे गर्भपात का सामना करना पड़ गया था। ख़ुद उसे अपनी माँ से दर्जनों शिकायतें थीं। काश, उसकी माँ ने भी उसे इतना सांस्कृतिक और बौद्धिक जीवन द्रव्य दिया होता कि उसे फ्रॉयड ही अन्तिम सत्य नहीं लगता तो क्या वह दरवाज़ा कभी खुलता जिसमें घुसकर उसकी ख़ुशियों के बाक़ी सभी दरवाज़े अधबीच में ही बन्द हो गये थे।

और अनायास ही वह एक अच्छी माँ की भूमिका में उतरते-उतरते माँओं की आदिम श्रृंखला से जुड़ जाती। उसके निजी सुख-दुख घर के रोशनदान से उड़ जाते और एक दिन वह पाती कि उसने अपनी रात की मीठी नींद और आरामदायक पलंग छोड़ अपनी चटाई आभा के कमरे के फर्श पर बिछा दी है जिससे रात-आधी-रात आभा द्वारा वयस्क टी.वी. चैनल को देखने की सम्भावनाएँ ही पैदा न हों। भीतर की गहराइयों से एक हूक-सी उठती कि जो 'एकला चलो रे' वाली छूँछी ज़िन्दगी उसे

जीना पड़ा है, वैसा किसी भी सूरत में आभा के साथ न हो। और इस हूक के साथ ही वह दूने उत्साह से आभा की परवरिश ही नहीं वरन् उसके अन्तःकरण और व्यक्तित्व को भी गढ़ने में जुट जाती। उसने उसे भरतनाट्यम और मणिपुरी नृत्यों की तालीम दिलवाई जिससे जहाँ तक सम्भव हो उसे संगीत, कला और साहित्य के सान्निध्य में रखा जाय। जिससे टी.वी., सिनेमा, किशोर-किशोरियों की अधकचरी प्रेम सेक्स की कहानियाँ और अपसंस्कृति फैलाता विज्ञान उसके कच्चे किसलय मन पर कोई ज़हरीली छाप न छोड़ सके। सुदीर्घ ग्रीष्मावकाश में भी वह शहर में नहीं रहती वरन् उसे प्राकृतिक, सांस्कृतिक और ऐतिहासिक स्थलों पर ले जाती—कभी दीघा, कभी पुरी, कभी शान्तिनिकेतन तो कभी सुन्दरवन ले जाना जिससे उसका अधिकतम सांस्कृतिक, कलात्मक और आध्यात्मिक विकास किया जा सके।

नयी सृष्टि के पुनर्सृजन की व्यस्त दिनचर्या में दिनरात वह सिक्के की तरह घिसती रहती जिसके सतह पर सब कुछ सहज, सामान्य नज़र आता पर अन्तर्धारा में ज़िन्दगी की अधूरी प्रेम कहानी, असफल इतिहास और पुरुषविहीन दिन-रातें चमगादड़ों-सी फड़फड़ाने लगतीं। पर इन सबके बावजूद ज़िन्दगी ने अपना शार्टकट निकाल ही लिया था और तब कहानी के उत्तरार्द्ध में नवयौवन ने आभा के द्वार पर दस्तक दी और इसके साथ ही—इतिहास की प्रोफ़ेसर दीपा को कुमार सम्भव की वे पंक्तियाँ याद आयीं—नवयौवन ने मेरी देह लता पर ऐसे रंग न बरसाए (जैसे आभा पर बरसाए)। और यही वह बिन्दु था, जब इस कहानी ने दर्दनाक मोड़ लेना शुरू कर दिया। यही वह दौर था जब भूमंडलीकरण, बाज़ारवाद और उपनिवेशवाद की विषैली हवाओं में युवा पीढ़ी बहने और बहकने लगी थी। देश के एक तबक़े में ख़ुशहाली की चमक एकाएक इतनी बढ़ गयी थी कि बाकी चौंधियाए तबक़ों पर भी ख़ुशहाल और सफल दिखने का दबाव बढ़ गया था। जीवन सहजता और बुनियादी ज़रूरतों से दूर छिटकने लगा था।

विचारशून्यता के इस दौर में आभा को भी अब दीपा की बातें आउटडेटेड लगतीं। रफ़्ता-रफ़्ता उसने भी दीपा के बोधिवृक्ष तले बैठना बन्द कर दिया था।

अपने गुरुत्वाकर्षण से दिनोंदिन दूर छिटकती आभा को देख दीपा को कभी गोगोल (ज़िन्दगी बहुत बोर है दोस्तों;) तो कभी उपनिषद् के वेद वाक्य (तुम्हारा प्रिय ही तुमको रुलाएगा) याद आते। उसने परिदृश्य से स्वयं को हटाना भी चाहा पर अतीत का जंगल, डरावने जानवर, जंगल की नोच-खसोट, भयावह अँधेरे और साँय-साँय आवाज़ें इस क़दर उसकी आत्मा पर पसर जातीं कि वह काँप उठती। वह सोचने लगती—क्या किसी कमज़ोर लम्हे की विवेकहीन भूल ने उसकी ज़िन्दगी को धुआँ नहीं कर डाला? उसे याद आता कि प्रेम के गुलाबी मायावी दिनों में वह फ़ोन पर

ऐसे ही झपटती जैसे कोई मरता हुआ आदमी ज़िन्दगी की साँसों पर। और देखते-देखते आभा दीपा में रूपान्तरित हो जाती। टिरिन-टिरिन बजती नहीं कि आभा झपट पड़ती फ़ोन पर।

'ज़रूर कोई गड़बड़ है' वाले भेद से दीपा उसकी अलमारी और बुक शेल्फ पर छापामार शैली में धावा बोल देती। पर न कोई प्रेम-पाती मिलती और न ही कोई ऐसी-वैसी तस्वीर ही हाथ लग पाती। अलबत्ता एक बार उसकी क्लास नोटबुक में उसे 'लिनियर प्रोग्रामिंग' वाले अध्याय के ऊपरवाले कोने में उसके प्रोफ़ेसर का कार्टून ज़रूर मिला जिसमें एक में उसे गंजे के रूप में तो एक में गधे के रूप में दिखाया गया था।

सन्तुष्ट हो उसने उसकी क्लास नोटबुक फेंक दी तो उन्हीं पड़ी नोटबुक में एक उद्धरण पर नज़र पड़ी जिसकी लिखावट कुछ अलग थी। धड़कते दिल से उसने नोटबुक उठाया तो देखा, उसमें मिल्टन का कोई उद्धरण था। लिखा था—दे आलसो सर्व, हू वेट एंड स्टैंड (वे भी सेवा करते हैं, जो धैर्यपूर्वक रहकर प्रतीक्षा कर सकते हैं)।

उसे अपने ऊपर भीषण ग्लानि हुई। व्यर्थ ही उसने उस पर शंका की। जबकि वह तो उसी की तरह अपने बौद्धिक विकास को अधिकतम करने में जुटी है। ताँत की साड़ी के पल्लू से ललाट का पसीना पोंछते हुए उसने राहत की एक लम्बी साँस खींची।

रात शान्त और शानदार गुज़री। पर दूसरे दिन फिर भीतर खलबली मच उठी। जब उसने देखा कि फ़ोन की एक टिरिन-टिरिन ने आभा को इतना उतावला कर डाला कि सामने रखा दूध का कटोरा भी उसे न सूझा। उसे भी ठोकर मार कटोरे को भी बिना उठाए लगभग उड़ते हुए झपट पड़ी वह...रिसीवर पर। पर्दे की फाँक से पढ़ती रही वह उसके चेहरे पर आते-जाते भावों को। चेहरे पर कभी स्वप्निल मुस्कान तो कभी बौद्धिक खिंचाव—मनावन-रिझावन के अबीर-गुलाल भी जब-तब उड़ते रहे। पूरी चेतना कानों में सिमट आयी। प्राणों की पूरी शक्ति के साथ सुनना चाहा भी तो क्या सुना—फट्टा मत मार। आजकल बहुत फेंकने लगा है। शिट् यार; चाट मत। केला हो गया मेरा; इतना सेंटी मत हो यार।

हिश् कैसी भाषा बोल रही है यह पीढ़ी भी। फट्टा मत मार। शिट् यार।

सारे घोड़े दौड़ाकर भी जब कुछ हाथ नहीं लगा तो पहली बार उसके निजी क्षेत्र में घूमने की सार्वजनिक कोशिश की उसने और फनफनायी भी—कौन था...थी? आजकल बहुत फ़ोन...।

आभा हँसी। असावधानी के खोल में एक सावधान हँसी—तुम नहीं जानती ममा।

—तो जनवा दो, बिना जनवाए कैसे जानूँगी।

—उसके लिए प्रतीक्षा करो अम्मा, दि राइट टाइम कम्स। आभा ने दीपा की इस सनातनी चिन्ता पर कहा विशेष नहीं, बस हल्के से कन्धे उचका दिये।

पहली बार एहसास हुआ महीन-महीन अजनबीपन उग रहा है दोनों के बीच। बाहर बहती हवा में एकाएक तेज़ी आयी...दौड़कर दीपा ने खिड़कियाँ बन्द कीं, कहीं अन्धड़ घर में न घुस जाय। पर देर हो चुकी थी।

दूसरे दिन आभा के फ़ोन संवाद पर जब कान लगाया तो फिर गच्चा खा गयी। फिर चकरा गयी। आज भाषा बहुत ऊँची और स्तरीय थी, कई शब्द विशेष रूप से कान में बादलों की तरह फटे—इनडिविजुएलिटी, आइडेंटिटी, पर्सनैलिटी...तीनों ही ने मिलकर सुबह की टी का ज़ायक़ा ऐसा बिगाड़ा की ठंडी लस्सी भी तरावट नहीं दे सकी।

उसकी मुंडी फिर हिली, कानों के कुंडल फिर डोले—गड़बड़ तो कुछ ज़रूर है...हे भगवान! क्या मुँह दिखाएगी, इसके जन्मदाताओं को।

फ़ोन, गुफ़्तगू, देर देर रात तक वापस लौटना, और वापस निकलने की बेताबी का सिलसिला जब कई दिनों तक जारी रहा तो उसका शक पूरी तरह यक़ीन में बदल गया कि हर दिन कुछ नये हिस्से उग रहे हैं आभा के भीतर जहाँ तक पहुँचने का कोई रास्ता नहीं है उसके पास।

—रास्ता है। उसकी परम मित्र और कुलीग नलिनी ने सुझाया उसे।

—क्या? किसी दिशाहारी की तरह माथे पर हाथ धरते हुए पूछा दीपा ने।

—माला कोनो प्राइवेट डिटेक्टिव के दिये दा—टका लागबे किन्तु क्लियर पिक्चर पेई जाबी (मामला किसी प्राइवेट डिटेक्टिव को दे दो, पैसा तो लगेगा पर पिक्चर साफ़ हो जाएगी।)

बात जम गयी दीपा को, स्थिति का सही विश्लेषण, फिर एक्शन प्लान।

उसी शाम कुलीग के साथ किसी ग्लोब डिटेक्टिव एजेन्सी में गयी वह। और डिटेक्टिव मि. माथुर ने जब लेनिन मार्का अपनी दाढ़ी पर हाथ फेरते हुए हँसते हुए कहा—मैडम हम तो पत्ती-पत्ती, डाल-डाल...यहाँ तक कि बादल-बादल पर नज़र रखते हैं। आपकी छोकरी के ब्वाय फ्रेंड तो क्या उसके अंडरवियर के ब्रांड तक को सामने लाकर धर दूँगा, तो उसके आत्मविश्वास को देखकर सचमुच आश्वस्त हुई थी वह।

और सप्ताह भर बाद ही तहख़ानों के राज़ सामने आ गये। मि. माथुर ने अपनी रिपोर्ट उनके सामने लाकर धर दी थी। साफ़ लिखा था—घुँघराले बाल, बेल-सा

लहराता क़द और नारीत्व की हद तक सुन्दर युवक शुभाषीष बनर्जी के साथ आभा को अक्सर कोलकाता के सांस्कृतिक केन्द्रों कभी नन्दन, कभी मधुसूदन मंच, तो कभी ज्ञानमंच में डाब पीते और झाल मूड़ी खाते देखा जाता है। लगभग पैंतीस वर्षीय शुभाशीष कला और रंगकर्म की दुनिया से भी जुड़ा है। अपने कलात्मक संस्पर्श से उसने कई स्ट्रीट बच्चों तक को कलाकार बना डाला है। इसके अतिरिक्त ए.तोष एंड सन्स में टी. टेस्टर है। सब कुछ अच्छा है, पर चिन्ताजनक पहलू यह है कि वह विवाहित है। वह आठ वर्षीय बच्चे का पिता है।

हे भगवान! नसों में दौड़ता ख़ून जैसे एकाएक जम गया। वहीं धम्म से बैठ गयी वह। मि. माथुर कहते जा रहे थे—आज का सारा युवा वर्ग ही असुरक्षा के बोध तले डूबा ऐसे वर्जित प्रेम इलाक़ों में डूब-उतरा रहा है। इस दिशाहीन और आक्रामक होते समय की चाल ही ऐसी है...कि युवा वर्ग के पास सिर्फ़ तीन स्वप्न ही रह गये हैं— सेक्स, सेंसेक्स और सक्सेस। क्या कीजिएगा।

पर नहीं, उसने कुछ नहीं सुना...आँखों के आगे जैसे सब कुछ स्याह था। एक अँधेरे से दूसरे अँधेरे तक का सफ़र। वह फिर मात खा गयी; कुलभूषण फिर जीत गया। पच्चीस वर्ष पुराना आहत भाव आँखों में रेंग गया।

अशान्त मन चमगादड़ की तरह फड़फड़ाता रहा।

हे भगवान! वह कवि यह रंगकर्मी।

वह दो बच्चियों का पिता यह एक बेटे का। क्या किन्हीं अदृश्य हाथों ने उसकी किताब का तीसरा पृष्ठ काटकर इसकी किताब में चिपका दिया? क्या ऊपरवाला भी कट-पेस्ट करने लगा? ग़ज़ब! आभा की ज़िन्दगी भी उसी का दूसरा संस्करण निकली। उस तूफ़ान को तो झेल गयी, पर क्या इस मार को झेल पाएगी वह। ख़ुदाया; इतनी सावधानी के बावजूद धीमी-धीमी आँच पर सीझ गयी नादान कहानी और उसे इल्म तक न हुआ?

रात।

वक्ष के कुशन दबाये और सामने झूलती लटों को पीछे धकेलते हुए आभा ने सहज-स्वाभाविक भाव से ग्लोब डिटेक्टिव की सचाई को क़बूला। बोलते-बोलते कई बार उसकी आँखों से सरल वेदना भी झलकी। माँ को समझाना भी चाहा—अम्मा, ज़िन्दगी का बोझ जब सँभाले नहीं सँभलता तो नैतिकता-अनैतिकता की दुहाई बेमानी है। दम घुटती साँस यह नहीं देखती कि हवा का झोंका किस रोशनदान से आ रहा है। उसे तो बस हवा चाहिए...ताज़ी हवा। प्यास यह नहीं देखती कि जल का स्रोत

क्या है। बस समझ लो अम्मा कि मेरे साथ भी यही है। ज़िन्दगी से इतना भर ही चाहती हूँ मैं। फिर तुम तो ख़ुद भुक्तभोगी हो अम्मा।

दीपा की रीढ़ में कम्पन हुआ। बोलना चाहा तो ज़ुबान जैसे एकाएक लॉक हो गयी। 'भुक्तभोगी' शब्द सीने में ख़ंजर की तरह गड़ा। आँखों के भीतर की आँखों से कुछ पल तक घूरती रही वह आभा को। आज इतिहास के उसी बिन्दु पर खड़ी थी वह जहाँ कभी उसकी माँ खड़ी थी। कई आसमानों को पार कर आयी आवाज़ और टकराने लगी—उसके कानों से—

—भरी खाटवाले (विवाहित प्रेमी) को साँप समझो बेटी। एक समय जब इस प्रेम की केंचुल उतर जाएगी। तब न वह सम्मोहन बचेगा और न ही वह सौन्दर्य। बचा रहेगा सिर्फ़ दंश। देखना जिसके लिए तुम आज सब कुछ हो, एक समय आएगा जब तुम रद्द किये माल की तरह 'कुछ नहीं' रहोगी उसके लिए।

लगभग यही शब्द थे जिनके सहारे माँ ने चेताया था उसे। अट्ठाईस सालों बाद भी शब्दों ने अपनी चमक नहीं खोयी, उतने ही प्रासंगिक, जीवित और ज़िन्दा थे।

छोटा-सा नुकीला मौन...

कुछ बोझिल पल...

—अम्मा, इट्स माई लाइफ़...और यह भी जान लो अम्मा कि खोने का लुत्फ़ पाने से कम नहीं।

जितना वह बोली उससे कहीं ज़्यादा उन आँखों का नुकीला कोण बोला था। चेहरे के भाव बोले थे, भिंचे हुए जबड़े बोले थे।

उसकी नज़रें इतिहास के चेहरे से फिसलती हुई आभा की आँखों पर ठिठक गयीं—वैसी ही एक जोड़ी आँखें। प्रेम का वही गुलाबी ख़ुमार, हसरतों के वे खरगोशी रोएँ, प्रतिरोध का वही नुकीला चाक़ू था वहाँ जो वर्षों पूर्व उसकी आँखों में लहराया था।

सर्दियों की भोर-सी सिकुड़ गयी वह। काली-काली मेघमालाओं को ख़ाली-ख़ाली आँखों से देखती रही वह और सुनती रही एक निःशब्द शोक गीत को जो रफ़्ता-रफ़्ता फैल गया था चारों ओर।

उसने एक दीर्घ उच्छ्वास लिया।

ढीले पड़ते चेहरे पर पीड़ा की नीली लकीरें गहरायीं। क्या कभी समझ पाएँगे कि क्या पाना चाहते हैं हम? कब तक चलेगा यह सिलसिला फ़ना होने का, टूटे हुए पंखों, अधबने नीड़ों और अधूरे इतिहास का?

ओफ़, कितना चाहा था उसने कि वह आभा बने पर...वह तो उसकी ही बेटी निकली।

मिसफिट

वे ज़िन्दगी के खोजी दिन थे जो मुझे सन्त और यायावर बनाने की कुव्वत रखते थे। उन्हीं दिनों के दबाव और तनाव ने मुझे धकेला था नेपाल के पोखरा शहर में जहाँ सुख-शान्ति और सुकून की तलाश में मेरा जाना हुआ था। मैं जिस होटल में ठहरी थी ठीक उसके सामने चीड़ और शाल के पेड़ों से घिरी रेवा झील थी। जिसके पीछे एक-दूसरे पर लेटी हिमालय की कद्दावर पहाड़ियाँ थीं और जहाँ मेरी ही तरह हज़ारों साइबेरियन परिन्दे हज़ारों मील की यात्रा कर सुख और सुकून की तलाश में हमसे पहले पहुँचे हुए थे। इस झील में सैलानियों को घुमाने के लिए दिनभर रंग-बिरंगी तिकोनी नौकाएँ चलती रहती थीं। आस-पास ख़ूबसूरत रंग बिरंगे देशी-विदेशी परिन्दों का जादुई लोक था, जो ज़िन्दगी को सजा रहे थे। जिनमें से कोयल की कुहू-कुहू और मोर की पिऊ-पिऊ अलग से ही सुनाई पड़ रही थी। ऐसे सुन्दर, ठहरे और शान्त परिवेश में मैं ख़ुद से दूर झील की सतह और पेड़ की शाख़ों से उड़ान भरते इन ढेरों परिन्दों की उड़ान में शामिल हो चुकी थी कि तभी मेरा मोबाइल चीख़ उठा। खीझते हुए मैंने मोबाइल पर नज़र फेंकी। एक मन किया कि उसे बन्द कर दूँ। पर स्क्रीन पर जो नाम उभरा कि मैं अविश्वास से भर उठी। जिज्ञासा ने वह ज़ोर मारा कि मोबाइल बन्द करने की सारी इच्छा भाप बन उड़ गयी।

मोबाइल पर जो नाम उभरा वह मेरी भूतपूर्व बॉस अपूर्वा अग्रवाल का था। उन्होंने छूटते ही कहा—बड़ी मुश्किल से तुम्हारा पता लगा है। मैं सिर्फ़ पन्द्रह दिनों के लिए ही भारत आयी हूँ। हाँ, आज से ठीक पन्द्रहवें दिन सेनफ्रांसिस्को वापस। तुमसे बहुत ज़रूरी काम है। जाने से पहले तुम से मिलना चाहती हूँ।

कोई ख़ास वजह? खास परेशानी?...मैं मुश्किल से बोल पाती हूँ।

नहीं...हाँ! दरअसल मैं आयी तो थी लम्बे समय के लिए। सोचा था वहाँ चैन और सुकून से कुछ दिन गुज़ारूँगी, जी भर जिऊँगी। पर यहाँ तो सब कुछ मौत के मातम में डूबा हुआ है। जीना तो दूर, घुटन के मारे साँस तक नहीं ले पा रही हूँ। क्या

बताऊँ, अब तो सम्भव ही नहीं, क्योंकि मैंने नये टिकट बनवा लिये हैं...फिर डेढ़ दो साल बाद ही आना हो...पर एक बार तुमसे मिलना चाहती हूँ।

मुझे ताज्जुब हुआ, क्योंकि अपूर्वा उन अप्रवासी भारतीयों में थी जिनके दुःख कभी भी खुलकर बोलते नहीं थे। जिन पर हमेशा सुखी और समृद्ध दिखने का पागलपन सवार रहता था, विशेषकर हम भारतीयों के सामने। पर आज यदि उसका दुःख इतना खुलकर बोल रहा है तो निश्चय ही संकट काफ़ी गहरा होगा। मैं थोड़ी चिन्तित होने लगी थी। कई मन:स्थितियों से गुज़रते हुए मैं वापस होटल आ गयी। उसके फ़ोन आने के बाद पोखरा, रेवा झील, प्रकृति और परिन्दों के साथ अपूर्वा भी मेरे ख़यालों में शामिल हो गयी। क्यों बुलाया है उसने? और वह भी इतने आग्रहों के साथ? यों परेशानियाँ उसके साथ हमेशा ही लगी रहती थीं, क्योंकि बहुत शीघ्र ही ढेर सारा हासिल करने की दौड़ में ज़िन्दगी को जी नहीं रही थी, निगल रही थी और इस दौड़ में कुछ समृद्धि, अहं तुष्टि और स्वतन्त्रता हासिल की तो बहुत कुछ बहुमूल्य उसके हाथों से छूट भी गया था। पर वह बहुमूल्य क्या था इसका इल्म उसे नहीं था।

कोलकाता की शस्य-श्यामला धरती पर पाँव धरा भी न था कि फिर उसका फ़ोन—आज ही आ जाओ। वही बॉसिज़्म! वही अन्दाज़! वही तेवर! शायद अपने अवचेतन में आज भी वह ख़ुद को मेरा बॉस मानती थी। मैं सुन रही थी जिसे वह कह रही थी और वह भी जिसे वह नहीं कह पा रही थी।

एक मन हुआ, मना कर दूँ पर तभी उसकी दबी, पिघली आवाज़ फिर टकरायी...आ जाओ, आओ न प्लीज़। देखते-देखते उसकी आवाज़ का रंग बदल गया था। अब वह हुक्म देती नहीं, वरन याचना करती आवाज़ थी।

बहरहाल, दूसरी शाम मैं पहुँची वहाँ।

मटमैले अँधेरे से घिरा ठीक-ठाक मध्यवर्गीय घर। धीमी रफ्तार में घूमता पंखा। कमरे के बीचोबीच एक डबल-बेड पलंग। जिसके एक सिरे पर दीवार से पीठ टिकाये बैठी हुई थी वह, कसी हुई, तनी हुई। ढीला-ढाला चमाचम कुर्ता। कलाई पर स्वाच घड़ी। शैम्पू की ख़ुशबू उड़ाते ताज़े कटे, रंगे हुए बाल। जिस बेचैनी, अनुरोध और याचना के साथ उसने मुझे बुलाया था उसकी हल्की-सी रेखाएँ उसके माथे की सिलवटों पर अलग से ही देखी जा सकती थीं। पलंग के दूसरे सिरे पर कोई लेटे हुए थे, घुटनों को पेट में दबाये हुए। उनकी पीठ मेरी तरफ़ थी, इस कारण उनका चेहरा देख नहीं पायी मैं। उनकी क्षीण काया, गर्दन, बाँह के झूलते मांस और लगभग गंजी को चुकी खोपड़ी से लगा कि उम्र की ढलान पर हैं।

मुझे देख अपूर्वा क़ायदे से मुस्कुरायी, वैसी ही प्रोफ़ेशनल मुस्कान। न विशेष गर्मजोशी और न ही लिपटा-लिपटी, जिसकी हल्की-सी उम्मीद न जाने क्यों कर बैठी थी मैं।

मैंने पूछा—सब ठीक तो है।

—यार, बैंड बजा हुआ है मेरा। इसीलिए तो तुम्हें बुलाया है। रेशम से बालों की एक लट उसके चेहरे पर घिर आयी थी, उसे पीछे ठेलते हुए कहा उसने।

—पर क्यों? जवाब में उसकी सिकुड़ी आँखों से लपट उठने लगी। ठीक वैसी ही जैसी उन दिनों उठा करती थी, जब मैं उसके अधीन कार्यरत थी और जिसको मैं कभी समझ नहीं पायी। वह शायद अपनी बात को रखने के लिए सही शब्दों को ढूँढ़ रही थी कि तभी एक आह के साथ पलंग पर लेटे उस प्रौढ़ से व्यक्ति ने करवट बदली। अपूर्वा उसे विरक्ति से देखती रही। उस कमज़ोर काया ने भी एक निरपेक्ष दृष्टि मुझ पर फेंकी और करवट बदलकर फिर लेट गयी। मैंने पूछा...ये कौन हैं? उसने तल्खी से जवाब दिया—इस आदमी के लिए ही तो तुम्हें बुलाया है।

—क्या? मैं ख़ाक हुई यह सोचकर कि लेटे हुए उस व्यक्ति का भला, भला मैं कैसे कर सकती हूँ?

—हाँ, यह आदमी मेरा पिता है। न ख़ुद सुख से जीता है और न हमें ही सुख से जीने देता है। उसका चेहरा छुआरे-सा सूखा और बारिश में भीगकर सूखे हुए जूते की तरह अकड़ा हुआ था।

उसके दुःख अब खुलकर बोलने लगे थे। उसकी देह के अंग-अंग अब इस बोलने में शामिल थे। उसकी आवाज़ के कोने-कोने नुकीले हो उठे थे—आयी थी पूरे डेढ़ महीने के लिए। सोचा था इंडिया जाऊँगी। यार दोस्तों के साथ घूमूँगी। ओह, कितनी तमन्नाओं के साथ मैं यहाँ आयी थी। पर जब से आयी हूँ, इनकी एक ही रट बराबर सुन रही हूँ—मुझे मार डालो, मुझे मरना है। कोई मुझे ज़हर की सूई दे दे, कोई मुझे नदी में डुबो दे, कोई मुझे बिजली का करंट लगा दे। एक बार तो घर के पासवाले तालाब में कूद ही पड़े थे। ये तो मेरे किसी दोस्त ने देख लिया और उन्हें तुरन्त तैराक से निकलवाया। नहीं तो...अब तुम्हीं बताओ ऐसे दमघोंटू वातावरण में कोई कैसे रह सकता है? उफ़, पल भर को शान्ति नहीं, हर घड़ी इनकी चौकसी! इनकी निगरानी! उफ़, न वहाँ चैन न यहाँ सुख-शान्ति। मुझे ताज्जुब हुआ, ऐसी होनहार, सफल और मज़बूत पुत्री का ऐसा सहमा-सहमा और ज़िन्दगी से डरा हुआ पिता! मानो बुढ़ापां डर जगाता है, बेसुरा कर देता है ज़िन्दगी के सुरों को। पर दो योग्य सन्तान, एक पूरी उम्र जी लेने का अनुभव, संघर्ष का माधुर्य और उससे उपजा आत्मविश्वास भी तो कोई चीज़ होती है। मैंने पूछा—क्या इन्हें कोई परेशानी है?

वह निराशा के साथ बोली—क्या बताऊँ परेशानी ही इनकी सच्ची साथिन है,

जो मिनट भर इन्हें अकेला नहीं छोड़ती है। गले झूलती रहती है इनके। मैं फिर भी उनके व्यंग्य को समझ नहीं पायी इसलिए खोद-खोद कर पूछने लगी—तुम दोनों ही भाई-बहन जीवन में अच्छी तरह स्थापित हो, फिर इन्हें कैसी परेशानी? क्या कोई शारीरिक कष्ट है? वह व्यंग्य से मुस्कुरायी—यही तो सबसे बड़ी परेशानी है कि इन्हें कोई परेशानी नहीं। इसी कारण दिन भर हमें परेशान करते रहते हैं।

चुप-चुप...धीरे बोलो। वे सुन रहे हैं। मैंने उसे चुप करना चाहा। पर वह तो लबालब भरी बैठी थी, छलक पड़ने को बेताब। वह फिर चालू हो गयी। चुप रहते-रहते मेरा तो दम घुट गया है। जब से आयी हूँ चुपचाप सुन ही तो रही हूँ। एक तो इनकी भयंकर कानफोड़ खाँसी और दूसरी इनकी हाय मरूँ-हाय मरूँ की चौबीस घंटों की रट! इतना पैसा और काम का हर्जा करके क्या यही सब सुनने के लिए मैं यहाँ आयी? अरे मरना ही है तो मरो न जाकर, रट क्यों लगाते हो। लेकिन लगता है कि यह काम भी हमें ही करना पड़ेगा, इनसे तो यह भी नहीं होगा।

उसकी आँखों में उठती नफ़रत और अवमानना की उफनती लहरों को देख मैं सन्न रह गयी। इतनी खीझ! इतनी नफ़रत! इतनी असहिष्णुता! वह भी एक अवसादग्रस्त पिता के लिए? क्या ऐसी भाषा भी बोल सकती है कोई पुत्री अपने पिता के लिए? उसके भीतर से उठनेवाली क्रोध और नफ़रत की विद्युत-तरंगों से मैं झुलसने लगी। पूरा घर झुलसने लगा। मटमैला अँधेरा और घना हो गया। घर की छत नीचे झुक गयी। मैंने फिर देखा उसके चेहरे की ओर। जी भर जी लेने की उद्दाम लालसा थी। वहाँ जो अवसादग्रस्त पिता के चलते दम तोड़ रही थी। मैंने देखा वहाँ एक गहरी ऊब, हताशा, उकताहट और फँसे होने का भाव।

एक नज़र मैंने उसके पिता पर डाली। साँवला रंग। एक मरियल तकिये के सहारे आधे लेटे और आधे बैठे हुए। बुझा हुआ चेहरा। कछुए की तरह सिकुड़े हुए अंग। फटी-फटी आँखें। बूढ़े बैल के झुके हुए सींग की तरह झुके हुए कन्धे। झुकी हुई पीठ। मेरे नमस्कार के जवाब में हँस दिये वे—एक मैली मरियल हँसी।

बोलना भर था इसलिए बोली मैं—कैसे हैं आप? वे फिर हँसे, एक बेरंग हँसी—इस उम्र में अब कैसा होऊँगा?

मैंने फिर, पूछा, "कितनी उम्र है आपकी?"

—एक कम सत्तर...हकलाते हुए बोले वे और मिचमिची आँखों से देखते रहे मेरा चेहरा।

—यह तो कोई उम्र नहीं, हमारे यहाँ तो लोग सौ वर्ष जीने की कामना करते हैं।

उनके साँवले ललाट पर नसें धड़कने लगीं। किसी तरह शब्दों को बाहर धकेलते हुए बुदबुदाये वे, करते होंगे, पर मेरा जी उचट गया है ज़िन्दगी से, गृहस्थी

से। थक गया हूँ जीते-जीते। तीन बच्चे हुए फिर भी एकदम अकेला हूँ, अशान्त हूँ, असहाय हूँ। एक पच्चीस वर्ष का होकर रोड एक्सीडेंट में मर गया। मर क्या गया मुझे मार गया। दूसरा बेटा है जो दिन-रात सट्टे में डूबा रहता है शेयर मार्केट में एक करोड़ कमाया तो बौरा गया। फिर फाटका खेला और डेढ़ करोड़ गँवा बैठा। तब से भयंकर डिप्रेशन में चल रहा है। अवसाद से उबरने के लिए वह बाबा रामदेव के पास तक गया। उन्होंने बहुत व्यावहारिक बात कही। उसे समझाया—तू क्या लेकर आया था? कुछ नहीं न! तो जो कमाया वो यहीं वापस दे गया, तो दुःख कैसा? लेकिन वह घाटे की चिन्ता में इतना डूबा रहता है कि जीवन घाटे में जा रहा है, इसकी भी उसे कोई सुध नहीं। तीसरी है यह अपूर्वा, आक्रामक देश से आयी है इसलिए हरेक को उड़ाने की लत पड़ गयी है इसे। ख़ुद दौड़ती रहती है दिन भर और चाहती है कि उसका आस-पास भी दिन-रात उसके साथ दौड़ता रहे। सेवा और सहानुभूति की तो उम्मीद नहीं इस पीढ़ी से पर कम-से-कम इतनी तो समझ रखे कि पाँव भी मन के साथ उठते हैं। दिन भर यह मुझे गरियाती रहती है। कहती है कि मेरा माइंड सेट ही ऐसा हो गया है कि पड़े रहना चाहता हूँ। भूल गयी कि बारह-बारह घंटे कोल्हू के बैल की तरह दिन-रात खटकर इन्हें पाला और बड़ा किया। दरअसल ख़ुद माँ बनी नहीं, बनना नहीं चाहती तो समझे कैसे कि कितने अरमानों से और दुःखों से बड़ा किया है बच्चों को। मुझसे कहती है, अमेरिका में देखो, बूढ़े कितने आत्मनिर्भर हैं। अरे वहाँ वे ख़ुद के लिए जीते हैं, यहाँ हम परिवार और बच्चों के लिए जीते हैं। उनके लिए मरते-खपते हैं। अब जब वे ही अपने नहीं रहे तो जी कैसे रमे गृहस्थी में? शान्ति तो मुझे अब मिट्टी में मिलकर ही मिलेगी।

फिर एक गहरी साँस खींची उन्होंने जैसे पिछला सारा दुःख इसी एक ठंडी साँस में निकल गया हो।

—कभी जी रमा भी था गृहस्थी में या बच्चों में? यह अपूर्वा थी जो मेंढक के समान एकदम से उछल पड़ी और पंजे निकाल-निकाल तर्पण कर रही अपने पिता का।

इसी बीच सिर के आँचल को ठीक करते हुए अपूर्वा की माँ भी आ गयी थीं। बेटी की तेज़ आवाज़ सुन उनका मुँह भी उतर गया था। पति को पुचकारते हुए कहने लगीं वे—अब जी कैसा है? चाय ला दूँ? चाय का मन नहीं हो तो थोड़ा बेदाने का रस ही पी लो। देखो कमज़ोरी कितनी बढ़ गयी है। इसीलिए ग़ुस्सा आता रहता है दिन भर, कभी ख़ुद पर, तो कभी बच्चों पर। अपूर्वा फिर भड़क गयी। माँ की सेवा टहल को मक्खियों की तरह उड़ाने लगी—क्या दरकार है इतनी चिरौरी-मिन्नत करने की? तुम्हारी इसी सेवा-टहल ने ही बिगाड़ कर रख दिया है इन्हें!...सब कुछ किया-कराया मिल जाता है, हाथ-पैर डुलाने नहीं पड़ते। इस कारण दिन भर हाय मरूँ, हाय

मरूँ सूझता रहता है। अमेरिका में देखो, अस्सी साल का बन्दा भी अपने बल पर जीता है। काँपते रहते हैं हाथ किन्तु अपनी गाड़ी का स्टीयरिंग ख़ुद ही सँभालता है। आधे दिन व्यस्त रहता है। ज़िन्दगी के बन्दोबस्त में और बाक़ी आधे दिन थककर बेदम होकर सो जाता है, तो डिप्रेशन हो भी कैसे? इतनी टाइट दिनचर्या में डिप्रेशन घुसेगा भी तो कहाँ से? पर यहाँ तुम हो कि कुछ भी करने नहीं देती हो उन्हें, तो पड़े-पड़े दिन भर उल्टा-सीधा सोचते रहते हैं।

अपूर्वा के चुप होते-न-होते वे फिर भड़क गये। उन क्षणों, जैसे सब कुछ भक से जल गया था उनका। हाँफते-हाँफते कहने लगे—देखा आपने! ख़ुद तो दिन भर लताड़ती ही है मुझे और चाहती है कि पत्नी भी लताड़े। मुझसे रिवोल्ट करे। वह भी मेरी केअर नहीं ले। अमेरिका क्या चली गयी सभी को अमेरिकी आँखों से ही देखने लगी है। अरे वहाँ पौष्टिक आहार मिलता है। आर्थिक सुरक्षा और घर ख़र्च निकालने की चिन्ता घुन की तरह आदमी के सत को नहीं कुचलती। रास्ते चलते अपमानित होने का कोई ख़ौफ़ नहीं रहता। आम आदमी होने का कोई ख़ौफ़ नहीं रहता। आम आदमी की ज़िन्दगी में भी वहाँ सुख है, आर्थिक सुरक्षा है, बच्चों की पहाड़-सी ज़िम्मेदारियाँ नहीं हैं। बच्चों की शादी करवाने में कमर नहीं टूटती तो अस्सी साल का बन्दा भी वहाँ जॉगिंग क्यों नहीं करेगा? गाड़ी क्यों नहीं चलाएगा? माथे का पसीना पोंछते हुए वे फिर बड़बड़ाये—अरे जैसा अमेरिका, वैसा वहाँ का बूढ़ा। जैसा इंडिया, वैसा यहाँ का बूढ़ा।

बोलते-बोलते बेदम हो अपने हाथों से अपनी छाती मसलने लगे थे वे। एक असह्य वेदना उनकी आँखों से फूट रही थी। कमरे में मटमैला अँधेरा और घिर आया। मैंने कहा—लाइए मैं दबा देती हूँ। अविश्वास से मेरी ओर ताकने लगे वे। धीरे-धीरे टूटते पत्तों की तरह शब्द गिरने लगे उनके मुँह से—छाती तो नहीं, हाँ, यदि चाहे तो माथा मसल दीजिए मेरा, ककड़ी की तरह फट रहा है।

मैं उनका माथा सहलाने लगी। आँखें मूँद लीं उन्होंने, शान्ति पसर गयी उनके चेहरे पर, लगा जैसे नींद की डोंगी पर सवार हो हिलकोरे खा रहे हों। अब वे शान्त थे। पूरा घर शान्त था। कुछ देर बाद उन्होंने मुझे हाथ के इशारे से बाहर जाने को कहा।

बाहर आकर मैं टूट पड़ी अपूर्वा पर—मैडम, आप तो रिश्तों का कचरा ही निकालने पर तुली हुई हैं। यह तो देखिए कि कितने डिप्रेशन में हैं वे। आप चाहें तो मौत का इन्तज़ार करते अपने पिता को जीवन की ओर वापस लौटा सकती हैं। यह नहीं तो कम-से-कम इतना तो कर ही सकती हैं कि एक ख़ामोश बहती नदी की तरह वे किनारे लग जाएँ। उसे यह नहीं लगे कि मैं हद से गुजर रही हूँ इसलिए आगे और जोड़ दिया—आपने मुझे इन्हीं के लिए बुलाया है, इसीलिए कह रही हूँ कि ऐसे तो हालात और बिगड़ जाएँगे।

वह थोड़ी कच्ची पड़ी। अपनी बात में दम भरते हुए कहने लगी—मैं चाहती हूँ कि वे जीवन की बात करें। चिढ़ है मुझे नकारात्मक सोच से। इसलिए जान-बूझकर ऐसे तीर छोड़ती हूँ कि कोई तो तीर निशाने पर लगे और अपमानबोध से ही सही वे उठकर खड़े हो जाएँ और बन्द करें हाय मरूँ, हाय मरूँ की यह रट। अमेरिका में देखो, लोग बूढ़े हो जाते हैं, हाथ पैर काँपते हैं, फिर भी जीने की योजना बनाते हैं, मरने की नहीं। सजना-सँवरना नहीं छोड़ते। टीप-टॉप और चुस्त रहते हैं। इन्हें देखो, साठ के ऊपर हुए नहीं कि आलू के सड़े बोरे की तरह ख़ुद को एक तरफ धकेल देते हैं, दिन भर गन्दी हवा छोड़ते हैं और बदबू मारते हैं। न जीते हैं और न जीने देते हैं।

उसका जवाब सुन मन फिर खिन्न हुआ। तल्ख शब्दों में जवाब दिया मैंने—माफ़ करना मैं कुछ समय के लिए तुम्हें बेटी समझ बैठी थी, पर तुम तो बेटी हो ही नहीं सकती। बेटियाँ तो वे धूप होती हैं जो दूर कर देती हैं आत्मा के अँधेरों को और तुम हो कि आत्मा को लहुलूहान करने में कोई कसर ही बाक़ी नहीं छोड़ रही हो। पर इतना जान लो कि यह रोग अकेलेपन का है। मन के अँधेरे का है, जो तीखे चाकू की तरह उनकी छाती में गहरे धँसा है। और यह भी जान लो कि हर आदमी बूढ़ा होता है और हर बूढ़े के पास स्वप्न नहीं। दुःस्वप्न होते हैं। तुम भी इससे बच नहीं पाओगी। यदि तुमने अवमानना की इन आँसुओं की तो देखना एक दिन ये आँसू तुम्हें भी ले डूबेंगे, वह ऊँचाई किस काम की जहाँ से तुम्हें अपने ही दिखने बन्द हो जाएँ। मेरे शब्दों की लाठी से शायद पहली बार आहत हुई थी वह। सहानुभूति बटोरने की आकांक्षा से कहने लगी—मैं क्या करूँ, अमेरिका से थक-मरकर मैं यहाँ आयी कि यहाँ की फ़िज़ा में तरोताज़ा हो लूँगी। जी भर जी लूँगी। वहाँ तो सुबह नौ बजे जूते पहनती हूँ तो फिर रात दस बजे ही वे उतरते हैं। दिन भर भागदौड़ रहती है। साल भर में मुश्किल से दस छुट्टियाँ मिलती हैं। एक-एक छुट्टी बचाकर रखती हूँ, एक-एक पैसा बचाती हूँ कि यहाँ ऐश करूँगी पर एक दिन भी बाहर नहीं निकल पायी, तुम तो घंटे भर के लिए आयी हो इसलिए उपदेश बघार रही हो। चौबीस घंटे रहो इनके साथ, करो इनकी चौकसी तब पड़े मालूम।

दोनों ओर ही शिकायतों का कोई अन्त नहीं था।

बहरहाल, बहुत ही क्षुब्ध होकर उस दिन मैं निकली उसके घर से।

क़रीब महीने भर बाद सुबह-सुबह मेरा फ़ोन टनटनाया...कौन हो सकता है इस समय? अपूर्वा थी। ध्यान आया, सेन्फ्रांसिस्को में इस समय रात के क़रीब आठ बज रहे होंगे। इस बार उसके सुर-स्वर सब बदले हुए थे। तापमान एकदम गिरा हुआ था। मिन्नत करते हुए कह रही थी वह—प्लीज़ एक बार हो सके तो देख आओ मेरे पिता को, कैसे हैं वे? मुझे कोई कुछ नहीं बताता। माँ से पूछो तो वही रटा-रटाया जवाब—सब ठीक हो जाएगा। मैं कुछ बोलूँ कि वह फिर लुटी-पिटी आवाज़ में अगर

मगर करने लगी—देखो, मैं उतनी भी बुरी नहीं हूँ। पर वहाँ जाते ही न जाने क्या हो जाता है मुझे...मुझे सब आलसी, सुस्त, गन्दे और नकारा लगने लगते हैं। इसलिए न मन की उन्हें कुछ कह पाती हूँ और न ही कुछ सुन पाती हूँ। सब अधूरा, अनकहा और अनसुना ही रह जाता है। पर इस बार हद ही हो गयी। शायद इसीलिए जबसे आयी हूँ लगता है जैसे रो रहा है कोई मेरे भीतर। कोई मर रहा है तिल-तिल करके। रात में सोती हूँ तो लगता है ढेर-सारे कुत्ते मेरे बँगले के भीतर घुस आये हैं और रो रहे हैं, ताज्जुब अमेरिका में इतने कुत्ते कहाँ से घुस आये?

बोलते-बोलते वह सुबकने लगी। कुछ देर हिचकियाँ लेती रही और फिर चालू हो गयी—मुझ पर एक एहसान कर दो प्लीज़। एक बार, एक बार जाकर देख आओ, कैसे हैं मेरे पिता और मुझे वहाँ के हालात सही-सही बताओ। क्या बताऊँ, बाउजी तो मुझसे बात ही नहीं करते। कहते हैं कि अमेरिका तुम्हें खा रहा है, बल्कि इतना खा गया है कि तुम मेरी बेटी ही नहीं रही। माँ से पूछूँ तो कहती हैं कि रामजी सब ठीक करेंगे। बताओ मैं क्या करूँ? फिर आने की सोच रही हूँ। किसी भी काम में मन नहीं लग रहा है। पागल की तरह भटक रहा है मेरा मन। कोई अपना भी नहीं यहाँ, जिससे दो घड़ी मन की कह लूँ।

मैं समझ नहीं पायी की क्या जवाब दूँ उसे? उसके साथ दिक़्क़त यह है कि जब वह भारत में रहती है तो अमेरिका को तलाशती है। अमेरिकी आँखों से परिवार को देखती है। सबको अपने अदम्य वेग के साथ बहते देखना चाहती है। और तो और अमेरिकी औज़ारों से रिश्तों को छूती-तलाशती है तो रिश्ते ग़ायब हो जाते हैं। और जब अमेरिका में रहती है तो भारत की आत्मीयता, उष्णता तलाशती है। उसी परिवार के लिए रोती-कलपती है जो यहाँ उसे छू भी नहीं पाता है। दोनों ही जगह वह मिसफिट रहती है। न यहाँ जी पाती है, न वहाँ। मैं जानती हूँ वहाँ वह हर दिन सबको याद करेगी, आँसू बहाएगी। दिन-रात खट-खट कर एक-एक पैसा बचाएगी। किसी प्रकार साल-डेढ़ साल गुज़ारेगी। फिर ताज़ा उमंग और अरमानों के साथ यहाँ आएगी। अमेरिकी सूप और छलनी से यहाँ रिश्तों को फटकारेगी। छानेगी, सबको उड़ाएगी, नीचा दिखाएगी और फिर चली जाएगी वहाँ पश्चाताप और अपराधबोध के आँसू बहाने। सिलसिला जारी रहेगा।

काली चील

कोई स्मृति ज़िन्दगी से बड़ी नहीं होती। न ही कोई सोच। पर कुछ स्मृतियाँ, कुछ ज़िन्दा और गर्म एहसास टीस बनकर ताउम्र सालते रहते हैं। चेखव की एक कहानी पढ़ी थी, 'एक क्लर्क की मौत', जिसमें एक क्लर्क होता है। एक बार वह थिएटर हॉल में कोई नाटक देख रहा होता है कि अचानक उसे ज़ोर से छींक आती है। छींक इतनी तेज़ होती है कि कुछ छींटे सामने बैठी मटकी-सी मोटी और गंजी खोपड़ी पर गिर जाते हैं। गंजी खोपड़ी घूमकर आँखें तरेर कर पीछे देखती है तो क्लर्क के होश उड़ जाते हैं। वह उसका बॉस था।

बॉस उसे कुछ नहीं कहता, पर अफ़सरशाही का आतंक उसके मांस में ही नहीं हड्डियों तक में धँसा था। वह चैन से बैठ नहीं पाता, उसे लगता है अनजाने ही सही, उससे भयंकर अपराध हो गया है। उसकी बदतमीज़ छींक के छींटे बॉस की खोपड़ी पर नहीं पड़ने चाहिए थे। जाने बॉस क्या सोचें, कौन जाने उसे नौकरी से निकाल दें। डर पंख पसारने लगा, बॉस का आतंक कन्धे पर बैठे गिद्ध की तरह हर पल उसे अपनी नुकीली नोक से लहूलुहान करने लगा। अब गयी नौकरी! थिएटर ख़त्म किये बिना ही वह घर लौट आता है और सीधे पहुँचता है, बॉस के यहाँ। काफ़ी इन्तज़ार के बाद बॉस घर आता है। जैसे ही बॉस की निगाह उस पर पड़ती है, वह गिड़गिड़ाता है, 'बॉस मैंने जानबूझकर नहीं छींका। मुझे माफ़ कर दें।' बॉस उसे कुछ नहीं कहता। बस एक उदासीन नज़र उस पर डाल कर रह जाता है। वह और अधिक डर जाता है। बॉस सचमुच उससे नाराज़ है, इसीलिए उसने मेरी बात का जवाब तक नहीं दिया। उसके वजूद का अंश इस डर से ग्रस्त हो जाता है कि उससे दुनिया का सबसे बड़ा अपराध हो गया है। बॉस के आतंक के नुकीले काँटे उसे रह-रह कर चुभते हैं। वह पल भर के लिए पलक तक नहीं झपका पाता। अपने आप से मजबूर वह आधी रात फिर बॉस के घर जा पहुँचता है और फिर दोहराता है, 'सर मुझे माफ़ कर दें। मैंने जानबूझकर नहीं छींका।' इस बार बॉस सचमुच आपा खो देता है और चीख़ कर कहता है, 'गेट आउट।'

सुबह वह क्लर्क अपने कमरे में मृत पाया जाता है।

सवाल उठता है, यह कहानी मुझे क्यों याद आती है रह-रहकर? क्या इसीलिए कि इसके सूत्र अवचेतन की किसी गहरी पीड़ा या अपराधबोध से जुड़े हैं? शायद हाँ, क्योंकि अपराधबोध आसमान में उड़ती वह काली चील है जो आपके ज़रा-सा ख़ाली होते ही झपट्टा मार दबोच लेती है आपको।

तो किया जाय अपने ही अतीत का पोस्टमार्टम। क्या हर्ज है?

क़िस्सा-कोताह यह कि वे सन् 86-87 के दिन थे। संचार क्रान्ति का शुरुआती दौर। कम्प्यूटर छोटे होते-होते डेस्क पर आने लगे थे और सस्ते होते-होते छोटे ऑफिस की भी ज़रूरत बनने लगे थे क्योंकि वह ज़माना तेज़ चलनेवालों का था। इसलिए अब अकाउंट भी लाल रंग के मोटे-मोटे खाते से निकलकर कम्प्यूटर के परदे पर दनादन चलने लगे थे। रातों-रात कम्प्यूटर हवा-पानी की तरह अनिवार्य बन गया था। जगह-जगह कुकुरमुत्ते की तरह कम्प्यूटर सेंटर खुल गये थे। हमारे स्वप्न भी अब कम्प्यूटर के साथ जुड़ने लगे थे। अब आसमान उसका था जिसे कम्प्यूटर चलाना आता था। स्वप्न उसके थे जिनकी उँगलियाँ कम्प्यूटर पर तेज़ दौड़ती थीं। पर पुरानी पीढ़ी, जिन्हें कम्प्यूटर चलाना नहीं आता था और ज़िन्दगी की घिस-घिस ने जिन्हें इतना घिस दिया था कि उनमें नया कुछ भी सीखने की ऊर्जा और उमंग नहीं बची थी, का कम्प्यूटर के बारे में सोच-सोचकर रक्तचाप बढ़ने लगा था। उनकी ऊर्जा और स्वप्न में लीकेज होने लगा था। कम्प्यूटर के चलते उनकी ज़िन्दगी अनाथ हो इधर-उधर भटकने लगी थी।

मैं उन दिनों कोलकाता के प्रसिद्ध चाय एक्सपोर्ट हाउस में ताज़ा-ताज़ा कम्प्यूटर प्रोग्रामर बनी थी। मेरा काम उस एक्सपोर्ट हाउस को कम्प्यूटराइज़ करना था। कुछ इस तरह कि धीरे-धीरे सारी सम्बन्धित एवं ज़रूरी रिपोर्ट कम्प्यूटर से ही निकलें। अब तक सारी रिपोर्ट एक्सपोर्ट हाउस के टाइपिस्ट एवं बाबुओं द्वारा ही तैयार की जाती थीं। चूँकि वह एक्सपोर्ट हाउस था, इस कारण इन टाइपिस्टों और बाबुओं का भी अलग ही रुतबा था जो मेरे आने से एकदम धचक गया था। आधे से अधिक टाइपिस्टों को पियनगिरी में लगा दिया गया था। जो आधे बचे थे वे भी ऑक्सीजन पर थे। पता नहीं कब गिर जाय उन पर बेकारी या अपमान की गाज। कम्प्यूटर उनके लिए ऐसा खलनायक था जो न केवल उनकी पतंग काट रहा था, वरन् उनके स्वप्न और सम्मान को भी देश निकाला दे रहा था। कम्प्यूटर से निकली रिपोर्ट की चमक, तेज़ी और सटीकता को देख वे ठंडी साँसें लेते, बीते दिनों की जुगाली करते और अपने हाथों से अपनी मेज़ पर मुक्के मारते। जब कभी कम्प्यूटर से निकली रिपोर्ट में मेरी ग़लती निकल आती या आँकड़े ग़लत हो जाते तो उनके चेहरों पर सौ-सौ गुलाब खिल जाते, हवाएँ तेज़-तेज़ चलने लगतीं। उनके होंठों पर जो इन दिनों नौकरी जाने की चिन्ता

में हँसना भूल गये थे। हँसी चिड़िया की तरह फुदकने लगती। वे फिर पुराने दिनों का स्वप्न देखने लगते जब वक़्त ज़िन्दगी से भरपूर था। इतना नीरस काम करते हुए भी वे फ़िल्मी गीत गुनगुनाते, चुटकुले सुनाते और मुख्यमन्त्री ज्योति बाबू पर बहस करते हुए ठहाका लगाने की कुव्वत रखते। उन दिनों को सलाम करते हुए वे फिर अपनी कल्पना में कम्प्यूटर को बाहर निकाल अपनी टाइपिंग मशीन और अपने पुराने साथियों को बा-इज़्ज़त प्रतिष्ठित करने लगते।

अपने आस-पास से असम्पृक्त और तटस्थ, मैं उनकी बेबसी का स्वाद लेती, उनके स्वप्नों से खेलती, उन्हें घायल करती तेज़ी से सिस्टम को कम्प्यूटराइज़ करने में लगी थी। उन्हीं प्रयोगों वाले दिनों में एक दिन एकाएक मेरी हार्ड डिस्क क्रैश कर गयी। अगले दिन एक्सपोर्ट हाउस को अपना रेट रूस, जर्मनी और जापान आदि देशों के प्रतिनिधियों को भेजना था। उसी दिन नीलामी होनेवाली थी। हमारा एक्सपोर्ट हाउस स्थानीय बाजार से नीलामी से चायपत्ती ख़रीदता, फिर उनकी ब्लेंडिंग, टेस्टिंग और ग्रेडिंग आदि कर उसे रूस, जर्मनी जैसे देशों को मोटे फ़ायदे में एक्सपोर्ट करता था। ऊपर से आदेश आया, सारी रिपोर्ट सुबह तक लग जानी चाहिए। मेरे आने से पहले डेढ़ पसली के फोनी बाबू यह सब देखते थे। एक एक्सपोर्ट विभाग के सबसे अनुभवी टाइपिस्ट-कम-क्लर्क थे। कोई साधारण दिन होता तो वह कम्प्यूटर की इस दग़ाबाज़ी पर बहुत ख़ुश होते। शायद मित्रों को दावत तक दे डालते क्योंकि उन दिनों उनका सबसे बड़ा दुश्मन यदि कोई था तो वह कम्प्यूटर ही था। पर वह एक महत्त्वपूर्ण और उड़ता हुआ दिन था। रिपोर्ट उनकी देख-रेख में ही निकलती थी। एक्सपोर्ट डिपार्टमेंट की सारी रिपोर्ट का दायित्व उनके अधीन था। उन्होंने कातर निगाह से मुझे देखा और जाल में क़ैद पक्षी की तरह फड़फड़ाए, "सुबह तक 230 पेज की सारी रिपोर्ट कैसे टाइप होगी? क्या दूसरे कम्प्यूटर का इन्तज़ाम नहीं हो सकता? बैकअप (दूसरी फ्लॉपी में संग्रहीत डेटा) तो हैं ही आपके पास।" मैंने गर्दन उचकाई और कहा, "मैनेजमेंट से बात कीजिए।" उनका अधबूढ़ा चेहरा हल्के से काँपा। आँखों में बॉस का ख़ौफ़ उभरा। सामने के दो टूटे दाँतों से दयनीय हँसी बिखेरते वह लटपटाई आवाज में पिन-पिनाये, "साहब बहुत ग़ुस्सेवाले हैं। मेरी तो हिम्मत नहीं पड़ती। एक बार तो ग़ुस्से में उन्होंने रजिस्टर ही मुझ पर फेंक दिया था।" क़रीब खिसककर वह फिर फुसफुसाए, "आप पर तो वह बहुत मेहरबान हैं, आपके साथ तो हँसी-मज़ाक़ भी चलता है। आपकी बात वह ज़रूर सुनेंगे। आप ही ज़रा...।" वह खिसकते हुए मेरे इतने क़रीब आ गये थे कि उनकी साँस, मैले कपड़े और बालों में लगे कड़ुए तेल की गन्ध से मेरा जी मिचलाने लगा था। मेरे लिए यह कोई मुश्किल काम नहीं था। मैंने एक निगाह घड़ी पर डाली और एक उनके चेहरे पर। वहाँ डर, कुरूपता और मनहूसियत के जाने कितने जाले लटक रहे थे। मुझे उस पूरे माहौल से जितनी अधिक

वितृष्णा हो रही थी फोनी बाबू की आँखों में उतनी ही अधिक उम्मीद की किरण कौंध रही थी। वह फिर लटपटाए हुए प्रेम से बोले, "आप करेंगी न बात?" बोलते-बोलते जाने कैसे उनकी बाँयीं आँख दब गयी। मुझे लगा शायद इसी मनहूस शक्ल, गन्दे कपड़े और अजीबो-ग़रीब व्यवहार के चलते ही बॉस ने उन पर रजिस्टर फेंका होगा। उनकी यातना का दुष्ट आनन्द लेती, गर्दन झटकती मैं यह जा वह जा।

दूसरे दिन ऑफ़िस पहुँची तो बड़ा विचित्र और दयनीय नज़ारा था। ज़िन्दगी जीता-जागता युद्ध बन चुकी थी। गिरते-डोलते बावन वर्षीय फोनी बाबू को तीन पियन पकड़ कर टैक्सी में चढ़ा रहे थे। वह उनके पंजे से निकलने की असफल कोशिश कर रहे थे। बीच-बीच में वह अपनी अकड़ी गर्दन को दायें-बायें हिला रहे थे। उनका दिल अभी भी बुझती लालटेन की तरह भक-भक कर रहा था। वह बड़बड़ा रहे थे, 'एखुनो चालीस पाना बाकी आछे' (अभी भी चालीस पन्ने बाकी हैं।) पास खड़े दूसरे क्लर्क से मैंने माजरा पूछा तो पता चला फोनी बाबू रात भर मशीन पर सिर झुकाये टाइप करते रहे थे। रात बीत गयी फिर भी जब वह घर नहीं पहुँचे तो उनका लड़का पहली ट्रेन पकड़कर ऑफ़िस पहुँचा। सुबह भी वह दीन-दुनिया को भूल अपने अंगों को कछुए की तरह सिकोड़ (वह जनवरी की रात थी) अपने आस-पास के माहौल से बेख़बर बस दनादन टाइप करते जा रहे थे। उन्हें पता ही नहीं चला कि कब रात बीती और कब सुबह फूटी। उनके लिए सब स्थगित था, सब मिथ्या था। सत्य था तो सिर्फ़ उनकी नौकरी, टाइपिंग मशीन और 230 पेज़।

काला चश्मा

शेष होती नीली-रात के आख़िरी बचे उजाले में पलभर के लिए रजाई से बाहर झाँकते हैं मेजर सन्दीप। जमी बर्फ़ की खामोशी में काला कोट पहने हिमालय काला-सा टुकड़ा भर नज़र आता है। जिसे देख जाने कैसे खलबली भीतर उफनती है कि वे उठ खड़े होते हैं। टेबल पर रखे गिलास से घूँट भर पानी गटकते हैं। छाती-मसलते हैं। उल्टी गिनती गिनते हुए रात के मलबे पर फिर नींद को रिझाने की चेष्टा करते हैं। पर ख़ामोश रेंगती रात की तरह जाने कैसा दुष्ट कीड़ा भीतर रेंगने लगता है कि वे फिर उठ बैठते हैं। टेबल पर रखी किताब के कुछ पन्ने पलटते हैं। मन को शान्त रखने की चेष्टा करते हैं। पर बेक़ाबू मन फिर बन्दर की तरह उछल-कूद मचाने लगता है। पढ़ने में मन नहीं लगता। हारकर मन को स्थिर करने के लिए अन्तिम आश्रय की तरह वे डायरी खोलते हैं। पिछली रात का लिखा फिर पढ़ते हैं— क्यों लगता है मुझे कि इस पागल-समय के एक छोटे से डिब्बे में क़ैद होकर रह गया हूँ मैं। क्यों हाथ अलग और दिमाग़ अलग चलते हैं मेरे। क्यों अपने से ही दूर होता जा रहा हूँ मैं? क्यों? क्यों?

अपने चौड़े चिकने ललाट पर तीन ठोके लगाते हैं मेजर सन्दीप और फिर डूब जाते हैं अपने ही भीतर के समन्दर में।

पिछले कुछेक महीनों से कन्फ्यूज्ड रहने लगे हैं मेजर सन्दीप। जहाँ जाते हैं ख़ुद को मिसफिट पाते हैं। शुरू-शुरू में ऐसा नहीं था। यद्यपि वे ऐसे तराजू तौलनेवाले परिवार से फ़ौज में आये थे, जिनकी सात पीढ़ियों में से किसी ने बन्दूक को छुआ तक नहीं था। फिर भी भारतीय फ़ौज को उन्होंने अपने दम पर काफ़ी हद तक अपने भीतर सोख लिया था और तमाम आत्मीयों और शुभचिन्तकों की आशा के विपरीत ख़ुद को एक कामयाब मेजर बनाया था। पर पिछले कुछ महीनों से सब कुछ गड़बड़ हो रहा है उनके साथ।

दरअसल इस गड़बड़ी की शुरुआत तब से हुई जब से उन्होंने बाहर देखते-देखते अपने भीतर देखना शुरू कर दिया। चीख़-चिल्लाहट, ख़ून-ख़राबा, गोला-

बारूद, बम-विस्फोट और धाँय-धाँय की आवाज़ को सुनते-सुनते अपने को भी सुनना शुरू कर दिया। शुरू-शुरू में भीतरी ताक-झाँक ख़ुद को देखने-सुनने की यह लत कभी-कभार ही रंग लाती थी पर जबसे पिछले सालभर से अखरोट के पकने के दिनों में उनकी पोस्टिंग राष्ट्रीय राईफल्स-44 के अन्तर्गत कश्मीर के सबसे संवेदनशील इलाक़े राजौरी में हुई है तब से लाइफ़ लाइन ही बदल गयी है उनकी। और तभी-से एक नयी बीमारी ने गर्दन दबोचनी शुरू कर दी है, तभी वे ख़ुद को दुख के पाताल में भी धँसते हुए पाते हैं। बीमारी की इन्तिहाँ यह है कि जब सारी यूनिट कामयाबी के उल्लास में थिर-थिर थिरकती है, लहर-लहर हँसती है तो क्यों मन करता है उनका कि वे आत्महत्या कर लें। क्यों उन्हें हर गली नुक्कड़ पर सेब, अखरोट और देवदारु के पेड़ नहीं, होर्डिंग और पोस्टर नहीं वरन् सवाल-ही-सवाल टँगे हुए दिखाई देते हैं, नुकीले देहधारी सवाल! इतनी नुकीली और तीखी होती हैं उन सवालों की नोकें कि लहूलुहान हो वे चीख़ने-चिल्लाने लगते हैं। जाने कहाँ-कहाँ से चले आते हैं सवाल दर सवाल इतिहास से, मिथक से, वर्तमान से। सवालों की एक बानगी देखिए—

आदमी बड़ा फिर राष्ट्र?
राष्ट्र आदमी के लिए फिर आदमी राष्ट्र के लिए?
क्या राष्ट्र ही अन्तिम सत्य?
निष्ठा सत्य के प्रति या राष्ट्र के प्रति?
सत्य क्या है? जिसे ज़्यादा लोग बोलें या जो ज़्यादा ज़ोर से बोला जाय।

और सवालों का सबसे बड़ा सवाल यही कि क्या बन पाये हैं वे एक सच्चे फौजी?

क्या वे एक डरे हुए फ़ौजी नहीं हैं? युद्ध और हिंसा से डरे हुए।

इस सवाल की तपिश इतनी जानलेवा थी कि वे चीख़ पड़े—नहीं मैं एक डरपोक फौजी नहीं। यदि ऐसा होता तो इतनी आरामपरस्त ज़िन्दगी और हाई-फाई कैरियर को ठेंगा दिखाकर गोला-बारूद, मौत, बम-विस्फोट, घृणा और षड्यन्त्रों की इस दुनिया में एंट्री नहीं लेता। मैं रोटी के जुगाड़ के लिए नहीं वरन् जीवन, राष्ट्र और मनुष्य की खोज में यहाँ आया था। अपने को अपने से बाहर निकाल अपने से बड़ा करने यहाँ आया था। अपनों की इच्छा के विरुद्ध आया था। पर यहाँ आकर क्यों लगता है मुझे कि कश्मीर को आजतक सोख नहीं पाया हूँ मैं और घटते-घटते शून्य भर रह गया हूँ और इसीलिए हर दिन ख़ुद को फिर-फिर रचने की छटपटाहट बढ़ती जा रही है मेरे भीतर।

क्यों जब सारी यूनिट सफलता के उल्लास में खिल-खिल दिखती-दिखाती शैम्पेन खोलती है तो मेरा मन आत्महत्या करने को होता है।

क्यों? क्यों? क्यों?

अब सारी यूनिट तो, ग़लत हो नहीं सकती तो ज़ाहिर है कि गड़बड़ी कहीं उनके भीतर है या उनकी दिमाग़ी बुनावट में है। माना यह गड़बड़ी उनके भीतर की उपज है पर उसकी शुरुआत हुई कबसे?

फिर धँस जाते हैं मेजर सवालों के दलदल में।

क्या राजौरी में आते ही ज़िन्दगी एकाएक गाते-गाते चीख़ने लगी? आँखें सपने देखते-देखते धुआँ छोड़ने लगी? अपने सद्यःअतीत को सवालों की नोक से कुरेदने लगते हैं वे—नहीं एकाएक शुरू में ऐसा नहीं था। शुरू-शुरू में तो जी-जान से लगे हुए थे वे कश्मीर को जन्नत बनाने में, राजौरी को सामान्य बनाने में, चप्पे-चप्पे पर शान्ति व्यवस्था क़ायम करने में, गश्त लगाने में, आतंकियों को नियन्त्रित करने में, उनके ठिकानों का पता लगाने में और एक्शन-स्क्वाड में भाग लेने में और इन सबसे कुछ बचता तो कश्मीर की घाटियों, वादियों, बादलों और पानियों की ख़ूबसूरती का जायज़ा लेने में।

तो फिर कब से हुई इस बीमारी की शुरुआत? सोचकर भी सोच नहीं पाते हैं मेजर सन्दीप।

बहरहाल बढ़ते-बढ़ते जब उनके भीतर की यह भटकन उनके बाहरी आचार-व्यवहार में भी साफ़-साफ़ नजर आने लगी तो एक चमकती दोपहर उनके कमांडिंग अफ़सर कर्नल महेश राठौर ने सिगरेट का धुआँ छोड़ते हुए मारक अन्दाज़ में उन्हें चेतावनी देते हुए कहा—यंगमैन मैं देख रहा हूँ कि तुम राष्ट्रीय राइफ़ल्स के साथ दिल से हाथ नहीं मिला पा रहे हो, बस ख़ुद को किसी प्रकार घसीट रहे हो। यहाँ हमें ख़ास मक़सद से भेजा गया है। इसलिए यंगमैन ध्यान रखो यह आर.आर. पोस्टिंग है, यहाँ सभ्यता एवं उच्चकोटि के समाज निर्माण के लिए नहीं वरन् मिलिटेंसी के सफाया के लिए भेजा गया है। इसलिए यहाँ ज़मीर और जान दोनों की हिफ़ाज़त एक साथ नहीं हो सकती है। हमें इस गाँव में एक मिसाल क़ायम करनी है। हमें इस धरती पर फूल-पौधे नहीं वरन् ख़ौफ़ और दहशत बो देना है। इतनी दहशत पैदा कर देनी है कि आनेवाले समय में इन्सान तो क्या परिन्दा भी न सोचे मिलिटेंट बनने के बारे में।

"ओ.के. सर, पर इसके लिए मुझे क्या करना होगा?"

"बस कुछ नहीं, तुम्हें एक काला चश्मा पहनना होगा।"

मेजर चौंके—वो क्यों सर?

कर्नल के होंठ हल्के से खिंचे। अपनी गोल-गोल आक्रमण करती आँखें उन्होंने मेजर पर टिका उसे घूरते रहे। फिर इस गम्भीरता से अपनी बात रखी मानो ब्रह्मांड का सारा रहस्य उसके सामने खोल रहे हों।

"इसलिए कि तुम एक कामयाब मेजर बन सको। इसके लिए ज़रूरी है कि

तुम्हारी आत्मा को तुम्हारे शरीर से अलग किया जा सके।''

''आत्मा को शरीर से अलग किया जा सके? क्या कह रहे हैं। सर!''

बौखला उठते हैं मेजर। माथे पर बल पड़ते हैं।

सिगरेट के छल्ले बनाते हुए कहते हैं कर्नल—कूल-कूल, देखो मेजर, तुम्हारी तो राँची पोस्टिंग हो चुकी है। तुमने ख़ुद ही बताया था कि तुम वहाँ आदिवासियों के बीच आते-जाते भी थे। तो तुम यह तो जानते ही होगे कि कुछ आदिवासियों के बीच यह अन्धविश्वास प्रचलित है कि आत्मा को देह से अलग रखा जा सकता है, इसलिए उनके वीर जब युद्ध करें, धर्म-अधर्म, न्याय-अन्याय, इनसानियत और विवेक जैसे प्रश्न उनकी राह में बाधक न बनें, उन्हें उनके मार्ग से न डिगाए तो समझ लो कि यह काला चश्मा भी तुम्हारी सारी संवेदनाओं और इमोशंस को चटनी की तरह चाटकर तुम्हें तुम्हारी आन्तरिक आवाज़ के प्रति बहरा बना देगा। जिससे कि तुम एक कठोर फ़ौजी बन बेलगाम आतंकवाद को किसी आज्ञाकारी घोड़े की तरह क़ाबू कर सको। देखो, बहस मत करो, यह चश्मा-ख़ासकर तुम जैसे लोगों के लिए ही बनाया गया है। तुम्हारी पहली दुर्बलता यह है कि तुम सोचते बहुत हो। तुम जिस प्रकार भटकते-भटकते संवेदनाओं और इनसानियत के इलाक़े में चले जाते हो, यह चश्मा तुम्हारी ऐसी सभी भटकनों से सौ फ़ीसदी हिफ़ाज़त करेगा।

खीझ से भर उठते हैं मेजर। किसी प्रकार शब्दों को चबाते हुए जवाब देते हैं—सर, मैं भटकता कहाँ हूँ। मैं तो सिर्फ़ वे ही सवाल उठाता हूँ जिनका सरोकार पूरी मानवता और पूरे समाज से है।

''यही तो, यही तो'' कर्नल राठौर उछल पड़े। जैसे मेजर को रंगे हाथों पकड़ लिया हो। सिगरेट से काले हो आये अपने मांसल होंठों पर जीभ फेरते और कड़वी मुस्कान फेंकते हुए कहते हैं वे— मानवता और समाज ? हूँ इन दोनों शब्दों की आर्मी में चाहे कोई अहमियत हो, पर यहाँ कश्मीर में राष्ट्रीय राइफ़ल्स में इन शब्दों को देश निकाला मिल गया है। जानते हो आर्मी का हमारा मोटो था, वीरता और विवेक, पर यहाँ राष्ट्रीय राइफल्स में हमारा मोटो है, वीरता और दृढ़ता। इतनी मोटी-सी बात तुम्हारे भेजे में क्यों नहीं घुसती कि यहाँ हम होम मिनिस्ट्री के हाथों की कठपुतली हैं। हमें सोचने और निर्णय लेने का अधिकार नहीं। हम सिर्फ़ धड़ हैं, दिमाग़ नहीं। हमें आदेश है मिलिटेंसी का सफाया तो हमें यहीं करना होगा। यहाँ जो जितना बड़ा आदमख़ोर, जिसने जितने ज़्यादा आतंकियों को किया ढेर, चाहे जैसे भी जिस तरह भी, जहाँ भी, वही शौर्य-चक्र, वीर-चक्र, परमवीर-चक्र का अधिकारी। याद है जिस समय हमने आतंकी अहमद इक़बाल को पकड़कर उसे मार डाला और फिर उसकी मृत देह पर ए.के. 47 रख दिया। ज़िससे मानवाधिकार वाले हम पर मक़दमा न चला सकें, उस समय तुमने हमारा कितना विरोध किया था। तुम चाहते थे कि हम उसे

क़ानून के हवाले कर दें। पर उससे क्या होता। क़ानून जब तक हरकत में आता उसके साथी उसे छुड़ाने के लिए न जाने कितनी हिंसक वारदातों को जन्म देते। तुमने कहा था, यह क्रूरता है, पर तुम यह कितनी आसानी से भूल गये कि उन दरिन्दों ने हमारे कैप्टन अनूप वर्मा को किस दरिन्दगी से अंग-अंग काटकर तड़पा-तड़पा कर मार डाला था। किस प्रकार उन्होंने मेजर रैना की आँखें निकाल ली थीं। तुम कहते हो 'ऐन आई फॉर ऐन आई', विल मेक दि बर्ल्ड ब्लाइंड' हर आँख के बदले यदि हम भी आँख निकालने लगे तो दुनिया अन्धी हो जाएगी, पर यहाँ हमें सिर्फ़ अपने अस्तित्व को बचाने के लिए सोचना है, दुनिया के लिए नहीं। इसलिए मेरे हीरो, इस चश्मे को पहन डालिए क्योंकि आनेवाले समय में आपको एक से बढ़कर एक भयानक ऑपरेशन को अंजाम देना होगा।''

कर्नल राठौर अपने प्रवाह में बहते जा रहे थे और मेजर को याद आ रही थी एक अँग्रेज़ी फ़िल्म जिसमें एक वैज्ञानिक एक कॉरपोरेट हाउस के लिए एक ऐसी मशीन की योजना बनाता है जिससे उस कॉरपोरेट हाउस को अरबों का फ़ायदा पहुँचने की सम्भावना होती है। कॉरपोरेट हाउस उस वैज्ञानिक के सामने एक प्रस्ताव रखता है। प्रस्ताव यह होता है कि उस मशीन को बनाने के पश्चात् वे उस वैज्ञानिक के दिमाग़ से उन तीन महीनों की स्मृति को मिटा देंगे, जिस दौरान उसने मशीन बनायी थी, जिससे कि वह वैज्ञानिक किसी दूसरे कॉरपोरेट हाउस के लिए फिर कभी ऐसी मशीन ईजाद नहीं कर सके।

करोड़ों का मुनाफ़ा। स्वीकार कर लेता है वह वैज्ञानिक, शर्त के साथ यह ऑफर।

मेजर के भीतर कुछ सुलग उठता है।

वह पैसों के लिए बेच देता है अपनी स्मृति। मैं क्यों बेचूँ अपना ज़मीर? किसलिए? क्यों पहनूँ यह चश्मा? जाल में फँसी मछली की तरह छटपटाते हैं मेजर। काश! इसी क्षण दे पाते वे त्यागपत्र। नहीं रहना उन्हें मेजर। पर इसकी भी इजाज़त नहीं। ज़ेहन में टिमटिमा जाती है वह शपथ जिसे देहरादून में पासिंग आउट परेड के बाद दोस्तों के साथ टोपियाँ उछालने के बाद ली थी उन्होंने—मैं अपने जीवन को भारत के राष्ट्रपति के नाम समर्पित करता हूँ... कि मैं वहाँ-वहाँ जाऊँगा जहाँ मुझे भेजा जाएगा... कि मैं अपना हित सबसे अन्त में सोचूँगा... हाँ कुछ-कुछ ऐसी ही शपथ थी जिसके अनुसार फ़ौज में घुसने के बाद से आगामी 20 वर्षों तक वे त्यागपत्र भी नहीं दे सकते हैं। इन बीस वर्षों तक वे हैं सिर्फ एक कठपुतली फ़ौज के हाथों, रक्षा मन्त्रालय के हाथों।

काश! निकाल पाते वे इस शपथ को अपने जीवन से। 'जाएँ तो जाएँ कहाँ' एक गहरी निःश्वास ली उन्होंने और यथार्थ के हाथों पराजित हो चढ़ा लिया वह काला

चश्मा अपनी आँखों पर।

काला चश्मा चढ़ाए मेजर सन्दीप के अब दो टुकड़े हो गये थे। जब तक चढ़ा रहता चश्मा वे रेलगाड़ी के इंजन बनाते, चीखते, चिल्लाते, धुआँ छोड़ते सबको रौंदते कुचलते आगे बढ़ते। अब जब भी वे एक्शन स्क्वाड पर जाते उनके साथ शैतान संवाद करते। नतीजा यह होता कि अब उन्हें जेहादी भटके नौजवान या इनसान नहीं, वरन पेड़ों पर उल्टे लटके चमगादड़ नज़र आते, जिनके ऊपर बन्दूक का घोड़ा दबाने में उन्हें कोई परेशानी नहीं होती।

पर ढलती रात जब चश्मा उतार वे सोने की तैयारी करते। उनके साथ देवता संवाद करने लगते। उनकी अन्तरात्मा चीख़ने लगती। टप्पा खाकर उछलती दुख की गेंद उन्हें बेचैनियों के समुद्र में उतार देती और फिर शुरू हो जाती उनकी अपने को पाने की तलाश। शान्ति और सम्पूर्णता की तलाश।

फिर भी कुल मिलाकर वे उन कामयाब दिनों के कामयाब मेजर थे।

थरथराहट भरे ख़ूनी दिनों का सफ़र चलता रहा। बन्दूक के घोड़े दबते रहे। मौसम बदलते रहे। नयी धूप-दिखती रही। राजौरी में स्थिति सामान्य होने लगी।

मेजर सन्दीप एक के बाद एक सफल ऑपरेशन को अंजाम देने लगे। राष्ट्रीय राइफल का मनोबल बढ़ने लगा। कश्मीर में सैलानी आने लगे। हवाएँ चलने लगीं। सब कुछ कर्नल राठौर की लय-ताल में चल रहा था कि एक दिन आईना टूट गया। सारे समीकरण बिगड़ गये। मेजर सन्दीप फिर सन्दीप बन गये।

क़िस्सा कोताह यह कि इनसानी रिश्तों की आन्तरिक ताक़त और कमज़ोरी में विश्वास करनेवाले मेजर सन्दीप अकसर एक आतंकी हसन राकी को मोबाइल पर फ़ोन कर उससे संवाद किया करते थे। ख़बरियों के माध्यम से और कई बार सिम क्लोनिंग टेकनीक के चलते भी आतंकवादियों के मोबाइल नम्बर मिलिट्री और मिलिट्री अफसरों के मोबाइल नम्बर मिलिटेंटों के पास पहुँच जाया करते थे।

दोनों ही दोनों के ख़ून के प्यासे। अलग-अलग दुनिया के बाशिन्दे। फिर भी दोनों को ही गुरेज़ नहीं था एक विशुद्ध गप्पबाज़ी और टाइम पास मार्का संवादों से।

बतियाते वक़्त दोनों-दोनों के गुरुत्वाकर्षण में बँधे, अत्यन्त चौकस, सतर्क, उत्तेजित और थ्रिल्ड रहते। दोनों के ही पास अच्छा-ख़ासा ख़ाली समय और संवाद की आदिम चाहत!

हसन राकी सोचता... हरामी हिन्दुस्तानी बिगाड़ क्या लेगा मेरा। शायद उसके मुँह से कुछ निकल जाय और मैं ही उसका कुछ नुक़सान कर दूँ... ऊँह! मेरे मुँह से क्या निकलेगा मैं तो शब्द-शब्द चबाकर निकालता हूँ फिर जब तक वह मुझे ट्रेस करेगा मैं उड़न छू।

मेजर सन्दीप सोचते... क्या हर्ज बात करने में। कौन जाने इसी प्रकार बतियाते-

बतियाते एक दिन वे उसके क़रीब पहुँच जाएँ, उसे ढेर कर जाएँ और नहीं तो कम से कम मानसिक रूप से उसका मनोबल ही तोड़ते रहें। यों इतने दिनों तक राष्ट्रीय राइफल्स में रहते-रहते मेजर मिलिटेंट की भीतरी दुनिया और उसकी केमिस्ट्री को बहुत कुछ समझ गये थे। वे समझ गये थे कि कोई भी मिलिटेंट अपने साथी मिलिटेंट पर सौ फ़ीसदी विश्वास नहीं करता है। इस मामले में वे कॉमरेड नहीं थे। कब कौन बदल जाय, किसके दबाव में आ जाय, किसके तार किससे जुड़ गये... सारी सम्भावनाओं के साथ सब कुछ एक आशंका, कुहासा और धुन्ध में ही चलता रहता है। क्योंकि आर्मी की तरफ़ से यातनाएँ, आत्मसमर्पण, ख़बरची बनाने के जबर्दस्त प्रयोजन एवं मोहभंग प्राप्त पूर्व आतंकियों को आतंवादियों के गढ़ में ही ख़ुफ़ियागिरी के लिए घुसाने की सारी क़वायद पूरी मुस्तैदी के साथ साल के 365 दिनों चलती रहती है।

बहरहाल दस-पन्द्रह सुखद संवादों से गुज़रने के बाद एक सजीली शाम मेजर सन्दीप ने यों ही टाइम पास फ़ोन लगाया हसन राकी को। जनाब बाथरूम में थे। इस कारण जैसे ही उसका मोबाइल बजा हसन राकी के मिलिटेंट दोस्त अहमद रशीद ने फ़ोन उटाया। जैसे ही मोबाइल पर नाम चमका, वह चौंक गया। आर्मी का फ़ोन, दुश्मनों के यहाँ से फ़ोन। पूरे शरीर में फुरहरी हुई। हलक में कम्पन हुआ। माजरा क्या? झट से लपक लिया मोबाइल—हेलो.... हेलो...!

रेजर शार्प बुद्धिवाले मेजर। चाक-चौबन्द! हेल्लो... बदली हुई आवाज़। समझ गये फ़ोन हसन राकी ने नहीं उसके किसी दोस्त ने उठाया है। आनन-फानन में बड़ी सहजता और स्वाभाविकता से कहा—यार कब मरवा रहे हो उसे?

क्या... क्या? कान खड़े हो गये अहमद रशीद के। धरती हिली और हिलती ही गयी। संसार के महान आश्चर्य और महान पीड़ा ने एक साथ जन्म लिया, मिल गया हरामी फ़ौज से। इसलिए बुलाया इतने मनुहार से। बास्टर्ड पूछ रहा है—कब मरवा रहे हो उसको। हरामी मुझे मरवाने की योजना बना रहा है। धोखा... कितना... बड़ा धोखा?

क्षण भर का विचलन। क्षण भर की लपट और सब ख़त्म आहत, असुरक्षित, आशंकित दोस्त ने आनन-फानन में पिस्तौल की नोंक बाथरूम के दरवाज़े की ओर मोड़ दी और जैसे ही बाहर निकला हसन राकी धाँय... धाँय... एक नहीं दो नहीं, पूरी-चार गोलियाँ।

वह छटपटाया। उसकी आँखें घोर अविश्वास और आश्चर्य से मरते हुए कबूतर-सी फट पड़ीं—यू... टू... ब्रूट्स। हरामी-हिन्दुस्तानी ने नहीं अपने ही जिगरी दोस्त ने मार डाला उसे।

उसने कुछ कहना चाहा। उसके होठ बुदबुदाए... ऐं... ऐं... पर अकथनीय दर्द

और पीड़ा से उसका मुँह ऐंठ कर रह गया। शब्द घुट कर रह गये। रुक-रुक कर चलती साँस और ठंडे पड़ते जिस्म के साथ उसने दायें हाथ से जीभ का काम लेते हुए पंजे को क्यों की मुद्रा में गोलाकार हिलाया। अपने दरकते प्राणों के अंश-अंश से वह पूछना चाह रहा था कि क्यों किया उसने उसके साथ ऐसा विश्वासघात पर दोस्त ने अपनी पीठ पर अपना बैग लादा और ठंडी कड़वी निगाहों से उसे घूरता हुआ भाग खड़ा हुआ।

हसन राकी न कुछ बोल पाया, न सुन पाया, न समझ पाया, न सह पाया। बस पृथ्वी की सारी पीड़ा अविश्वास और अवसाद को आँखों में भर भरी-भरी आँखों से हत्यारे बने दोस्त को देखता रहा जाते हुए। उस अज्ञात को न जान पाने की पीड़ा से वह फिर एक बार जोर से छटपटाया। गर्दन कटते मुर्गे की तरह फड़फड़ाया और फिर ख़ामोश हो गया, सदा-सदा के लिए।

उसी दिन शाम राष्ट्रीय राइफल्स 44 के बेस कैम्प में औपचारिकताओं के लिए हसन राकी का शव लाया गया। ग़ौर से देखने लगे मेजर सन्दीप उस ताज़ा गिरे शव को। क्या यही है वह ख़ूँखार आतंकी जिससे पिछले साढ़े चार महीनों से वे निरन्तर सुंवाद कर रहे थे। शव को नंगी आँखों से देखने के लिए उन्होंने अपना काला चश्मा उतारा तो गश खा गये। आँखों के आगे अँधेरा छा गया। वे कसमसाये। एक टीस उठी जो सामने था, वह तो कॉलेज जाता कोई छबीला परिन्दा था, जिसकी खुली आँखों के झरोखे से अभी भी ताज़ा मरे सपनों की राख उड़ रही थी। जिसकी मूँछें भी अभी तक पूरी तरह नहीं फूटी थीं। वे कसमसाये, तो इसी को मरवा कर सूरमा बने हैं वे!

इसी के उपलक्ष्य में शाम उनकी यूनिट में उनके सम्मान में पार्टी है! क्या इसे ही कहा जा रहा है दिमाग़ी लड़ाई? यही है उनका पराक्रम, शौर्य, वीरता और बहादुरी। एक किशोर को छल से अपने ही दोस्त के हाथों मरवा डालना। ज़िन्दगी जीने को बेताब किशोर की खुली सफ़ेद आँखों पर नज़र पड़ी मेजर की तो अधपचे अन्न-सी जाने कैसी आत्मग्लानि भीतर खदबदायी कि वे बेक़ाबू हो उठे, जैसे वेग से बहती नदी किनारे तोड़ आगे बढ़ गयी हो। नफ़रत से उन्होंने वक़्त के मुख पर थूका और प्रश्नों की पूरी ताक़त के साथ उस काले चश्मे को दूर फेंकते हुए ख़ुद को किसी अनन्त के हाथों समर्पित किया।

और तभी से उनकी परेशानियों, बीमारियों और चिन्ताओं का फिर एक नया दौर शुरू हो गया है। क्योंकि हर पल उन्हें लगता है कि हसन राकी मरकर एक ऐसे नन्हें पौधे की तरह उनके वजूद में उग गया है जो पल-पल बढ़ रहा है और उन्हें पीछे की तरफ़ वापस खींच रहा है।

उसे बुद्ध ने काटा

मुझे ठीक से याद नहीं आ रहा कि मेरी उससे क्या-क्या बातें हुई थीं। मैं तो उसके होने को ही देखती रहती थी जो धीरे-धीरे नहीं होता जा रहा था। वह ज़िन्दा था मगर उस तरह ज़िन्दा नज़र नहीं आ रहा था जैसे वह कभी ज़िन्दा नज़र आया करता था। पिछले कई महीनों से उसके जीवन से जीवन जा रहा था। बीते वक़्त की उदासियाँ उसे चूस-चबा रही थीं। जीने में उसकी दिलचस्पी निरन्तर कम होती जा रही थी। वह सबसे कटता जा रहा था। ख़ुद से, अपने आस-पास से, दीन-दुनिया से। और यदि अब भी कुछ न किया गया तो मामला ख़तरे के ज़ोन में पहुँच सकता है। यह मैं समझ रही थी।

पर मामला तब तक सचमुच ख़तरे के ज़ोन में पहुँच चुका था। मैंने सोचा था कि कश्मीर की हवाएँ उसके भीतर के साँय-साँय करते ख़ालीपन को भर उसे जीवन की ओर लौटाने में कामयाब हो जाएँगी। मैंने सोचा था कि प्रकृति उसे खंड-खंड होने और ध्वस्त होने से बचा लेगी। पर मैं ग़लत थी। जब भीतर की क्यारी ही सूख गयी हो, पौधा ही मर गया हो तो बाहरी सुन्दरता क्या ख़ाक बचाएगी?

कहानी उसी मरते हुए पौधे की और उस समय की जब इस देश की पटकथा देश के नौजवान नहीं, मेहनतकश सपूत नहीं, किसान नहीं, मज़दूर नहीं, जवान नहीं, नेता नहीं वरन कुछ कॉरपोरेट घराने लिख रहे थे।

बहरहाल मैं कभी उसे सोनमर्ग की घाटियों तो कभी गुलमर्ग की वादियों के बीच ले जाती। कभी पहलगाँव तो कभी नारायण नाग की वादियों में घुमाती कि महसूस करे वो मस्त बहारों को, जीवनदायी हवाओं को, आसमान छूते विराट पर्वतों को। सदियों से बहते, चाँदनी छिटकते दुग्ध-धवल झरनों को। यह रूहानी सौन्दर्य मेरी आत्मा को जगाने लगता कुछ इस क़दर की मेरी आँखें डबडबा जातीं। हाथ अनायास जुड़ जाते— तू सचमुच है! जब मैं ख़ुद इस क़दर भाव-विह्वल थी, हरियाली देखते-देखते ख़ुद हरियाली बन गयी थी, तो क्या कुदरत की इस करामात का असर उसपर नहीं होगा? जीवन की यह गुनगुनी धूप क्या उसकी आत्मा पर

लगी फफूँदी को दूर नहीं कर देगी? यही सोच मैं पूछती उससे, 'तुम कहते हो न कि क्या है मेरे होने का अर्थ? तो खोजो कुदरत के इस कमाल के बीच, तारों भरे इस रहस्य के बीच, पर्वतों की इस विशालत के बीच अपने होने का अर्थ? मैं कहती, 'ध्यान से सुनो इन चिड़ियों की चहचहाहट को, झरनों को, हवाओं और पत्तों की सरसराहट को।' पर उसकी आँखों की खिड़की में तो इतना धुआँ भरा हुआ था, उसके कानों में इतना शोर भरा हुआ था कि वह न कुछ देख पाता और न ही किसी महीन ध्वनि या तरंग को पकड़ ही पाता था। बस अपने खोल में ही बन्द पोटली-सी पड़ी रहती उसकी काया। मुझे लगता कि मैं अपने बेटे नहीं वरन किसी अजनबी के साथ हूँ जो किसी भी हालत में तैयार नहीं ज़िन्दगी का साथ निभाने को। पर फिर भी मैंने हथियार नहीं डाले। मैं पूरी शक्ति के साथ लग गयी कि जागे उसमें जीवन, मैं सुनाती उसे सृष्टि के रहस्य और अमरता की कहानी। ठीक वैसे ही जैसे कभी सुनायी थी शिव ने पार्वती को अमरनाथ की गुफा में। मैं सुनाती उसे महाभारत की कहानी कि कैसे हताश और भ्रमित हुए अर्जुन में श्री कृष्ण ने वह शक्ति भर दी कि फड़क उठी उसकी भुजाएँ। पहाड़ पर सैलानियों को घुमाते घोड़ेवालों को दिखाते हुए मैं शब्दों का महल खड़ा कर देती, 'देखो इनकी अटूट जिजीविषा को, मुट्ठी भर अनाज के बदले ये दुनिया को ठेंगे पर रखने की कूव्वत रखते हैं। मैं जी-जान से लगी थी कि क्या कुछ करूँ, क्या गाऊँ-रोऊँ कि उसकी आत्मा पर लगा सारा कीचड़ धुल जाए और वह फिर तरोताजा हो जाए सृष्टि की पहली सुबह की तरह। गंगा की गंगोत्री-सा। आख़िर माँ हूँ मैं उसकी, मुझे पहुँचना ही होगा आत्मा के उन अँधेरे तहखानों तक जहाँ ज़िन्दगी के प्रति डर बैठा है।

पर ऐसा कुछ भी नहीं हो पाया। उसने तो जैसे सन्नाटे को ही ओढ़ बिछा लिया था इसीलिए मेरी किसी भी बात का, यहाँ तक कि दार्शनिकता में पगे सूत्रों का भी उसपर कुछ असर नहीं हो पाया जैसेकि अपने श्रवणेन्द्रियों के दरवाज़े के बाहर उसने बोर्ड लटका दिया हो 'नो एंट्री' और मेरा कहा उसके घायल व्यक्तित्व से टकराकर, लौटकर मेरे पास ही वापस आने को अभिशप्त हो। कई बार मुझे महसूस होता कि प्रकृति भी अकेले को और अकेला और भरे हुए को और भर देती है। क्या इसीलिए इस देश के ऋषि-मुनियों ने सर्वोत्तम प्राकृतिक सौन्दर्य के बीच वैराग्य और मौत का वरण किया? स्वामी विवेकानन्द, स्वामी रामतीर्थ, महाप्रभु चैतन्य, जाने किन-किन के नाम ज़ेहन में कौंधते और डर की ठंडी लहर मेरे भीतर उतर जाती। नहीं बनने देना है मुझे उसे विवेकानन्द और रामतीर्थ। बस मेरा बेटा ही बना रहे वह।

पर वह तो तुला था ख़ून खच्चर करने पर।

उफ़! क्यों नहीं हो जाता है वह पहले की तरह? क्यों इतना अज्ञेय हो रहा है वह?

क्या इसी का नाम है इंसान!

बन्दरों की तरह उछलकूद करते विचार और लहरों की तरह उठती-गिरती स्मृतियाँ!

ममा, यह क्या पहन रखा है तुमने? किसी जाँच अधिकारी की तरह सिर से पैर तक ताकते हुए पूछा था उसने। मैं भौंचक कहीं कुछ उलटा तो नहीं पहन लिया, कोई ठिकाना नहीं मेरा भी। पर नहीं सब ठीक-ठाक ही था।

"ठीक ही तो पहना है। साड़ी ऐसे ही तो पहनी जाती है। आज क्या पहली बार देख रहा है मुझे?"

"साड़ी हिन्दुस्तानी और ब्लाऊज़ पाकिस्तानी, यह क्या मैचिंग है?" काली जीन्स पर लाल-काली टॉप जिस पर लिखा था 'बीइंग ह्यूमन' और जो थोड़ी ऊपर चढ़ गयी थी, उसे नीचे खींचते हुए बोला वह।

"बाप रे तू एमबीए है या मैच मेकर। अरे भाई साड़ी नयी है, ब्लाऊज़ थोड़ा घिसा-पिटा है तो क्या हुआ, क्या फ़र्क़ पड़ता है। थोड़ा ज्ञान बघारते हुए मैंने इतना और जोड़ दिया कि महत्त्वपूर्ण यह नहीं है कि मैंने क्या पहना है,महत्त्वपूर्ण यह है कि मैं क्या सोचती हूँ। महान चित्रकार एम.एफ. हुसैन तो अमेरिका जैसे देश में भी नंगे पैर आर्ट गैलरी चले जाते थे। क्योंकि वे होने में विश्वास करते थे दिखने में नहीं। "

लेकिन वह तो मेरा काया-कल्प करने पर तुला था, इसलिए मेरी किसी भी बात का जबाब न देते हुए अपनी ही पतंग उडाता रहा, "फ़र्क़ पड़ता है माँ, तुम्हारा बेटा एमबीए है, कंज़्यूमर प्रोडक्ट में दुनिया की सबसे बड़ी मल्टीनेशनल का ब्रांड मैनेजर। अपने हाथों को उसने बड़ी कम्पनी के अनुपात में ही फैलाया— सोचो तुम ही यदि इस प्रकार कॉमन मैन दिखोगी तो लोग मेरे बारे में क्या सोचेंगे।" उसके माथे पर सिलवटें साफ़ दिख रही थीं।

"अच्छा ही सोचेंगे। सादा जीवन उच्च विचार की अवधारणा क्या शून्य से टपकी है? फिर मैं किसी और के विचारों की मोहताज नहीं हूँ।" मन किया यह भी जोड़ दूँ कि तुम लोग जीन्स पहनते हो मानवीय विचारों की, पर उड़ते हो अमानवीय आसमान में। पर मैं उस क्षण किसी भी प्रकार की कटुता इस संवाद में नहीं लाना चाहती थी क्योंकि उन क्षणों को मैं एक गौरवशाली माँ की हैसियत से भी जी रही थी, इसलिए चुप्पी मार गयी।

"तुम भी अम्मा," वह बच्चों की तरह निरीह दिखने लगा था। "देखो मैं तुम्हारे लिए क्या लाया हूँ।"

आँखें चौड़ी हो गयी थीं मेरी। चप्पल से लेकर माथे की बिन्दी तक सब ब्रांडेड। एकाएक नज़र घड़ी पर पड़ी। प्लास्टिक की थोड़ी बड़ी सी काली-कलूटी चमकती घड़ी। मैं फिर झल्ला पड़ी, 'यह घड़ी नहीं पसन्द मुझे।'

—तो कैसी पसन्द है?

उसे सन्तुष्ट करने की गरज से कहा "मुझे सुनहले बेल्ट की घडी पसन्द है"

वह खिलखिला कर हँस पड़ा, शेम्पू किये खुशबूदार बालों पर नजाकत से हाथ फेरते हुए कहने लगा वो 'मेरी बुद्धु अम्मा, यह है रेडो की घडी। जानती हो कितने की है? कितने की?' उसकी आँखें बड़ी क़ीमत के अनुपात में ही खिंचती जा रही थीं।

"पर मुझे ज़रूरत नहीं ब्रांड की। घडी का काम है समय बताना जो मेरी घड़ी बखूबी मुझे बता ही देती है। जानते हो मेरी सहेली के पास दस घड़ियाँ हैं फिर भी वह समय पर नहीं पहुँचती। ख़ैर यह बता क्या तारीफ़ है तुम्हारी इस लाडो घड़ी की?"

हुलसित हो होकर कहने लगा वो, "लाडो नहीं, रेडो घड़ी। अम्मा इसकी सबसे बड़ी तारीफ़ है कि यह कभी भी पुरानी नहीं दिखती, कितना भी इसे तोड़ो पटको इस पर निशान नहीं पड़ते। आज जैसी दिख रही है न यह, आज के पाँच साल बाद भी यह वैसी दिखेगी, क्या कहते हैं तुम्हारी हिन्दी में एवर ग्रीन को?"

"चिर युवा" कहा मैंने और सिर्फ़ उसका मन रखने के लिए मैं घड़ी को उलट-पुलट कर देखती रही और सोचती रही कि ग्लेमर और चकाचौंध के पीछे भागती इस पीढ़ी के वायरस कहीं मुझे भी संक्रमित न कर दें। इतना असर तो मुझ पर भी होने लगा है कि अकेले में चाहे जो मन किया डाल लिया पर इसके साथ जब भी जाती हूँ ड्रेस के प्रति सजग हो ही जाती हूँ। वह मस्त मलंग फकीराना अन्दाज़ ग्रहण ग्रसित हो ही चुका है। न सिर्फ़ कपड़ों के प्रति सजग हो गयी हूँ वरन यह भी चेककर लेती हूँ की कहीं चप्पल तो बहुत घिस नहीं गयी है। सुड़क सुड़क कर चाय पीने और बिना चम्मच दल-भात खाने की आदत तो इसके जवान होते ही ख़ुद-ब-ख़ुद भाग खड़ी हुई। अब क्या मेरे जींस भी बदलेगा यह? कई बार कह चुका है-मम्मा, अपना हेयर स्टाइल बदलवाओ। मम्मा प्लीज़, मेरे कहने से एक बार अपना फेशिअल करवा लो। एक बार तो मुझे ब्यूटी पार्लर के वाउचर गिफ्ट में दिये-मम्मा, पैसे तो लग ही चुके हैं। अब चली भी जाओ। हँसी आ गयी मुझे उसकी कच्ची चालाकी पर। सोचता है कि ऐसा कहने से अम्मा चली ही जाएगी। एक बार उसने अपने कुछ मित्रों को घर पर खाने के लिए बुलाया तो फिर पीछे पड़ गया—अम्मा अपने हेयर डाई करवा लो। चश्मे का फ्रेम तो उस दिन ख़ुद ही जाकर ले आया था। दुखी होकर अन्त में मैंने कह ही दिया था—ऐसा कर मेरे जींस तो अब बदल नहीं सकते, तू अपनी माँ ही बदल ले, न रहेगा बाँस न बजेगी बाँसुरी।

उसी दिन मैंने ध्यान नहीं दिया और उसके सामने ही पेटीकोट से (क्योंकि साड़ी नायलॉन की थी) चश्मा पोंछ लिया तो फिर वह निराश हो गया, उसी शाम मेरे लिए

ढेर-सारे टिशू पेपर ले आया—ममा इनसे पोंछो अपना चश्मा।

उन्हीं दिनों एक बार उसने ऑफ़िस जाते-जाते हड़बड़ी में मुझसे पेन माँगा, वह इतनी हड़बड़ी में था कि मैंने उसे वही पेन थमा दिया जो मेरे सामने था,पता नहीं गर्मी से या किस वजह से (यह भी उसी के साथ होना था), बिना ढक्कन के उस बॉल पेन की स्याही लीक कर गयी। उसी दिन शाम को वह मेरे लिए फिशर का स्पेस पेन लेकर हाज़िर हो गया— इससे लिखो ममा, यह न कभी लीक करेगा और न ही इसकी कभी स्याही ही ख़त्म होगी

—अरे यह कैसा पेन कि इसकी स्याही ही कभी ख़त्म नहीं होगी।

मैंने पेन उलट-पलटकर देखा तो आसमान से गिरी, उस तुच्छ पेन की क़ीमत आठ हज़ार रुपये थी।

सफलता की छाया में तिर-तिर तैरता वह बोलता जा रहा था, "ममा यदि कभी इसकी स्याही ख़त्म भी हो गयी तो कम्पनी इसका दाम वापस दे देगी।"

मैं झुँझला पड़ी, क्यों पसन्द करता है यह ऐसी चीज़ें जो अक्षय हों? उस दिन घड़ी लाया तो ऐसी जो चिरयुवा हो, आज पेन लाया तो ऐसी जिसकी स्याही कभी ख़त्म न हो। क्या ऐसी सोच प्रकृति के विरुद्ध नहीं? क्या यह अति की ओर लुढ़कना नहीं?

लेकिन इन सब नोंक-झोंक के बावजूद वो हमारे गुनगुनी सुबहों और रेशमी शामों वाले घरेलू दिन थे। वे ऐसे दिन थे जब हमें इस धरती और जीवन दोनों से ही कोई शिकायत नहीं थी। क्योंकि हम ज़िन्दगी से जुड़े हुए थे। हम ज़िन्दगी के ऐन बीचोबीच थे।

और उसके बाद ही माला के मनके की तरह सबकुछ बिखरता गया। उसका प्रोमोशन हुआ और कम्पनी ने उसे अन्तर्राष्ट्रीय टीम में डाल दिया। अब धरती पर चलने की बजाय वह आसमान में उड़ने लगा था। दौलत की नदी में तैरने लगा था। संसार के सभी देशों में उसकी कम्पनी के मुख्य कार्यालय थे। उसे कभी वियतनाम जाना पड़ता, कभी पेरिस, कभी जर्मनी तो कभी स्पेन। हम ख़ुश होते कि बेटा उन्नति कर रहा है। जिन देशों के नाम भर हमने सुने थे, बेटा उन विदेशी आसमानों को छूकर आ रहा था।

क़रीब डेढ़ साल बाद वह भारत आया तो भी सिर्फ़ दो दिनों के लिए। इन दो दिनों में भी उसने पाँच राज्यों में उड़ान भरी। सुबह का नाश्ता दिल्ली में लिया, लंच मुम्बई में तो शाम का खाना चेन्नई में। हमारे घर भी वह ठहरा था महज़ दो घंटे पैंतालिस मिनट के लिए। रात ढले वह जबतक आया मेरी प्रतीक्षा लहूलुहान हो चुकी थी। तड़के सुबह ही उसकी उड़ान थी। बस कुछ लम्हों के लिए ही झपकी ले वह उठ गया था। विशेष तो कुछ था नहीं उसके लिए करने को, बस चाय ही अपने

हिस्से आयी थी। सुबह-सुबह ही उसके लिए इलाइची की ख़ुशबूदार चाय बनायी थी। लेकिन वह चाय भी वह पी नहीं पाया था। चाय गर्म ज़्यादा थी, उसके पास समय कम था। तभी किसी काम से मैंने उसका किट बैग खोला तो हैरान रह गयी। उसमें चावल, दाल-दलिया आटा आदि के छोट-छोटे पैकेट थे, छोटी-सी प्लास्टिक की पैक मसालेदानी थी जिसमें हल्दी, मिर्च, धनिया, जीरा और अमचूर भरा हुआ था। एक छोटा-सा कूकर भी था। यह क्या? मुझे लगा जैसे मैंने चावल दाल और मसालों के पैकेट को नहीं वरन साँप, बिच्छुओं को छू लिया है। बिना घी, तेल के क्या यह उबला खाना खाता है? मैंने पूछा तो वह उखड़ गया, सामान को ज़ोर-ज़ोर से सूटकेस में पटकते हुए, चीखती आँखों से मुझे देखते हुए बोलने लगा, 'ममा, मेरा माइक्रो मैनेजमेंट मत करो'। वह जब भी झुँझलाता अँग्रेज़ी पर उतर आता था। मेरा रुआँसा चेहरा देख वह फिर थोड़ा नरम पड़ा, शायद मेरे दुःख से दुखी भी हुआ, मेरे कन्धे पर हाथ रख समझाने लगा, –ममा मैं यहाँ से सीधा मेड्रिड (स्पेन) जाऊँगा, वहाँ शाकाहारी भोजन नहीं मिलता, 1975 तक तो वहाँ शाकाहारी खाना बैंड था। अब बैंड तो नहीं है, फिर भी शाकाहारी खाना कहाँ खोजूँगा, खाने के अलावा भी दुनिया में बहुत काम हैं। इस कारण मैं चार-पाँच दिन का खाने का सामान साथ रखता हूँ कि कहीं नहीं मिले तो पकाकर खा लूँ।

—इतना-सा दाल चावल चल जाएगा पाँच दिन? जानती थी अधिक जिरह पसन्द नहीं जनाब को, विशेषकर उन बातों पर जहाँ उसे अपना क़द छोटा लगे। टाई की गाँठ ठीक करते हुए वह सचमुच झल्ला पड़ा, "चिल ममा, ट्राई टू अंडरस्टैंड, ब्रेड, चीज़, मक्खन, नुडल्स वग़ैरह तो हर जगह मिल ही जाता है, एक टाइम उससे निकाल लेता हूँ।"

ध्यान से देखा मैंने, ब्रेड, चीज़ और मक्खन खा-खा कर उसका वज़न बढ़ रहा था। शरीर पर हर कहीं अतिरिक्त चर्बी नज़र आ रही थी। सामने के बाल काफी उड़ गए थे। पीछे भी छोटा सा चाँद निकल आया था। कम सो पाने की वजह से आँखों के नीचे काली झाइयाँ दिखने लगी थीं। हे भगवान्! यह कैसी जिन्दगी है, कमाना राजा की तरह, पर खटना गधों की तरह और खाना भिखारियों की तरह!

जाते-जाते फिर पूछ बैठी थी मैं, "अब कब आओगे?" जाने किस ख़याल में खोया था वह कि जबाब दिया, "चार सौ करोड़।"

"क्या? चार सौ करोड़ दिन के बाद। यह क्या कहा?"

वह शर्मा गया, "सॉरी ममा, मेरे दिमाग़ में कुछ और चल रहा था। अरे ममा, मैं अपनी कम्पनी के सबसे बिकाऊ प्रोडक्ट का ब्रांड मैनेजर हूँ। इस कारण मेरे दिमाग़ में सेल्स का आँकड़ा घूम रहा था।" मैं कहना चाह रही थी कि ज़िन्दगी को लेकर इतनी लापरवाही ठीक नहीं। पर मैं कुछ कहती इसके पहले ही वह चला गया।

आज ताना दे रहे हैं वे दिन वे लम्हे। रह-रहकर कोंच रहे हैं मुझे कि मैंने तभी क्यों नहीं आगे बढ़कर रोक लिया उन्हें? तब वे मेरी पहुँच से इतने दूर भी न गये थे।

सालभर बाद वह फिर आया भारत, पर तब तक शायद सुर बिखर चुके थे। ख़ूबसूरत-सा कुछ था उसमें जो सदा के लिए मर गया था। तोड़-फोड़ उसके भीतर शुरू हो चुकी थी। यूँ बाहर से सब कुछ सामान्य ही लग रहा था। पर एक माँ की सतर्क निगाह से कुछ भी छुपा नहीं रह सका था। काफ़ी थका-थका, बिखरा-बिखरा और उदास दिख रहा था वह। फेसबुक, पैड, तेज़ म्यूजिक, दोस्त, गर्ल फ्रेंड, होटल, रेस्तराँ, पार्टी, आना-जाना, पीना-पिलाना सब सिरे से ग़ायब थे। ऑफ़िस से आते ही लैपटॉप पर या तो डेटा विश्लेषण करता या गुमसुम बैठा जाने क्या-क्या सोचता रहता। एक बार तो मैंने उसे गीता के साथ-साथ बुद्ध के 'एट फोल्ड पाथ' पर कुछ पढ़ते हुए देखा। मुझे ताज्जुब हुआ। हमेशा रंगीनियों, रोशनियों और चकाचौंध में उड़नेवाला गीता में क्या खोज रहा है?

क्या मुझे भ्रम हुआ है? कैसे टटोलूँ उसे? यद्यपि अपनी ज़िन्दगी में मुझे गीता ने हमेशा ही सँभाला था, पर उस दिन उसका बुद्ध और गीता की शरण में जाना जैसे मुझे किसी तूफ़ान के संकेत-सा लगा। उसकी गहरी उदासी,उसकी थकावट,चेहरे की उडती रंगत, बढ़ता वज़न सब जैसे चीख़-चीख़कर कह रहे थे कि ये वो लहरें हैं जो तूफ़ान पूर्व ही आती हैं। रात मैंने उसके माथे पर हाथ फेरते हुए कहा, ''चलो कहीं घूमने चलते हैं, कुछ मौज-मस्ती करते हैं?''

उसकी आँखों में वेदना का समुद्र लहराया। माथे पर उग आये पसीने को कुर्ते की बाँह से पोंछते हुए उसने धीरे-धीरे अपने को खोला, जैसे कोई खोलता है धीरे-धीरे सावधानी से घाव पर बँधी पट्टियों को, ''ममा क्या तुम्हें नहीं लगता कि हर चीज़ का कोटा बँधा होता है। मौज-मस्ती का भी। ममा मुझे लगता है कि मैंने मौज-मस्ती का अपना कोटा शायद पूरा कर लिया है। शायद मैंने अपने हिस्से से कुछ ज़्यादा ही ले लिया है। बुद्ध ने कहा था कि 'एवरी थिंग इन एक्सेस इज पॉइजन (ज़रूरत से ज़्यादा हर चीज़ ज़हर है) तो ममा, मेरे पास तो सभी कुछ एक्सेस (अतिरिक्त) है। चर्बी ज़्यादा, पैसा ज़्यादा, ख़र्च ज़्यादा, रफ़्तार ज़्यादा, घूमना ज़्यादा, काम ज़्यादा, तनाव ज़्यादा, प्रेशर ज़्यादा, हो-हल्ला ज़्यादा। अब तुम्ही बताओ ममा, इतने एक्सेस का भार यह मशीन कैसे सँभाले? बोलते-बोलते वह खिड़की से आसमान की ओर ताकने लगा था, अब वह मेरे साथ नहीं था।

उन जलते क्षणों में लगा जैसे बुद्ध हमारे घर के आँगन में करुणा की मूर्ति बनकर नहीं वरन आतंक बनकर उतरे हैं। उसपर कोढ़ में खाज यह कि उसी समय जाने कैसे तो याद आया कि एक 21 वर्षीय लड़के ने आत्महत्या कर ली थी, वह हर दिन नेट पर बैठा रहता था। सुसाइड नोट में उसने लिखा था, 'सब कुछ जान गया हूँ, अब

देखने को क्या बचा है।' तो क्या इसका भी कोटा पूरा हो गया? नहीं बचा कुछ?

इसीलिए पीले पड़ते जा रहे हैं उसके पत्ते। कुछ करना होगा! काश कर पाती मैं उसके मन की पड़ताल। पकड़ पाती उस जीवन को जो हर रोज़ निकल रहा था दबे पाँव बाहर।

मेरा चिन्तित चेहरा देख शायद उसे भी लगा कि कुछ ज़्यादा ही बोल गया है वह। इस कारण मुझे आश्वस्त करने के लिए बिना बात ही ज़ोर-ज़ोर से हँसने लगा, झूठ-मूठ की खाने की फ़रमाइशें करने लगा।

पर हर दिन ही कुछ-न-कुछ ऐसा होता रहता कि भरोसा डिगा न रह पाता। सुख-शान्ति का गला दब जाता। कई बार आधी-आधी रात तक उसके कमरे की बत्ती जलती रहती, कई बार रसोई में भी खट-पट की आवाज़ें आती रहतीं। एक रात वह नींद में बड़बड़ा रहा था-दो सौ करोड़-दो सौ करोड़! एकदिन उसके कमरे में झाड़ू लगाते वक़्त बाई ने काग़ज़ के कई मुड़े-तुड़े टुकड़े देखे। कुछ टुकड़ों पर कुछ डेटा लिखे हुए थे, कुछ पर एकाध पंक्ति लिखकर फेंक दिया गया था, एक टुकड़े पर लिखा हुआ था 'ज्यों-ज्यों बड़ा हो रहा हूँ, अशान्तियाँ भी बड़ी हो रहीं हैं। एक और टुकड़े पर लिखा था, 'करूँ ना करूँ? सेल्स टारगेट पूरा तो किसी प्रकार कर दूँगा पर इससे अधकटी गर्दन वाली बकरियों की तरह कई ज़िन्दगियाँ बाँ-बाँ कर उठेंगी। क्या करूँ? क्या यही चाहा था मैंने कि बैल बन जाऊँ? लगता है सेल्स टारगेट को पूरा करते-करते मैं भी एक दिन कम्पनी का बैल बनकर दम तोड़ दूँगा। और मेरे चारों तरफ़ बिखरे होंगे आँकड़े-ही-आँकड़े'। उस टुकड़े को पढ़ मैं तो जैसे ज़िन्दा ही चिता पर चढ़ गयी थी। क्यों लिखा उसने 'दम तोड़ दूँगा' क्या चल रहा है उसके भीतर? यह कम्पनी तो उसकी ड्रीम कम्पनी थी। फिर क्या हुआ?

दिन भर मैं गीली लकड़ी की तरह सुलगती रही। स्वप्नों के पंख नोंचती रही। दम रोककर उसके आने का इन्तज़ार करती रही। उस दिन भी वह और दिनों की तुलना में घर जल्दी ही आ गया था। मैं फिर परेशान हो उठी। क्या ऑफ़िस का काम सँभल नहीं रहा उससे? क्या तबीयत ठीक नहीं? क्यों आ गया इतनी जल्दी? इतने जतन से बनाए खाने को भी उसने छुआ भर, 'ममा, भूख नहीं।' आवाज़ का यदि कोई चेहरा होता है तो यह तय था कि उस दिन उसका चेहरा बहुत कातर और ग़मगीन था। मेरे भीतर जैसे ख़तरे की घंटी बजी, 'यह ठीक नहीं।' उसके हाथों पर हाथ फेरते हुए मैंने कहा, 'मुझे लगता है तू काम करते-करते बहुत थक गया है, चल कहीं घूम आते हैं, इस शहर से बाहर।'

वह हँस पड़ा, एक बेजान बिलखती हँसी, 'ममा, सारी दुनिया तो घूम चुका हूँ, पिछले पाँच सालों से घूम ही तो रहा हूँ। अब घूमने में क्या आकर्षण बचा है मेरे लिए। ममा इतना तेज़ दौड़ा पर पहुँचा कहीं नहीं।' बोलते-बोलते उसकी आवाज़

बिखरने लगी थी। मन पर पट्टियाँ बँध गयीं मेरे। क्या कुछ नहीं बचा? क्या सब कुछ देख-भोग लिया इसने 29 साल के इस जीवन में? इसीलिए जब भी शादी की बात मैं करती हूँ, किसी-न-किसी बहाने टाल देता है वह उसे? कभी कहता, अब ज़माना शादी का नहीं, 'लिव-इन-रिलेशन' का है तो कभी कहता, ममा, कम्पनी टिककर बैठने दे तो सोचूँ। एक बार एक लड़की को लेकर मैं पीछे ही पड़ गयी तो हाथ छुड़ाकर भागा। बाद में उसका एसएमएस आया, "मुझमें सुख भोगने की न इच्छा रही, न ताक़त। मैं ठंडा हो चुका हूँ।"

ओह नो! सारी रात स्वप्नों के पंख झड़ते रहे, उसके अलग, मेरे अलग, क्यों लिखा उसने 'सुख भोगने की न इच्छा रही न ताक़त।' क्या नौकरी के तनाव और सेल्स टारगेट ने मार डाला है उसे? आशंका के साँप डँसते चले गये। पिछले दिनों मेरी सहेली के डॉक्टर पति ने कहा था— क्या बताएँ तेज़ रफ़्तार की जीवन शैली और आधुनिक जीवन के तनाव युवकों में नपुंसकता बढ़ा रहे हैं। तो क्या यह भी? भगवान न करे! क्या होगा अति और गति में जीनेवाली इस पीढ़ी का? न यह ख़ुद जिएगी न जीने देगी।

मुझे लगा सारे उत्पात की जड़ यह नौकरी है जिसे पाने के लिए कभी उसने धरती-आसमान एक कर दिया था। सोलह-सोलह घंटे पढ़-पढ़ कर ख़ुद को गला ही डाला था। वही नौकरी आज उसका ख़ून चूस रही थी। उसका छरहरापन, उसकी ताज़गी, उसके सुन्दर केश, उसका व्यक्तित्व, उसकी आत्मा, यहाँ तक कि उसकी हँसी तक उससे छिन चुकी थी। कई बार मुझे सोचना पड़ जाता था कि वह अन्तिम बार कब हँसा था। (शायद नौकरी के शुरुआती महीनों में) बहरहाल ज़ख़्म खाये उसके वजूद की मरहम-पट्टी करते हुए मैं बोली, 'छोड़ दे तू यह चाकरी, खा रही है यह तुझे। कोई दूसरी नौकरी ढूँढ़ ले जहाँ कुछ तो सुकून मिले।'

परमहंसी मुद्रा में वह बोला 'नौकरी बदलने से दुनिया नहीं बदल जाएगी ममा, हर जगह यही हाल है। जहाँ भी जाऊँगा, टारगेट, मुनाफ़ा, रेड मारना, तिकड़म, झूठ और फ़रेब मेरा पीछा नहीं छोड़ेगें। इसलिए सवाल यह नहीं है कि मैं इस कम्पनी में रहूँ या दूसरी कम्पनी में, सवाल यह है कि मैं नौकरी में रहूँ या नहीं।' कहते-कहते उसने फिर बुद्ध को कोट किया। पहली बार मैंने बुद्ध को कोसा, ख़ुद शान्ति की खोज में घरबार छोड़कर जंगल में चले गये और आनेवाली पीढ़ियों को भागने का रास्ता दिखा गये। कहीं सचमुच ही उसने नौकरी छोड़ दी तो क्या होगा? मेरा बूता नहीं कि उसे बैठाकर खिला सकूँ। अभी तो इसके लिए ठीक-ठाक लड़की की तलाश भी नहीं कर पायी हूँ कि कहीं टिककर रहे तो बात आगे बढ़ाऊँ। पर इतना तय था कि मेरी शंका सही है, यह ख़ुश नहीं। यह सचमुच अशान्त है, तभी उसे बुद्ध याद आ रहे हैं।

शाम मैंने फिर उसमें हवा भरने की चेष्टा की, ''बेटा, ज़िन्दगी से यूँ डरा नहीं जाता, सींगों से पकड़ उसका मुक़ाबला किया जाता है।''

''हूँ'', वह मुस्कराया बुद्ध की तरह। मैं काँप उठी मलेरिया के रोगी की तरह।

सुबह हो चुकी थी लेकिन वह अभी तक नहीं उठा था। शायद रोज़ की तरह जगा-जगा ही सोया था या एक रात के भीतर ही जाने कितनी रातें बिता रहा था वह। रात उसने कपड़े भी नहीं बदले थे, मोज़े तक नहीं उतारे थे। ऑफिस के कपड़ों में ही सिकुड़कर सोया हुआ था। रात को ठंड लगी होगी तो बिस्तर की चद्दर ही ओढ़ कर सो गया था वो। मन में फिर टीस-सी उठी -कितना बदल रहा है वह! भीतर से। बाहर से। थोड़ी चिन्ता और ढेर-सारे दु:खों के साथ लौटने लगी कि तभी एकाएक नज़र पड़ी, सीने के पास उलटी हुई उसकी डायरी पर। यूँ अमूमन मैं नहीं पढ़ती किसी की डायरी, पर इन दिनों उसकी बेचैनियों और उदासियों ने पढ़वा ली मुझसे उसकी डायरी। कौन जाने यह डायरी ही ले जाए मुझे उसके अँधेरे तहख़ानों तक। पर वह डायरी तो जैसे रोशनियों से लिखी हुई थी। उसने लिखा था— एक राजा था। उसकी चार पत्नियाँ थीं। पहली पत्नी के पास वह कभी झाँकता तक नहीं था। दूसरी को वह सिर्फ़ पारिवारिक समारोहों में ले जाता था। तीसरी को दूसरी से थोड़ा ज़्यादा समय देता। उसकी ज़िम्मेदारी थी उसकी प्रॉपर्टी की देखरेख करना। उसको सँभालना, आगे बढ़ाना। उसका अधिकांश समय चौथी बीवी के साथ ही गुज़रता। मौज-मस्ती में, घूमने-फिरने में, नौका विहार में, नृत्य-मदिरा में। एक बार राजा मरणासन्न हुआ। अकेले इस धरती से जाना था। अकेले रहने की आदत नहीं। उसने अपनी चौथी पत्नी से कहा-तुम भी मेरे साथ चलो, सती हो जाओ। उसने कहा-यह कैसे हो सकता है महाराज, मेरी तो सारी ज़िन्दगी ही मौज-मस्ती और भोग विलास में बीती है। मेरा मन अभी भरा नहीं है। अतृप्त कामनाओं के साथ मैं कैसे मरूँ? फिर राजा ने अपनी तीसरी पत्नी की ओर देखा। उसने भी टका-सा जबाब दे दिया-महाराज, मेरा कार्य अभी पूर्ण नहीं हुआ है। इस बीच कितनी ही प्रॉपर्टी मैंने ख़रीदी है। जिनका भुगतान करना है। कितनी ही प्रॉपर्टी मैंने बेची है जिनका भुगतान अभी आना है। मेरा कार्य अभी अधूरा है। मैं कैसे जा सकती हूँ? निराश राजा ने अपनी दूसरी पत्नी की ओर ताका-तुम चलो मेरे साथ। उसने भी अपनी असमर्थता दिखायी— ''महाराज, आपने तो मुझे एक ही कार्य सौंपा, परिवार को सँभालने का। मेरा कार्य अभी पूर्ण नहीं हुआ है, मैं कैसे जाऊँ?'' निराश और अवसन्न राजा का जीवन के यथार्थ से परिचय हो चुका था। वे सर झुकाकर चिन्ता और पश्चाताप में डूबे हुए थे कि तभी उनके सामने एक औरत आयी। उसने उन्हें कहा, 'महाराज मैं आपके साथ चलने को तैयार हूँ। राजा भौंचक, यह कौन? तभी उस युवती ने अपना परिचय

दिया–महाराज, मैं आपकी पहली पत्नी हूँ। आपने तो कभी मेरे द्वार पर झाँका तक नहीं पर मैं जाऊँगी आपके साथ। यह पहली पत्नी ही आपकी आत्मा है, विवेक है। जिसके पास आप शायद ही कभी फटकते हैं।''

लेकिन उसी डायरी के दूसरे पन्ने पर भी कुछ लिखा था जो शायद रौशनी से नहीं आँसुओं से लिखा हुआ था। जहाँ मन, शरीर और आत्मा का दर्शन नहीं वरन उसके जीवन की कुछ तल्ख सचाई थी। उसने लिखा था, 'काश! मैंने वह सब न देखा होता' उसके बाद कुछ लिखकर काट दिया गया था। कुछ जगह ख़ाली छोड़ दी गयी थी। डायरी के पन्ने की तरह शायद उसके दिमाग़ में भी बहुत कुछ आड़ा–तिरछा चल रहा था। नीचे की तरफ़ लिखा था 'पहली डुबकी में कहाँ समझ पाया था कि जिन्दगी कहीं और है। अब समझ पाया हूँ जब गले तक धँस गया हूँ कि अरबों–खरबों का हमारा व्यापार झूठ और सिर्फ़ झूठ पर टिका हुआ है, ख़ूबसूरत बनाने के झूठे वादों पर। पर अब नहीं होता मुझसे यह सब। शर्म आती है मुझे अपने पर। लोग मर रहे हैं। किसान आत्महत्या कर रहे हैं। गाँव–के–गाँव उजड़ रहे हैं और हमारी टीम अपनी सारी ताक़त और ऊर्जा इस बात पर लगा रही है कि कैसे युवतियों को गोरापन बेचा जाए। कैसे उन्हें ख़ूबसूरत दिखने का स्वप्न बेचा जाए। कैसे गाँव के लोकल निर्माताओं और छोटे मोटे उत्पादकों से उनका धन्धा छीन लिया जाए जिससे हमारे लिए मैदान साफ़ हो। बॉस कहते हैं कि तुम सोचना छोड़ दो, अच्छा बनने में समझदारी नहीं है, दूसरे का बोझ हम क्यों उठाएँ? धारा के विरुद्ध हम क्यों चलें? हमें नौकरी में रहना है तो हर हाल में कम्पनी को प्रॉफ़िट कमाकर देना होगा, चाहे कपट से, अनैतिकता से या फिर अधर्म से। पर मैं सोचना कैसे छोड़ दूँ? मेरा सोचना ही तो यह साबित करता है कि मुझमें और जानवर में सिर्फ़ दो पैरों का ही अन्तर नहीं है।

दूसरे दिन भोर–भोर ही उठ गया था वह। आजकल बेटे को खो देने का जाने कैसा तो खौफ़ कीड़े की तरह घुस गया है भीतर कि सुबह उठते ही पाँव अनायास ही उसके कमरे की ओर चल पड़ते हैं। देखा वह ज़मीन पर आसन बिछा पद्मासन की मुद्रा में कुछ जाप कर रहा था। सारी चेतना कानों पर लगा मैं उसे सुनने लगी। होठों की दरारों से फूट रहा था कुछ? क्रान्ति? क्रान्ति जैसा ही कुछ जाप रहा था। मुझे लगा मैंने ग़लत सुन लिया है? शांति को मैं क्रान्ति क्यों सुन रही हूँ? नहीं मैं कहीं भी ग़लत नहीं थी। मैंने सही ही सुना था। मेरे रोम–रोम ने सुना। वह सचमुच 'क्रान्ति–क्रान्ति' ही बुदबुदा रहा था। उफ़ कितना कन्फ़्यूज़्ड है मेरा बेटा। कभी आत्मा की बात करता है तो कभी क्रान्ति की। कभी बुद्ध की बात करता है तो कभी युद्ध की। खिड़की से आती नरम धूप की उजास में फिर ध्यान से देखा उसका चेहरा। दो दिन की बढ़ी हुई दाढ़ी। हलकी सिलवटों से भरा कुर्ता। थोड़ा मैला पड़ा

पाजामा। कानों के पास चाँदी के कुछ तार। पर इसके बाबजूद कितना निरीह, पवित्र, उदास, सच्चा और सात्विक दिख रहा था वह। कन्फ़्यूज्ड वह है या मैं हूँ? अशान्त वह है या मैं हूँ? समझ नहीं पायी।

जाप से उठा तो परम शान्त दिख रहा था। पूछूँ न पूछूँ का असमंजस। कहीं कुछ ऐसा न कह बैठे जिसे सुन न पाऊँ मैं। पर पूछ ही लिया आख़िरकार।

'ॐ शन्ति' की जगह 'ॐ क्रान्ति' क्यों जाप रहा था तू? उसने आश्चर्य से मेरी ओर देखा जैसे चोरी पकड़ी गयी हो, फिर एकटक मेरे चेहरे की ओर देखता रहा। मैंने फिर कुरेदा, बोलते क्यों नहीं? उसने कहा, 'देखो, देखते-देखते तुम्हारे बाल कितने सफ़ेद हो गये हैं।'

मैं झल्लाई, 'टालो मत, यह मेरे सवाल का जवाब नहीं।'

वह हँसा। सोच की धूप-छाँव लहराई पल भर के लिए उसके उदास और खामोश चेहरे पर । फिर गिरे कुछ शब्द आहिस्ता-आहिस्ता जैसे पतझड़ में गिरते हैं पत्ते पेड़ों से- रही होगी देश को शान्ति की ज़रूरत कभी, पर आज देश को है क्रान्ति की ज़रूरत।

—क्या कहा? क्रान्ति? खुदाया! कलतक ऊपर से नीचे तक जो साहब था आज एकाएक क्रान्तिकारी कैसे बन गया? क्या पूँछू उससे? पर कहीं झल्ला गया! किस तरह आज कल चिड़चिड़ा हो गया है वह। हिम्मत की आख़िरकार—"आज क्रान्ति की बात एकाएक तुम्हारे दिमाग में आयी तो कैसे?" पपड़ी पड़े होठों पर जीभ फेरते हुए कहा उसने, 'ममा, आजकल सबकुछ अजीबोग़रीब हो रहा है, दिलचस्प ख़याल और विचार मेरे बॉस हो रहे हैं जो स्वप्न तक में मेरा पीछा नहीं छोड़ते हैं। कल स्वप्न देखा कि दुनिया से पानी ख़त्म हो गया है और लोगबाग सिर्फ़ कोक और पेप्सी पी रहे हैं। मैं स्वप्न में ही घबरा गया कि अब हमारा साबुन कैसे बिकेगा क्योंकि बिना पानी लोगबाग कपड़े कैसे धो पाएँगे? कपड़े नहीं धुलेंगे तो हमारा टारगेट कैसे पूरा हो पाएगा?

ओह नो! जाने कितने हार्सपॉवर का करेंट लगा कि लगा चक्कर खाकर गिर पड़ूँगी। सफलता के हाईवे पर खड़े इस लड़के को कभी बुद्ध तो कभी क्रान्ति क्यों याद आ रही है? वह जहाँ था कितने पहुँच पाते हैं वहाँ तक, पर बिडम्बना यह थी कि वह वहाँ नहीं था जहाँ वह था और सचाई यह थी कि सच होते हुए भी मन मानने को बिलकुल तैयार नहीं था कि वह वहाँ नहीं है। फिर भी दुखी नहीं होने के तर्क ढूँढ़ते हुए मैंने मन से गुहार लगाई, 'मन मेरे तू उदास मत हो क्योंकि जो क्रान्ति की बात करते हैं वे जीने और दुनिया को बदलने की बात भी करते हैं, वे दुनिया को छोड़ने की बात नहीं करते हैं। नहीं अभी सब कुछ शेष नहीं हुआ है। अभी भी बहुत कुछ बचा हुआ है उसके अन्दर। नहीं तो वह क्रान्ति की बात नहीं करता। पर इसका

और क्षरण नहीं हो इसके लिए ज़रूरी है कि मैं उसे दूर ले जाऊँ यहाँ से।

लेकिन इस बीच क्या कुछ घट गया था कि ज़िन्दगी की चहक हाथों से एकदम छूट गयी थी। कश्मीर कालाहाँडी बन गया था। थोड़ा-बहुत जो भी बचा-खुचा था वह भी रिस गया था। सोच कर भी सोच नहीं पायी कि वह ज़िन्दगी से भयभीत था, थका हुआ था, निराश था या ज़िन्दगी के सत्य को जान गया था

बुद्ध के काटे का ज़हर उसपर फैलने लगा था।

बंशी की तरह बजता दर्द और लहर-दर-लहर चली आती स्मृतियाँ। शाम का वक़्त था, डूबते सूरज की उदास होती रोशनी में मन यूँ भी फड़फड़ा रहा था जैसे सदियों के जमा दुःख मन पर धावा बोलनेवाले हों। ग़मगीन-सी, उस दिन भी बालकनी से भीगे कपड़े उठा ही रही थी कि तभी उसके बॉस का फ़ोन मेरे मोबाइल पर, 'नमस्ते आंटी, सब ठीक तो है।'

'मैं अचकचाई, उसने मुझे क्यों फ़ोन किया? 'हाँ-हाँ सब ठीक है।'

वह थोड़ा असहज हुआ, 'दरअसल आंटी, आई मीन आंटी, अमित को कहिए कि एक बार ऑफ़िस आ जाए। नये मार्केटिंग मैनेजर को कुछ डेटा चाहिए। कितनी बार उसे फ़ोन किया पर उसका मोबाइल हमेशा स्विच ऑफ मिला।'

—रुकिए-रुकिए आपको ज़रूर कुछ ग़लतफ़हमी हुई है, शायद ग़लत फ़ोन लग गया है, मेरा बेटा तो रोज़ ऑफ़िस जा रहा है। मैंने बीच में ही उसे रोक दिया।

पर उसने तो मेरा तर्पण ही कर डाला, ग़लतफ़हमी मुझे नहीं शायद आपको हुई है, आंटी। कश्मीर जाने के लिए उसने जो छुट्टियाँ लीं उसके बाद तो वह ऑफ़िस आया ही नहीं। उसकी आवाज़ थोड़ी तन गयी थी।

—यह कैसे हो सकता है? वह तो रोज़ ऑफ़िस के समय घर से निकलता है। मैं बौखलाई, क्या बकवास कर रहा है वह? क्या दिन में ही चढ़ा ली?

वह कच्चा पड़ा, 'आंटी मैं आपसे ग़लत क्यों कहूँगा? लेकिन कई दिनों से मैं देख रहा हूँ कि वह ज़रा अपसेट है। उसके सेल्स टारगेट हाँफ रहे हैं, पूरे नहीं हो रहे, क्या कोई परेशानी है ? कोई प्रेम-व्रेम का चक्कर तो नहीं है। हमारे यहाँ ही साल भर पहले एक सीनियर मैनेजर ने हमारी प्रतिद्वन्द्वी कम्पनी की एक लड़की के प्रेम में पड़कर दिमाग़ी सन्तुलन खो दिया था। क्योंकि कम्पनी के क़ानून के अनुसार इस नौकरी के रहते वह उससे शादी नहीं कर सकता था। उसे नौकरी या छोकरी, दोनों में से एक को छोड़ना था। वह न नौकरी छोड़ पा रहा था न छोकरी, तो उसने दिमाग़ को ही छोड़ दिया

ओह नो! क्षण भर में ही घूम गया उसका उस दिन का 'क्रान्ति' वाला दृश्य, मैं ढह गयी। बिगड़ी बातों को पटरी पर लाने की मेरी आख़िरी और थकी-थकी कोशिश में लिजलिजी-सी आवाज़ निकली— "देखो ऐसा बिलकुल नहीं है,

अपसेट तो वह ज़रूर है, कभी-कभी ऐसा सब के साथ हो जाता है पर प्रेमिका के चलते नहीं, बुद्ध के चलते। शायद बीते हुए कल के चलते ऐसा हो गया है। कुछ दिन बीत जाने दीजिए सब ठीक हो जाएगा। दरअसल जबसे उसने बुद्ध को पढ़ा है, वह ऐसा हो गया है। उसे बुद्ध लग गया है। मैं उससे बात करूँगी। आई एम वेरी श्योर यह बुद्ध का साइड इफ़ेक्ट है

—क्या कहा आंटी बुद्ध? बुद्ध?

और वह ठहाका मारकर हँसता रहा। फिर किसी प्रकार ख़ुद पर क़ाबू पाते हुए कहा उसने, ''आंटी, उसे बुद्ध-वुद्ध कुछ नहीं लगा है। और यह बुद्ध का नहीं टारगेट का साइड इफ़ेक्ट है। यह भी हो सकता है कि उसका मेंटल डिसऑर्डर हो गया हो क्योंकि वह सोचता बहुत है। उससे कहिए आंटी कि वह सोचना छोड़ दे, नहीं हो तो आंटी आप उसे किसी अच्छे साइकियाट्रिस्ट को दिखा दीजिए।

❑ ❑ ❑